무영 이계를 훔치다

눈매 퓨전 판타지 소설

FANTASY EXCITING STYLE

무영, 이계를 훔치다 6

눈매 퓨전 판타지 소설

초판 1쇄 찍은 날 § 2007년 11월 19일
초판 1쇄 펴낸 날 § 2007년 11월 29일

지은이 § 눈매
펴낸이 § 서경석

편집장 § 문혜영
편집책임 § 이재권
편집 § 조수희 · 이환진

펴낸곳 § 도서출판 청어람
등록번호 § 제1081-1-89호
등록일자 § 1999. 5. 31
어람번호 § 제1-0913호

주소 § 경기도 부천시 원미구 심곡1동 350-1 남성B/D 3F (우) 420-011
전화 § 032-656-4452 팩스 § 032-656-4453
http://cyworld.nate.com/bluebook_
E-mail § blue_book@hanmail.net

ISBN 978-89-251-1031-8 04810
ISBN 978-89-251-0793-6 (세트)

Thief King

눈매 퓨전 판타지 소설
FANTASY EXCITING STYLE

무영이계를 훔치다

6

[완결]

BLUE BOOK
도서출판 청어람

CONTENTS

CHAPTER 1

보복

1

　알케스트 공작은 시프킹 카슬라와 내통한 혐의를 벗어날 수 없었다. 그의 역적 행위는 백일하에 드러났다.

　시프킹과 내통하면서 국가 기밀을 유출한 사실이 드러나기가 무섭게 그의 권위는 하루아침에 땅바닥으로 곤두박질쳤다.

　불행 중 다행이라면, 카슬라와 무영의 대 충돌이 있던 날 에이미를 돌려보내 주었다는 것이다.

　만약 그마저도 이행하지 않았더라면 공작은 역적 행위에 백작의 영애까지 납치한 혐의를 짊어지게 된다 이 경우 처형당할 수도 있다.

　천만다행히도 유출된 기밀의 수위에 따라 알케스트 공작

은 무기한 옥살이에 처해졌다.

한편 시프들은 의외로 담담하게 새로운 킹을 받아들였다. 반발이 심할 것이라고 예상했지만, 시프들은 뜻밖에도 순응적이었다. 아마도 정계 진출을 노렸던 시프킹으로부터 느낀 배신감이 컸으리라.

그런 카슬라를 당당히 정면 승부로 이긴 무영이었다. 시프들은 굳이 반대할 필요성을 느끼지 못했다.

물론 갑작스러운 변화가 생기면 자연스레 마찰이 생기기 마련이다. 시프들 중에서도 의리를 운운하며 무영을 배척하려는 자들도 있었다.

하지만 대세라는 것은 무서운 것이다. 전체적인 분위기가 휩쓸면 결국 소수의 반발자들은 머지않아 꼬리를 내리고 만다.

여러 가지로 수월하게 정리되었다.

하지만 무영은 그전보다 훨씬 바쁜 나날을 보내야 했다.

우선 가장 큰 문제가 에이미와의 약혼이었다.

"다음 주가 되기 전에 이곳을 떠나겠습니다."

"그렇게 빨리?"

백작은 찻잔을 내려놓고 무영을 바라보았다.

"더 이상 이곳에 있을 이유는 없으니까요."

"정말 괜찮겠나?"

"어차피 그 자리가 바로 제 목적이었지 않습니까?"

“하지만 자네가 이대로 머물면 만인의 영웅이 될 걸세. 제국에 큰 공을 세운 게야.”

“그런 건 아무래도 상관없습니다. 제 자리와 어울리지 않습니다.”

“자네의 재능이 안타깝군.”

무영은 가만히 웃었다.

바로 그 재능 때문에 백작은 지금 무영에게 이용당하는 것이다. 그럼에도 백작이 그런 소리를 하고 있으니 왠지 우스워졌다.

“제가 여기에 남으면 백작님의 따님과 정말 결혼해야 될 겁니다.”

“그, 그건… 커험.”

백작이 헛기침을 내뱉고는 차를 들이켰다.

무영의 재능이 출중하고 국가에 공을 세운 건 그도 인정한다. 하지만 딸과의 혼인은 아무래도 쉽게 받아들이기 힘들다.

그것이 사람의 욕심. 나라를 위해서라면 신분쯤이야 한번 눈감아주겠지만, 제 딸은 기필코 귀족 자제에게 시집보내야 한다.

무영은 가만히 미소를 지으며 말했다.

“걱정마십시오. 어차피 전 공직에 어울리지 않습니다.”

“거, 걱정이라니. 원, 사람도 참… 그런 걱정을 한 게 아니…….”

“차 잘 마셨습니다, 그럼.”

무영이 자리에서 일어났다.

에이미는 백작의 집무실 앞에 서 있었다.

방금 무영이 집무실에서 나왔지만 그녀는 복도 한가운데 서서 꼼짝도 하지 않았다.

"지나가도 될까?"

무영이 부드러운 목소리로 에이미에게 물었다.

반말. 하지만 이 남자가 하는 반말은 이상하게 기분 나쁘지 않다.

"떠나… 나요?"

"응. 다음 주가 지나면 백작님이 공식적으로 파혼을 선언할 거야. 그러니 걱정하지 않아도 돼."

"파혼……."

"그래, 그럼 잘 지내."

무영이 걸음을 떼자 에이미는 천천히 옆으로 물러섰다. 그녀는 가만히 입술을 깨물었다. 왜 이렇게 화가 나는 걸까? 왜 이럴까?

무영이 바로 앞을 지나친 순간 그녀가 소리쳤다.

"그럼! 전 또 욕먹을 거예요! 사람들한테!"

"무슨……?"

무영이 고개를 갸웃거리며 바라보았다. 에이미는 얼른 시선을 외면했다. 저 까만 눈동자를 바라보는 것만으로도 호흡이 곤란해진다. 말이 떨린다.

무영 이계를 훔치다
Thief King

"사람들은 욕할 거예요. 사랑이라며 떠들고는 결국 파혼하면 사람들이 욕할 거라구요! 남자만 밝히는 그런 여자로……."

"훗. 그게 걱정이었군."

무영은 웃었다. 비웃음이나 멸시가 아니었다. 정말 웃음이 나와서 웃는 그런 미소였다.

에이미는 피가 맺히도록 입술을 깨물었다.

이게 아닌데. 이건 내 진심이 아닌데. 그게 아니라구요! 그런 건… 걱정하지도 않아…….

무영의 목소리가 귀에 닿는다.

"그 걱정은 하지 않아도 돼. 사람들에게는 내가 시프킹이 되기 위해 백작님과 널 이용했다고 소문날 테니까. 넌 그저 거지였던 내게 이용당한 거야. 그렇게 소문이 나도록 할 거야. 그러니 네가 욕먹을 일은 없을 거야."

'이게 아니야… 사람들의 시선 따위는 신경 쓰지 않아. 그러니 제발…….'

무영은 다시 가던 길을 재촉했다.

그가 선 자리가 자꾸만 멀어져 간다. 한 걸음, 한 걸음. 계속 멀어져간다.

에이미는 자신도 모르게 소리쳤다.

"정말! 정말 그저 이용 했을 뿐인가요? 정말 조금의 진심도 없었나요? 정말… 정말로……?"

무영의 걸음이 우뚝 멈췄다.

에이미는 왜인지 눈물을 흘렸다. 죽일 만큼 미운 남자였는데. 꼭 죽여 버리겠다고 소리치던 남자였는데. 왜 이렇게 된 걸까? 뭐에 홀린 걸까? 마법에 걸려 버린 걸까?

발걸음 소리가 들린다. 무영의 발걸음 소리다. 그가 자신에게 조금씩 다가오고 있다.

그의 손길이 그녀의 어깨에 닿았다.

에이미는 고개를 들었다. 무영이 미소를 짓는다.

'아… 이게 이 사람의 진짜 미소구나.'

무영이 말했다.

"너는 아름다워. 어떤 남자라도 네 모습을 보면 반하지 않을 수 없을 거야. 너는 내게 과분할 정도로 아름다워."

에이미는 손가락 하나도 움직일 수 없었다. 아니, 서 있는 것조차 힘에 겨웠다. 온몸이 나른해지면서 힘이 빠져나갔다.

무영은 몸을 돌렸다. 그가 복도를 따라 걸어가는 동안, 에이미는 아무 말도 하지 못했다. 숨 한 번이나 제대로 쉬었을까?

무영이 계단을 내려가기 전 그녀를 돌아보고 말했다.

"무사히 돌아와서 다행이야."

무영의 모습이 사라지고 나서도 그녀는 한참을 복도에 서 있었다.

"5구역에서는 어제 길드회합을 가졌습니다. 곧 보스가 선출될 것으로 보입니다."

카인이 집무실로 들어서는 무영을 향해 말했다.

5구역. 가르시아의 관할 구역이었다. 그런데 그가 죽었으니 새로운 보스를 선출하는 것이다.

"유력 후보자는?"

"톨레도 시의 슈바이거라는 길드장입니다."

"보스가 정해지면 곧바로 보스들을 소집해."

"예, 킹."

"베르카, 알아보았나?"

카인 곁에 있던 베르카가 대답했다.

"예, 오늘 헤이치의 위치가 잡혔습니다. 놈은 자신을 따르는 부하 몇을 데리고 현재 로데스 시에 은신하고 있습니다."

"과연 줄을 친지 이틀 만이군. 수고했어. 그리고 또 부탁한 건?"

"아그네스가 차원 이동을 연구할 때 가장 도움을 많이 받았다고 말한 사람이 한 명 있습니다."

"그게 누구지?"

무영의 눈동자가 빛났다.

"드워프족의 전대 왕 타마르입니다."

"그럼 타마르를 찾아야겠군. 헤이치는 계속 감시하도록 하고, 줄을 쳐서 타마르의 행방을 찾는다."

인생이라는 깃이 참 아이러니하다. 한때는 그 줄을 피해서 악착같이 도망쳤는데, 이제는 그 줄을 쳐서 다른 사람을 잡고자 한다.

무영이 잠시 생각하고 있을 때, 베르카가 대답했다.

"한데, 타마르의 행방이 워낙 묘연해서 시일이 좀 걸릴 것 같습니다."

"상관없어. 최대한 빨리 찾아."

"예, 킹."

무영이 멈칫했다.

"킹이라… 어쩐지 적응이 안 되는군. 너희들은 부르던 대로 불러."

카인과 베르카가 멋쩍게 웃으며 대답했다.

"알겠습니다, 주군."

확실히 시프킹의 자리에 오르고 나서 편해진 것은 몸소 느낄 만큼 많았다. 어떤 정보든지 알아내고자 하면 얼마든지 수집이 가능하다.

무영은 제시를 돌아보며 물었다.

"준비는 어느 정도 됐소?"

"아마 내일쯤이면 끝날 것 같아요."

"내일이라… 하긴 떠나는 날은 빠르면 빠를수록 좋겠지."

무영은 활짝 열린 창가로 걸어가서 하늘을 올려다보았다.

시프킹이 되기까지 긴 여행을 했다.

이제 또 다른 목적지가 남았다.

"타마르라……."

어쩐지… 이곳의 하늘을 볼 날도 그리 많이 남지 않았다는 느낌이다.

무영은 시프킹답게 세상의 어둠 속으로 가라앉았다.

불과 며칠 전까지만 해도 그는 로스트 백작의 사위였다. 게다가 용감하게도 공작과 카슬라의 비리를 캐낸 영웅이었다.

하지만 그가 시프킹 자리를 차지하면서 모든 평이 바뀌었다. 그는 단지 시프킹이 되기 위해 로스트 백작과 에이미를 이용했을 뿐이다. 제국에 공을 세운 것은 틀림없지만 그 또한 목적을 이루는 과정에서 우연히 일궈낸 결실일 뿐이다.

그렇다고 사람들이 무영을 맹렬히 비난한 것은 아니었다.

무작정 비난만 하기에는 무영의 존재가 애매했던 것이다. 역적을 밝혀낸 영웅의 모습과 귀족을 우롱한 악당의 모습이 묘하게 대치되기 때문이다.

게다가 귀족을 조롱한 듯한 이번 사건은 일반 국민들에게는 오히려 재미있는 얘깃거리에 지나지 않았다.

무엇보다도 세상 사람들은 알케스트 공작의 몰락에 가장 큰 관심을 가졌다. 세상에서 가장 강력한 인간이 가장 초라한 인간으로 추락하는 모습은 만인의 관심거리였다.

덕분에 무영은 조용히 사람들의 관심에서 벗어날 수 있었다.

로번의 길드 중앙 지점으로 돌아온 무영은 곧바로 로데스 시로 떠났다.

로데스 시는 피아가 담당하는 4구역에 있다.

"생각보다 약삭빠른 녀석이더군요."

피아가 비음 섞인 목소리로 무영에게 말했다. 그녀가 몸을 슬쩍 움직일 때마다 헐렁한 옷깃 사이로 아찔한 속살이 비친다.

밤은 깊었지만 달빛이 밝다.

무영과 피아는 4층짜리 여관 지붕 위에 서 있었다.

두 사람 모두 은신의 귀재들이다. 도신의 피가 흐르는 무영은 말할 것도 없고, 피아는 5대 보스 중에서도 가장 은신술이 뛰어난 여자다.

지금 두 사람은 바라보는 각도에 따라 은신되는 기술을 사용하고 있었다. 즉, 그들보다 아래쪽에서 올려다보면 두 사람의 모습은 보이지 않는다. 달빛에 녹은 듯 모습이 사라진다. 하지만 같은 높이나 위쪽에서 내려다보면 두 사람의 모습은 고스란히 드러난다.

때문에 무영과 피아는 서로를 볼 수 있지만 제삼자는 그들을 볼 수가 없는 것이다. 사방에는 그들이 서 있는 곳보다 높은 곳이 없었으므로.

두 사람이 이렇게 태평하게 여관 지붕 위에서 선 채로 상대를 감시할 수 있는 것도 바로 그 이유다.

맞은편 여관 3층에는 바로 감시의 대상이 머물고 있었다.

"확실히 헤이치는 영악한 면이 있더군요. 하긴 하야드에게 밀려 길드장이 되지 못한 이유도 실력 때문이 아니라 그 잔인성 때문이었으니……."

"이틀 동안 계속 저곳에 머물렀다고?"

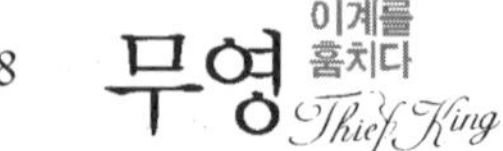

무영이 피아를 돌아보고 물었다.

피아가 고개를 끄덕였다.

"네. 3일 전에는 잠깐 행방을 놓쳤지만 곧 이곳에 머문 것을 찾아냈죠."

"행방을 놓쳐? 실수했다는 말이군."

"놈이 감시당한다는 것을 알아챘거든요. 당연히 도시를 벗어날 거라고 생각했는데… 태연히 저곳에 머물고 있더군요. 덕분에 다시 찾아내는 데 오히려 시간이 더 걸리고 말았죠."

"그렇게 떳떳하게 이야기할 사항은 아닌 것 같은데."

"호호호. 죄송해요. 이젠 실수하지 않을게요."

피아가 몸을 꼬며 교태를 부렸지만 무영은 거들떠보지도 않고 말했다.

"헤이치는 간악한 놈이야. 지금 당장 보스의 자리에 올라도 손색이 없을 정도로 실력도 뛰어나. 방심은 금물이다."

"걱정마세요, 킹."

피아가 눈웃음을 곱게 흘렸다.

헤이치는 창밖을 내려다보고 있었다.

방 안에 있는 다른 부하들은 헤이치에게 말을 걸지 않았다. 벌써 헤이치는 한 시간째 창밖을 내다보기를 반복하고 있었다.

헤이치가 저런 행동을 할 때는 뭔가 잘못됐기 때문이다. 그들은 헤이치의 오감과 머리를 믿었다.

"완전히 포위됐군."

헤이치가 중얼거리듯 말했다.

부하들은 낙심한 표정으로 서로를 바라보았다.

결국… 포위된 건가.

무영이 시프킹의 자리를 차지했다는 소문을 접했을 때, 헤이치는 반발 세력에 가담하려고 했다.

하지만 반발 세력은 오래가지 못했다. 그들은 대세를 따라 무영을 새로운 킹으로 인정했다.

당연히 헤이치가 갈 곳은 없어졌다.

무영은 자신을 죽이려 들 것이 분명했다. 무영을 바닥으로 끄집어 내린 자가 누군가. 바로 자신이 아닌가.

헤이치는 곧장 멜란을 떠났다.

물론 국경을 넘어서 헤이즈 왕국으로 건너갈 수도 있었다. 아니면 바르데나 왕국이나 세리나 왕국도 갈 수 있었다.

그러나 플로리아 대륙을 벗어나지 않는다면 어딜 가나 마찬가지다. 다크웹의 눈은 피할 수 없다. 다크웹의 길드원이었던 헤이치는 그 사실을 누구보다도 잘 알고 있다.

그렇다면 등잔 밑을 노린다. 북쪽 항구도시인 세르잔에 가서 배를 타고 대륙을 건너자. 그 길만이 살길이다.

그런데 세르잔에 도착하기도 전에 발목이 잡히고 말았다. 닷새 전부터 꼬리가 붙기 시작하더니 이제는 압박이 느껴질 만큼 감시가 심해졌다.

"제길."

무영 이계를 훔치다
Thief King

헤이치는 주먹을 말아 쥐고 가만히 입술을 깨물었다.

빠져나갈 구멍은 없다. 행상으로 위장한 시프들이 도처에 널렸다. 이곳은 유독 행상들이 많이 머무는 여관이다. 그 덕에 여관으로 쉽게 스며들었다.

하지만 이제는 그 행상들이 오히려 헤이치의 발목을 잡고 있다. 누가 정말 장사꾼인지 시프인지 구분하기가 힘들다.

'탈출구가 없을까? 여기서 끝인가.'

태연히 걸어서 나갈 수는 없다. 도처에 깔린 시프들이 곧바로 눈치 챌 것이다.

그렇다면 지붕은?

헤이치는 곧 고개를 설레설레 저었다.

불가능하다. 상대가 누군가? 시프다. 도망에 익숙한 그들이다. 당연히 지붕을 타고 도주할 가능성도 염두에 두었을 것이다. 지금 보이지는 않지만 지붕에도 분명 눈이 있을 것이다.

아래쪽과 위쪽 모두 완벽한 포위 상태다.

어떻게 뚫어야 하나.

헤이치는 입술을 씹으며 다시 창밖을 내려다보았다. 그 순간,

탁!

그가 주먹으로 손바닥을 내려쳤다. 그 뒤에 있던 다른 부하들도 서로를 바라보며 씩 웃었다. 그들의 예상대로 잠시 뒤 헤이치가 허스키한 웃음소리를 흘렸다.

"킬킬킬. 이제 떠날 때가 된 것 같군."
"방도가 생겼습니까?"
부하 중 한 명이 다가가서 물었다.
헤이치는 걸음을 옮겼다.
"시간이 없다. 서둘러라."
"예, 형님!"

무영은 여관 앞에 멈춰 섰다.
그가 옆에 나란히 선 피아에게 물었다.
"확실히 배치했겠지?"
"네. 염려 마세요. 근방 100미터 안에서는 쥐새끼라도 지나갈 때 검열받아야 할 걸요? 토끼 한 마리 잡는데 너무 공을 들이시는 것 아닌가요? 호호."
"사자는 토끼를 사냥할 때도 최선을 다하는 법."
"호호. 이제 놈을 잡을 생각인가요?"
"그래야지. 그럴 일은 없겠지만 만약 놈이 도망가면 포위망 안에서 잡아야 한다."
"당연하죠. 우리 애들은 허수아비가 아니라는 걸 보여 드리죠."
"놈은?"
"아직 아무런 움직임을 보이지 않고 있어요. 자정이 가까우니 벌써 잠들었을지도 모르죠."
"창문은?"

"닫혔어요. 커튼도 쳐졌구요."
무영의 눈동자가 조금 흔들렸다.
"커튼이 쳐져?"
"네. 무슨 문제라도?"
"그게 언제부터지?"
"두 시간 정도 지난 것 같네요."
두 시간!
뭔가 불길하다. 물론 커튼을 치고 일찍 잠자리에 들었을 수
도 있다.
하지만 도망자가 정확히 수면 시간을 지킬까? 그럴 수도
있겠지.
하지만 불안하다.
두 시간 동안이나 감시 대상을 확인하지 못했다는 말이 아
닌가.
"여관방에 불이 꺼진 시각은?"
"비슷해요."
"그럼 실루엣도 비치지 않았겠군."
"네."
"여관 내에 위장 잠입해서 감시하지는 않았겠지?"
무영의 말에 피아가 뜻밖이라는 표정을 지었다.
"조심하리고 하셨잖아요? 당연히 그런 위험한 접근은 하지
않았죠. 놈들은 시프예요. 말씀하신 것처럼 당장 보스 자리에
올라도 될 만큼 자질도 충분하죠. 너무 가깝게 접근하면 오히

려 구멍이 생겨 버리죠."

피아의 말은 타당했다.

헤이치를 곧바로 잡으라고 명하지 않은 이유도 그 때문이다. 무리하지 않는 선에서 감시하라고 일렀다. 비슷한 실력자들이 머릿수만 믿고 밀어붙였다가는 놈을 놓칠 수도 있기 때문에.

무영이 고개를 들고 3층 방을 바라보았다.

"아무래도 불안하군. 피아, 가서 확인해 봐."

"네? 하지만… 근방 100미터 안으로 동생들이 잔뜩 깔려서 지키고 있는데… 탈출할 수는……."

"놈들이 몇 명인가?"

"헤이치를 포함해서 열 명이에요."

"스무 명을 데리고 가."

피아는 눈을 동그랗게 뜨고 뭐라고 말하려다가 입을 다물었다. 무영의 눈동자에서 더 이상의 대꾸는 허락되지 않는다는 것을 읽었기 때문이다.

"그러죠."

피아는 곧바로 크리스를 불러 시프 20명을 이끌고 여관 안으로 들어갔다.

이럴 수가!

피아는 아주 잠깐이었지만 몸이 석상처럼 굳어버렸다.

사람의 그림자조차 찾기 힘든 텅 비어버린 실내. 이곳에 있어야 할 10명의 사내들이 증발해 버렸다.

창문을 타고 도망을 갔나?

아니다. 창문은 굳건히 잠겨 있었고 커튼도 쳐진 그대로
다. 더구나 창밖에는 수많은 눈들이 감시하고 있지 않은가.
만약 3층까지 올라오는 동안 놈들이 도망쳤다면 신호가 터졌
을 것이다.

"이게 어떻게 된……."

크리스가 말꼬리를 흐렸다. 그는 자신의 두 눈을 믿을 수
없었다.

분명히 여관 밖은 시프들로 포위됐다. 1차적으로 여관을
포위했고 2차적으로 근방 100미터 안에 시프들을 포위시켰
다. 도망갈 곳은 없다.

그런데 놈들은 있어야 할 곳에도 없다. 정말 증발이라도 해
버렸단 말인가.

"역시 벗어났군."

"키, 킹!"

크리스가 뒤를 돌아보고 깍듯이 예를 갖췄다.

무영이 어느새 그들 뒤에 서서 텅 빈 실내를 바라보고 있었
다.

그제야 정신을 차린 피아도 몸을 돌리고 머리를 조아렸다.

"면목… 없습니다."

"호언장담했던 것치고는 너무 초라하군, 피아."

"하, 하지만 분명히 멀리가지 못했을 거예요. 여관 안에 있

거나, 여관을 벗어났다고 하더라도 근방 100미터를 벗어나지
는 못했을 거예요.”

“추측은 필요없어. 확실한 정보가 있어야지.”

피아는 입술을 잘근 씹었다.

도대체 헤이치는 어디로 간 건가? 두 시간 전까지만 해도
이곳에 있던 헤이치다. 땅으로 꺼졌나? 하늘로 솟았나?

하늘로 솟을 수는 없다. 지붕마다 눈이 있으니까.

그럼 땅으로? 잠깐!

피아는 황급히 몸을 달렸다.

“지하 통로 같은 건 없습지요.”

여관 주인장은 겁에 질린 얼굴로 대꾸했다.

아름다운 얼굴과 굴곡 있는 몸매. 누구라도 본다면 한 번쯤
품어보고 싶을 여자. 그런데 그 여자를 앞에 두고 여관 주인
장은 안절부절못했다. 그녀의 아름다운 두 눈에서는 금방 살
인이라도 저지를 듯 무시무시한 기광이 뿜어져 나오고 있었
기 때문이다.

“만약 찾아보고 발견되면 너는 죽은 목숨이다.”

평소 비음을 내던 피아라고는 상상도 할 수 없을 만큼 섬뜩
한 목소리였다.

지하 통로가 없다고? 그럴 리가 없다. 지하 통로도 없는데
어떻게 100명의 포위망을 뚫었다는 말인가? 아니, 지하 통로
가 없는 게 정말 사실이라면 놈들은 아직 범위권 안에 있는

 무영 이계를 훔치다 Thief King

것이다.

여관 주인장이 황급히 고개를 끄덕였다.

"저, 정말 비밀 통로 같은 건 없습니다요. 아! 지, 지하 창고가 있긴 한데 사방이 막혔습지요."

"지하 창고?"

"예, 주방에서 연결되어 있습니다요."

"크리스!"

말이 떨어지기가 무섭게 그녀의 등 뒤에서 검은 그림자가 주방으로 날아갔다.

"없습니다. 저자의 말대로 사방은 막혔습니다."

지하 창고에서 돌아온 크리스가 피아에게 보고를 올렸다.

"칫!"

피아는 입술을 질끈 깨물고는 주먹을 쥐었다. 도대체 어떻게 사라진 것일까?

혹시 변장을 한 것인가?

하지만 그녀는 고개를 저었다. 제아무리 변장을 했다고 하더라도 도처에 깔린 시프들이 모두 살펴보았을 것이다. 그리고 조금이라도 이상하다면 붙잡았을 것이다. 변장을 해서 포위망을 빠져나가기는 힘들다. 드래곤이 폴리모프한 정도의 수준이 아니라면 말이다.

그렇다면 마법은?

불가능하다. 헤이치를 따르는 자들 중에서 마법사는 없다. 아니, 혹시 있다고 하더라도 텔레포트 따위의 마법을 쓰려면 대륙에 몇 안 되는 대마법사여야 한다.

그때, 무영이 피아에게 다가왔다.

그의 표정은 얼음장처럼 차가웠다.

"헤이치가 가진 돈은?"

"멜란에서 챙긴 금액이 꽤 있어요."

무영은 고개를 돌리고 주인장을 불렀다.

"보시오, 주인장. 오늘 저녁 이곳을 나간 행상들이 얼마나 되오?"

"그, 글쎄요. 저희 여관에는 워낙 봇짐장수가 많이 들락거려서……."

"열 명이 넘소?"

"아마 그 정도는 되지 않을까 싶……."

무영은 곧바로 피아에게 명했다.

"놈들은 포위망을 벗어났다. 지금 당장 로데스 시 전역으로 줄을 쳐."

"네? 하지만 아무리 변장했다고 해도 동생들이 장사치들의 얼굴은 하나하나 뜯어보듯 할 텐데……."

"변장이 아니야!"

무영이 버럭 소리쳤다. 그는 차가운 눈길로 피아를 쏘아보고는 말을 이었다.

"놈들은 짐이다."

"짐… 이라니……."

순간 피아는 입을 딱 벌리고 굳어버렸다. 어떤 생각이 그녀

무영 이계를 훔치다
Thief King

의 뇌리를 스쳤다.

짐! 멜란에서 가져온 돈으로 장사꾼들을 샀을 게다. 그리고 자신들은 봇짐장수의 짐이 된다. 시프들이 길목에서 봇짐장수의 얼굴을 세세히 살피지만 짊어지고 있는 짐까지 다 풀어 헤쳐 보지는 못한다.

헤이치는 봇짐 속에 숨어 있었던 것이다!

"크리스!"

피아가 소리쳤을 때는 이미 크리스가 몸을 날린 후였다.

"이렇게 심한……."

피아가 미간을 좁혔다.

그의 곁에 선 크리스도 표정을 굳혔다. 다른 시프들도 모두 마찬가지였다. 저마다 표정을 구기거나 시선을 먼 산으로 돌려 버렸다.

정확히 10구의 시체. 무참하게 도륙당한 모습이었다.

로데스 시 전체로 줄을 친지 10분도 되지 않아서 10구의 시체가 발견됐다. 도시 외곽 산언저리에서 발견된 시신들이다.

모두 봇짐장수였지만 그들의 물건은 어디에도 보이지 않았다.

"살 구멍을 찾기 위해서 발악을 하는구나."

무영이 중저음의 목소리로 입을 열었다. 노기가 한껏 억눌려진 목소리다.

놈은 반드시 죽인다. 조금의 자비도 베풀지 않으리라.

무영은 어금니를 꽉 깨물었다.

헤이치가 이들을 죽인 이유는 두 가지다.

하나는 자신들의 행방을 완전히 숨기기 위해서일 것이다. 봇짐장수들이 시프들에게 붙들려 자신들의 행방을 말한다면 위험할 테니.

또 다른 하나는 장사치들에게 건넨 돈을 다시 되찾는 것이다. 시프들의 포위망을 빠져나온 직후 헤이치 일행은 봇짐장수들을 모두 살해하고 돈도 갈취해 갔으리라.

무영은 시신으로부터 흘러나온 피를 손으로 만져 보았다. 그리고 냄새도 맡아보았다.

"놈들이 이곳을 떠난 지는 30분이 채 지나지 않았겠어. 아직 로데스 시에 있다. 줄을 촘촘히 유지해라."

"네."

피아는 착 가라앉은 목소리로 대답했다.

그녀뿐만 아니라 지금 이 자리에 있는 모든 시프들은 같은 생각을 하고 있었다.

헤이치를 기필코 잡으리라고.

놈은 시프의 수치다.

진정한 시프는 언제나 목표만을 훔쳐 낸다. 이런 살상을 저지르지는 않는다.

2

무영은 테이블 위에 지도를 펼쳤다.

헤이치 일행은 3일째 모습을 나타내지 않았다. 로데스 시는 완전히 포위된 상태다. 시프들도 확실히 자리를 지켰다. 사각지대는 없다.

"흠……."

작정하고 숨어버린 사람은 찾기가 쉽지 않다. 어떻게든 도망가려고 발악하는 사람은 결국 잡을 수 있지만 아예 숨죽이고 숨기만 한 사람은 찾을 방도가 없다.

"혹시 이미 로데스 시를 벗어난 게 아닐까요?"

피아가 조심스럽게 입을 열었다.

평소 그녀라면 벌써 의문을 제기했을 것이다. 3일이라는 시간이 흘러가기 전에.

하지만 그녀는 저지른 잘못이 있기에 최대한 발언을 아끼는 중이었다. 그러다가 결국 오늘에 이르러서야 조심스럽게 의견을 꺼냈다.

하나, 그마저도 동의를 구하지 못했다.

무영이 고개를 가로저었다.

“그럴 가능성은 거의 없어. 그 시간에 놈들은 로데스 시를 벗어나지 못해. 줄을 완전히 치는 데 걸린 시간은 얼마지?”

“10분이죠. 이미 배치된 상태라면 5분 안에 가능하구요.”

“그럼 절대로 빠져나갈 수 없다. 놈들이 빛보다 빠르다면 모를까.”

무영은 확신했다.

놈들은 아직 로데스 시에 있다. 어딘가에 꽁꽁 숨어서 숨을 죽이고 있다. 놈들이 노리는 것이 바로 지금과 같은 상황이다.

혹시나 로데스 시를 빠져나간 것이 아닐까라는 의심을 할 때. 줄을 친 자들이 먼저 지쳐서 포기할 때. 그래서 줄이 느슨해지거나 확장되는 순간 놈들은 움직일 생각이다.

사흘 동안 감쪽같이 숨어 있다는 것은 사람을 전혀 만나지 않고 있다는 말이다. 그렇다면 인적이 드문 곳이나 아예 없는 곳에 숨었을 것이다.

무영은 지도상에서 세 군대에 동그라미를 쳤다. 세 곳 모두 숲이었다.

 무영 이계를 훔치다 Thief King

'놈들은 분명히 이 세 군데 중 한곳에 숨어 있다.'

그렇다고 줄을 친 시프들을 움직여서 놈들을 압박할 수도 없다. 줄이 움직이면 빈틈이 생기기 마련이고, 만에 하나 다른 곳에 숨어 있었다면 낭패다.

그럼 놈들을 잡아낼 방법은?

찾아낼 수 없다면 알아서 기어나오게 한다.

"피아."

"네."

"이 세 군데에 사람은 얼씬도 하지 못하게 해. 그리고 숲에 은밀하게 독을 뿌려서 짐승조차도 얼씬할 수 없도록 만들어."

"알겠어요."

피아는 군말없이 따랐다.

무영은 지도를 접었다.

앞으로 닷새 더 기다려 본다.

시프들의 경계는 그야말로 철통같았다. 그도 그럴 것이 그들의 왕 시프킹이 몸소 행차해서 로데스 시에 머물러 있으니 느슨한 마음을 가질 여유가 없었다.

킹은 로데스 시에 먹이가 분명히 걸려 있다고 하니, 없는 먹이라도 만들어내야 할 판이다. 그런데 분명히 있다는 먹이를 놓칠 수는 없지 않나.

로데스 시 세 군데의 숲에 독약을 뿌렸다. 그리고 닷새가

지났고, 죽어버린 짐승들도 꽤 됐다.

독약을 먹고 죽은 짐승은 냄새도 고약했다. 살아남은 다른 짐승들은 본능적으로 위기를 직감하고 숲을 옮겼다.

무영은 관할 영주에게 꽤 많은 돈을 들여서 이 일을 덮어두었다.

닷새가 지난 다음날.

무영은 봇짐장수로 위장한 시프를 세 군데의 숲 근처로 투입시켰다. 먹을거리를 가득 짊어진 봇짐장수였다.

'제아무리 깊이 틀어박혀서 숨어 있다고 한들, 식량이 없으면 움직일 수밖에 없지. 굶어죽을 작정이 아닌 이상.'

숲 속에는 짐승들도 얼씬하지 않았다. 모두 다른 숲으로 떠난 지 오래다. 사냥을 할 수도 없다면 분명히 숲 밖으로 나올 터다. 그리고 홀로 길을 걸어가는 봇짐장수라면 더없이 좋은 표적이 되리라. 게다가 먹을 것을 한가득 짊어졌다면 더더욱.

하지만 첫날에는 아무도 나타나지 않았다.

그래도 무영은 실망하지 않았다. 예상한 일이다. 아직은 조심할 것이다. 닷새 동안 사람 구경도 못했던 곳에서 갑자기 구수한 냄새를 풍기며 나타난 장사꾼이 한없이 미심쩍었으리라.

무영은 다음날도 봇짐장수를 투입시켰다. 그리고 다음날도, 그 다음날도.

그렇게 일주일이 더 지났을 때, 기다리던 소식이 들렸다.

 무영 이계를 훔치다 *Thief King*

“소변을 보고 있던 찰나에 그만…….”

가짜 코털을 덥수룩하게 붙이고 있는 사내가 머리를 조아렸다. 옷차림은 봇짐장수를 닮았으나 그는 시프였다.

“짐은 어디에 두었나?”

“저 나무 아래에 두었습니다. 그리고 저기서 소변을 보고 돌아와 보니…….”

“한심한! 그걸 놓쳤단 말이야?”

피아가 대뜸 나서서 소리쳤다. 그녀가 매섭게 치뜬 눈으로 사내를 추궁했다.

하지만 무영은 손을 저으며 말했다.

“됐어. 어차피 한 놈이 와서 가져갔을 거다. 놈을 잡는다고 해도 아홉 명을 찾진 못해. 오히려 잘된 거야.”

무영의 말에 피아의 표정은 조금 누그러졌고, 머리를 한껏 조아리고 있던 시프는 안도의 숨을 내쉬었다.

“피아.”

“네.”

“이 숲을 포위한다. 이번에는 정말 쥐새끼도 빠져나가지 못하도록 해.”

“이번에는 실수하지 않을 거예요.”

무영은 나무 아래를 가만히 살폈다.

사림이 지나간 곳은 흔적이 남기 마련이다. 제아무리 조심한다고 할지라도 흔적은 남는다. 잔디가 있고 풀이 우거진 숲 근처라면 더욱 그렇다.

무영은 봇짐이 놓여 있었던 그곳에서부터 점점 범위를 넓혀가며 땅을 살폈다. 발자국은 찾지 못하더라도 꺾인 풀잎이라도 본다면 성과는 크다.

한참 동안 주위를 살피던 무영의 눈동자가 순간 빛났다.

숲이 시작되는 어느 나무 아래.

그의 눈동자는 바닥이 아닌 위를 향하고 있었다.

'나뭇가지를 타고 이동했군.'

무영의 입꼬리가 슬며시 치켜 올라갔다.

헤이치는 쪼그려 앉은 자세로 손톱을 물어뜯었다.

며칠 전에 비해 그의 얼굴은 많이 수척해졌다. 벌써 얼마나 굶었는지 기억도 나지 않았다.

"제기랄! 왜 이렇게 늦는 거야?"

조그만 굴 안에서 그가 버럭 소리를 지르자, 안에 있던 다른 부하들이 몸을 움찔 떨었다.

헤이치의 신경이 갈수록 날카로워지고 있었다.

여관의 포위를 벗어났을 때, 그리고 봇짐장수 열 명을 모두 죽였을 때만해도 무사히 도망갈 수 있을 것이라고 여겼다.

그런데 무영은 빨랐다. 그는 자신들의 도주 사실을 하루가 지나기도 전에 눈치 챘다. 하루가 뭔가? 도주하고 한 시간이나 흘렀을까?

아무튼 무영의 신속한 대처로 로데스 시의 시프들은 도시 안에 줄을 쳐 버렸다.

무영 이계를 훔치다
Thief King

움직이면 줄에 걸린다. 꼼짝없이 먹이가 되고 만다.

결국 헤이치가 선택한 방법은 무기한 은신이었다. 아예 몸을 숨기고 나타나지 않는 것이다. 그럼 제아무리 줄을 쳐도 자신들을 잡지 못할 것이다. 버둥거릴수록 줄에 걸려들 확률이 높다는 건 시프인 그들이 잘 알던 사실이지 않은가.

그래서 헤이치는 부하들을 이끌고 숲 속의 좁은 굴에 들어와 몸을 숨겼다.

만약 시프들이 숲을 뒤진다면?

그건 오히려 반길 일이다. 줄이 움직이거나 조정되면 그 순간에 바로 빈틈이 생긴다는 것도 잘 알고 있었으니까.

그런데 줄은 움직이지 않았다. 몇날 며칠을 그대로 버텼다. 이 정도 시간이 흘렀으면 도시를 떠났을 것을 염두에 둘 만도 하건만 무영은 계속 줄을 유지했다.

굴 안에 숨은 지 첫날부터 사흘 동안은 사냥을 해서 식량을 해결했다. 그런데 사흘 후부터는 눈을 씻고 찾아봐도 사냥감이 보이지 않았다.

무슨 조화란 말인가. 숲 속에 짐승이 없다니.

그리고 언제부턴가 봇짐장수가 숲 밖을 기웃거렸다.

함정인가? 아닌가. 숲에 짐승이 사라진 이후부터 경각심을 가지고 조심했다.

하지만 일주일을 굶는 동안 그들의 냉철한 이성은 점점 허물어져 갔다. 대신 배고픔에 굶주린 본능만이 자꾸 고개를 들었다.

결국 헤이치는 모험을 하기로 했다. 부하 중 한 명을 보내 봇짐장수의 봇짐을 훔쳐 오는 것이다. 잔인한 것을 즐기는 헤이치지만 봇짐장수를 죽이지는 못하게 했다.

사람이 죽으면 이목이 집중되기 마련이니까. 조용히 식량만 빼오도록 지시했다.

그런데… 그런데 너무 늦는다.

굴은 좁고 공기도 항상 부족한 상태다. 좁은 굴에 며칠 동안 장정 10명이 들어가 있었으니 불쾌감이 정수리를 찌른다. 숨을 쉬어도 가슴이 답답하기만 하다.

"젠장! 이 새끼 돌아오기만 하면……."

헤이치가 다시 버럭 소리를 치는데 굴 입구에 그림자가 어렸다.

"다녀왔습니다! 무사히 식량을 챙겼습니다. 생각보다 식량이 상당히 많았습니다."

봇짐을 챙겨온 부하가 가득 웃음을 띠며 들어왔다.

"도대체 뭐 하다가 이렇게 늦은 거야!"

"늦은… 겁니까? 운이 좋아서 빨리 해결하고 왔다고 생각했는데……."

부하의 말은 사실이었다.

봇짐장수를 발견하자마자 기회는 찾아왔다. 상대가 봇짐을 내려놓고 소변을 보고 있었기에 훔치는 시간도 절약했고, 최대한 빨리 갔다가 올 수 있었다.

다만 좁은 굴에서 초조하게 기다린 헤이치로서는 그 시간이 길기만 했던 것이다.

"형님, 오랫동안 드시지 못했는데 그만하고 먹읍시다. 그래도 이렇게 식량을 구해오지 않았습니까?"

다른 부하의 말에 헤이치도 더 이상 화를 내지는 않았다. 며칠간 굶주린 그에게 앞에 놓인 식량은 아무런 생각도 나지 않게 만들었다.

헤이치가 침을 꿀꺽 삼키고 말했다.

"먹자."

봇짐 안에는 먹을 것이 많았다.

헤이치와 부하들은 정신없이 먹었다. 워낙 음식이 많았기에 한때는 배부르게 먹어도 될 것 같았다. 그리고 남은 음식은 남은 기간 동안 아껴서 먹을 작정이었다. 어차피 요리한 음식이었기에 오래 두고 먹기도 힘들었다.

"크크. 그래도 장사치들이 파는 음식이라서 그런지 맛이 좋습니다요, 형님."

"맞아, 킬킬. 정말 이게 얼마 만에 뜯어보는 고기야?"

"닥치고 먹기나 해."

헤이치는 쌀쌀하게 내뱉고는 묵묵히 음식을 먹었다. 지금은 배를 채울 수 있다지만 앞으로는 어떻게 해야 하나? 재수가 없다면 봇짐장수가 짐을 잃어버린 사실이 시프의 정보망에도 들어갈 것이다. 아니, 재수가 없다면이 아니라 십중팔구 들어간다.

다만 시프들이 언제 그 정보를 입수하느냐에 따라 자신들의 운명이 달라질 것이다.

그런데 그때가 이렇게 빨리 올 줄 누가 알았을까?

허겁지겁 음식을 먹고 있는 열 사람 모두에게 목소리가 들려왔다.

"밥 먹을 때는 개도 안 건드린다지만 네놈들은 개보다 못하니 좀 건드려야겠다."

헤이치와 부하들의 움직임이 뚝 멎었다.

그들은 입 안 가득 음식을 넣은 상태로 눈을 휘둥그레 떴다.

무영의 목소리!

헤이치는 눈을 부라리며 입 안에 든 음식을 뱉어냈다.

"툇. 쫓아왔군."

"혀, 형님."

아홉 명의 부하들이 잔뜩 긴장한 표정으로 헤이치를 보았다.

"부딪치면 죽는다. 무조건 달려라. 도망갈 생각만 해라. 혹시 도망친 자가 생기면 세르잔 시에서 열흘 후 이 시각에 만나도록 하자. 그때까지 안 오면 누구든 먼저 도착한 자는 배를 타고 대륙을 떠나라."

말을 마친 헤이치는 허리춤에서 단검을 꺼내 들었다.

말은 그렇게 했지만 과연 이 중에서 도망갈 수 있는 사람이 한 명이라도 있을까?

헤이치가 몸을 날렸다. 이어서 부하들도 달려나갔다.

"잡앗!"

피아가 앙칼지게 소리쳤다.

우거진 풀잎에 가려져 잘 보이지도 않는 좁은 굴에서 열 명이나 되는 사내들이 뛰쳐나왔다. 그들은 열 방향으로 나뉘어졌다. 피아의 명령이 떨어지자마자 굴을 포위하고 있던 시프들이 몸을 날렸다.

굴을 포위하고 있는 시프들은 모두 다섯 겹이다. 열 명의 도망자들이 줄에 걸려들지 않으려면 다섯 겹의 포위망을 뚫어야 한다.

현재 첫 번째 포위망이 움직여서 그들을 잡으려는 중이다.

지켜보던 무영이 입을 열었다.

"헤이치는 내가 맡지."

무영은 신형을 날렸다. 그가 비룡축전을 펼치자 다른 시프들은 눈을 휘둥그렇게 떴다.

'인간이 저렇게 빠른 움직임을 보일 수 있는가?

그들에게는 이계의 신법이 경이롭게 보였다. 물론 그들도 마나를 응용해서 신속한 몸놀림을 가지는 방법이 있다. 길드장 급의 시프들은 대부분 그런 방식을 이용해서 달린다.

하지만 곤륜의 비룡축전은 그들이 펼치는 보법보다 훨씬 빨랐다.

샤샥!

나뭇가지 위에 그림자가 내려앉았다. 신속하고 날렵한 움직임이다.

그는 날카로운 눈빛으로 주위를 둘러보았다.

모두 다섯 겹. 포위망은 다섯 겹으로 이루어져 있었다. 단 10명을 잡기 위해서 다섯 겹의 줄을 치는 것은 이례적인 일이다. 무영이 얼마나 자신을 잡으려고 하는지 알 만하다.

다크웹의 줄을 확인한 이상 탈출이라는 것이 아주 요원한 일만은 아니다. 운이 좋다면… 도망갈 수 있다!

헤이치는 몸을 날렸다.

그래도 한때 다크웹의 길드장까지 했던 그가 아닌가. 오랫동안 다크웹의 길드원으로 머물렀다. 줄을 쳤을 때 어쩔 수 없이 생겨나는 빈틈은 이미 파악하고 있는 그였다.

샤샤샥!

경쾌하게 나뭇가지를 밟아가던 헤이치는 순간 몸을 오른쪽으로 틀었다. 마나를 발바닥에 응축시켜 튕겨내는 방식으로 그는 나무와 나무 사이를 나는 듯이 옮겨 다녔다.

빈 곳! 빈 곳!

헤이치는 움직임을 멈추지 않았다. 벌써 포위망의 두 겹을 뚫고 지나왔다. 앞으로 남은 포위망은 세 겹! 가능하다!

다시 빈 곳!

푸스스―

나뭇잎이 살며시 떨려서 고개를 올려다보면 그곳은 이미 비어 있었다. 시프들은 그저 바람결이 일었으리라 짐작하는 것이 고작이다.

 무영 이계를 훔치다 Thief King

헤이치의 행동은 그만큼이나 은밀하고 신속했다.

이윽고 마지막 포위망을 앞두고 있을 때, 헤이치는 속도를 조금 줄였다.

마지막 포위망은 그야말로 개미 새끼 한 마리도 지나가기 힘들만큼 촘촘했다. 하지만 그는 알고 있다. 마지막 줄을 끊어내는 방법을. 그리고 이 지긋지긋한 거미줄에서 탈출하는 방법을 알고 있다.

한 명을 희생시킨다면…….

순간 헤이치의 눈빛이 빛났다. 하나의 희생만 내면 무사히 도망갈 수 있는 루트가 눈에 들어왔다.

시프는 잔뜩 긴장한 채로 사방을 살폈다. 어떤 것이든 움직이는 것이 있으면 잡아내겠다는 심정으로.

그는 가장 마지막 경계 줄에 속한 시프였다.

하지만 긴장을 늦출 수는 없다. 상대가 누군가. 다크웹에서 길드장도 지냈던 헤이치다. 가능성은 희박하지만 만에 하나라도 네 개의 포위망을 뚫었을 때, 자신에게로 올 가능성이 있다.

그런데 불행히도 그 가능성이 현실로 일어난 것은 얼마 지나지 않아서였다.

슈슉!

"헉!"

헛바람을 삼키는 것이 전부였다.

헤이치의 얼굴이 눈앞에 불쑥 나타나는가 싶더니 어느새

그의 칼은 시프의 폐부를 깊숙이 찔러 버렸다.

"껙. 껙!"

신음도 흐르지 않았다.

헤이치는 상대의 폐를 정확히 찔렀다. 단검을 눕혀 갈비뼈에 걸리지 않도록 그 사이를 찔러 넣었다. 폐가 뚫린 시프는 그대로 자리에서 허물어졌다.

헤이치는 지체없이 몸을 날렸다.

마지막 포위망을 뚫었을 때 헤이치는 속으로 쾌재를 불렀다.

'벗어났다!'

경쾌한 바람이 얼굴에 마주쳐 왔다. 같은 바람인데도 포위망 안에서 마주쳐 오던 바람과 지금의 바람은 전혀 감촉이 달랐다.

이제 그의 앞을 가로막는 것은 아무것도 없다. 이대로 멈추지 않고 달리기만 하면 된다.

한 명을 죽이고 포위망을 탈출했다. 다른 부하 녀석들은 어떻게 됐을까? 지금은 그들을 챙길 시간이 없다. 곧 마지막 줄이 끊어졌다는 것을 시프들이 눈치 챌 것이다. 그리고 자신을 쫓을 것이다.

우선은 달려야 한다. 필사적으로!

그런데…….

'음!'

뭔가 이상하다.

무영 이계를 훔치다
Thief King

헤이치는 전신에 소름이 쫙 끼치는 것을 느꼈다. 그는 황급히 고개를 두리번거렸다. 보는 자가 있는가? 자신을 쫓아오는 자가 있는가? 없다. 오로지 숲을 가로지르며 달리는 사람은 자신뿐이다.

그런데 그의 오감은 분명히 누군가 자신을 지켜보고 있다고 경고하고 있었다.

'제기랄! 뭔가 있어!'

겨우 벗어났다고 생각했는데. 그래서 죽을힘으로 달린다면 잡히지 않을 수도 있다고 생각했는데. 그런데 이 위화감은 뭔가?

'마법?'

마법을 부리는 시프들이 인비지빌리티를 사용해서 여섯 겹의 포위망을 구축하고 있는 것일지도 모른다.

'제기랄, 그렇다면 낭패다!'

헤이치는 달리는 것을 멈추지 않은 채 품에서 두루마리 하나를 꺼냈다.

마법 스크롤이다. 만약을 대비해서 몇 개씩 가지고 다니는 마법 스크롤.

시프가 항시 지녀야 할 마법 스크롤의 종류는 그리 많지 않다. 지금 그가 꺼내 든 것은 바로 디텍트 인비지블이다.

찌익―

최대한 소리가 나지 않도록 조심스럽게 찢었다. 그리고 다시 주위를 둘러보았다.

‘없잖아?’

보이지 않는다. 그렇다면 마법사 시프들로 구성된 여섯 겹의 줄은 존재하지 않는다.

그런데 온몸을 엄습해 오는 이 불길함은 뭐란 말인가!

“초조한가 보군.”

“헉!”

츠츠춧—

헤이치는 자신도 모르게 헛바람을 내뱉으며 우뚝 멈춰 섰다. 발이 땅에 끌리면서 마찰음을 내질렀다. 이렇게 큰 소리가 나면 위험하다.

하지만 지금 그는 더 위험한 상황에 처해 있다. 방금 그 목소리! 그건 틀림없이 무영이었다.

헤이치는 온몸에 식은땀이 흐르는 것을 느꼈다. 그가 퀭한 눈으로 사방을 두리번거렸다.

어딘가. 어디에서 말을 걸어온 건가!

“조금 빨리 네 뒤를 밟았다면, 시프 한 명이 죽지 않았을 텐데. 안타깝군.”

헤이치는 둔기로 얻어맞은 듯 정신적 충격을 받았다. 말이 길다. 이렇게 긴 말을 내뱉으니 헤이치도 당연히 상대의 위치를 잡아냈다. 그리고 그 위치를 깨닫고 나서 충격을 받은 것이다.

무영은 바로… 뒤에 있다!

헤이치는 경기를 일으키듯 몸을 뒤틀었다. 하지만…….

 무영 이계를 훔치다 Thief King

‘없잖아! 제길!’

분명히 목소리는 바로 뒤에서 들려왔는데 등 뒤에는 아무도 없었다. 헤이치는 주먹을 꾹 말아 쥐었다. 그리고 한 손에 들린 단검을 으스러져라 움켜쥐었다.

“어, 어디냐? 나와라.”

“난 여기 있는데, 네가 찾질 못하는군.”

등 뒤!

역시 틀림없다. 이번만큼은 등 뒤가 확실하다!

슈악!

헤이치는 몸을 뒤틀며 단검을 쾌속하게 찔러 들어갔다. 하지만 검날에 걸리는 것은 가벼운 바람뿐.

‘제, 제기랄! 이번에도!’

사람이 이렇게 빨리 사라질 수 있는가? 하늘로 솟은 건가? 땅으로 꺼진 건가?

헤이치는 정말 하늘로 솟거나 땅으로 꺼진 사람을 찾아내려는 듯 위아래를 훑었다. 하늘을 덮은 나뭇가지들은 그를 가만히 내려다보고 있었고, 땅은 벌레조차 지나가지 않았다.

식은땀이 또 한 번 등줄기를 타고 주룩 흘렀다.

“제기랄! 나와! 어디냐! 어디야!”

슉! 샤악!

헤이치는 미친 듯이 단검을 휘둘러 댔다.

가까이 있는 것만은 틀림없다. 시프로서의 타고난 감각은 그렇게 말하고 있다. 놈은 지척에 있다고.

그런데 보이지 않는다. 디텍트 인비지블도 펼쳤으니 투명 마법으로 숨을 방도는 없다. 그런데, 그런데 왜 보이지 않는가!

미치고 환장할 노릇.

휙휙! 휙!

"당장 나와!"

헤이치는 지칠 줄도 모르고 단검을 휘둘러 댔다. 그의 이성이 점점 마비되고 있었다.

그때 등 뒤에서 누군가 그를 떠밀었다.

툭.

"우어헉!"

헤이치는 경기를 일으키며 앞으로 튕겨 나갔다. 슬쩍 손길이 닿았을 뿐인데도 그는 구렁이라도 만난 여자처럼 몸서리를 쳤다.

"이, 이 자식!"

헤이치가 벌겋게 충혈된 눈으로 사방을 경계했다. 그러나 여전히 적은 보이지 않고…….

"으야압!"

헤이치는 보이지 않는 적을 향해 또 단검을 찔러 들어갔다. 그런데 이번에도 또 누군가 등을 건드린다. 다시 휘둘러지는 단검, 그리고 또 등 뒤의 감촉…….

"으아아악!"

헤이치는 머리를 감싸 쥐고 절규했다. 당장이라도 자신을 죽일 수 있는 자가 지척에 있는데, 정작 본인은 상대를 볼 수 없으니 오죽 미칠 심정일까.

"크흑. 으어억! 제발 나와. 어디냐? 어디야?"

무릎을 꿇은 헤이치는 전신을 부르르 떨며 사정하기 시작했다. 이제 잡혀도 좋다. 자신 앞에 모습만 보여준다면 좋을 것 같다.

등 뒤에서 찌를 듯이 전해지는 살기. 이 살기의 정체를 눈으로 확인할 수만 있어도 정신이 덜 미칠 것만 같다.

하나, 무영은 끝까지 모습을 드러내지 않았다. 대신 그는 살기가 일렁이는 눈빛으로 헤이치의 등을 노려보고 있을 뿐이었다.

때론 묘도보법 일성이 묘도보법을 극성으로 펼쳤을 때보다 훨씬 효과적이다. 마법이 존재하지 않는 중원이라면 극성이 진정한 극성이지만 이곳에서는 마법이라는 것이 있으니 오히려 가장 기본적인 것이 더 무섭기도 하다.

무영은 묘도보법을 펼쳐서 카인이 볼 수 없는 사각지대에 있었을 뿐이다. 그리고 끊임없이 노려보며 살을 에는 듯한 살기를 흘려댔다.

그러니 상대가 미치지 않고 배기겠는가.

잠시 후,

차차착!

시프들이 헤이치의 주위를 가득 포위했다.

헤이치는 여전히 등 뒤에서 느껴지는 살기를 향해 말했다.

"아우들은… 도망간 자가 있는가?"

그는 자신이 질문을 던지면서도 실수를 깨달았다. 있을 리가 없다. 이런 놈과 이런 놈 밑에서 지시를 받는 시프들이 아우들을 놓칠 리 없지 않나.

대답은 들리지 않았다.

하지만 결과는 충분히 짐작할 수 있었다.

*　　　*　　　*

사로잡힌 헤이치는 수도 로번으로 이송됐다.

로번 시에서는 무영 못지않게 헤이치가 사로잡히길 기다린 사람들이 있었다.

바로 카인과 베르카였다.

흑풍단과 이글즈의 상당수가 세상을 떠났다. 그게 누구 때문인가. 바로 헤이치 때문이다.

"주군! 저 녀석을 당장이라도 쳐죽입시다!"

"아니! 병신을 만들어서 평생 기어다니게 하죠!"

카인과 베르카는 압송된 헤이치를 보자마자 입에서 침을 튀겨가며 소리쳤다. 그들은 당장이라도 두 팔 걷어붙이고 헤이치를 때려죽일 기세였다.

"킬킬킬. 내가 이렇게 인기 많을 줄은 몰랐군."

헤이치가 능글맞게 웃으며 말했다. 그런 모습을 보니 카인과 베르카는 더욱 눈이 뒤집혔다.

무영 이계를 훔치다
Thief King

"주군, 설마 이번에도 이 녀석을 그냥 살려서 보내주는 것
은 아니겠죠?"

"그럴 수는 없습니다!"

무영은 한 마디도 하지 않았건만, 두 사람은 지레 걱정을
하며 말했다.

무영이 심심찮게 적을 풀어주기도 하니, 미리 못을 박아두
겠다는 생각이다.

다행히 무영은 고개를 저었다.

"이런 놈을 보내줄 생각은 없어. 다만 죽이지는 않는다."

"하, 하면?"

"카인, 베르카."

"예, 주군."

"너희들에게 헤이치를 맡기지. 어떤 짓을 해도 좋다. 다만
죽이지는 말도록. 사는 게 죽는 것보다 고통스럽다는 것을 깨
닫게 해줘라."

카인과 베르카는 서로를 바라보았다.

두 사람이 동시에 대답했다.

"맡겨주십시오. 주군!"

두 사람은 아직도 상황 파악을 하지 못하고 실실 웃는 헤이
치를 끌고 사라졌다.

일주일 후.

온갖 나쁜 것들만 모여 있다는 로번 시의 웝 로드.

그런데 이처럼 초라한 몰골이 또 있을까?

아무리 인생의 낙오자들로 득실대는 윔 로드라지만 그는 너무나 비참해 보였다.

쓰러져 가는 상가 앞에서 온몸을 바들바들 떨고 있는 사내.

두 눈은 불에 지져진 건지 흉측한 흉터로 덮였고, 코는 뭉그러졌으며 이는 모두 빠졌고 입은 찢어졌다. 귀가 있어야 할 자리도 움푹 함몰됐다.

팔도 없었고 다리도 없었다. 죽지 않고 살아 있다는 게 신기할 정도다.

사지가 절단된 병신. 보고, 듣고, 말하는 것이 불가능한 상병신. 쳐다보기만 해도 눈살이 절로 찌푸려지는 병신이 철통을 앞에 두고 구걸하고 있었다.

“이런 씨팔! 아침부터 재수없게 이런 곳에서 얼쩡거리지 말라니까!”

지나가던 사내가 병신을 보고 욕지기를 뱉었다.

병신은 듣지 못한다.

하지만 누군가 자신을 향해 욕한다는 것을 알았다. 보지 못하고 듣지 못해도 본능적으로 알았다. 그는 원래부터 타인의 기척에 민감했으니까.

말도 못하는 병신은 그저 오들오들 떨었다.

“에이 쌍! 재수없어!”

퍽!

괜히 지나가던 사내는 병신을 발로 걷어찼다. 얼굴을 얻어

 무영 이계를 훔치다 *Thief King*

맞은 병신은 공처럼 굴러갔다. 그는 잘려 나간 사지를 버둥거
리며 다시 원래 있던 곳으로 기어왔다.
　철통 앞에는 삐뚤삐뚤 글씨가 새겨져 있다.

　돈 말고, 먹을 것을 주세요.

　병신은 다시 철통 뒤에 앉아서 사람을 기다렸다. 먹다 남은
것이라도 던져 줄 사람을.
　아마 다른 사람이 보면 저렇게라도 살고 싶을까라는 생각
을 할 것이다.
　병신도 살고 싶지는 않았다. 죽고자 했다. 자살도 시도했
고, 굶어 죽으려고도 했다.
　하지만 죽을 수 없었다. 누군가 계속해서 그를 끈질기게 살
려냈다. 시프킹의 수족들일 것이다.
　그들은 그를 죽게 내버려 두지 않았다.
　헤이치는 죽을 수도 없었다.

CHAPTER 2

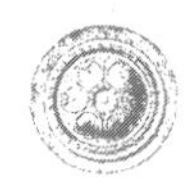

타마르를 잡아라!

베르카는 벽에 등을 기댔다.

온몸이 후들거려서 움직일 수가 없었다. 살아오면서 지금처럼 충격을 받은 적이 있었을까? 아니 앞으로 살아가면서도 오늘처럼 심한 정신적 충격은 다시 받지 않을 것이다.

맙소사. 세상에. 이건 말도 안 돼.

베르카는 서 있는 것조차 힘들었다. 무영과 카인, 그리고 레이가 자신을 물끄러미 바라보았다.

보다 못한 카인이 안쓰러운 표정으로 물었다.

"괜찮나? 베르카."

베르카는 대답하지 못했다. 뭔가 말을 해야 하는데 아무 생각도 나지 않았다. 아니, 생각이 났어도 말을 꺼낼 기력조차

없었다.

한참이 지난 후에야 베르카가 간신히 목소리를 흘려냈다.

"주, 주군. 방금 뭐라고 하셨습니까?"

무영은 베르카를 빤히 바라보았다. 그 시선에는 어쩐지 측은함도 묻어 있었다.

"레이는 아그네스의 아들이라고 했어."

"마, 말도 안 돼."

베르카는 귀를 틀어막고 싶었다. 이 방을 당장이라도 뛰쳐나가고 싶었다.

이건 있을 수 없는 일이다. 있어서도 안 될 일이다.

아그네스에게는 양아들이 있다. 아그네스의 마법을 이어받았을 확률이 가장 높은 유일한 양아들이다. 그는 현재 행방불명. 어디에 있는지 알 수 없다. 다만 여장을 하고 다닌다는 괴 소문이 있을 뿐이다.

그런데 레이가 그 아들이라고? 그럼 레이가 남자라는 말이 아닌가! 그게 가당키나 한 말인가!

어딜 봐서! 저 얼굴의 어디를 봐서 레이가 남자라는 말인가!

베르카가 배시시 웃었다.

"하, 하하. 주군, 뭔가 착오가 있었나 보군요. 레이는 남자가 아니지 않습니까? 하, 하하. 그럴 리가 없지요. 그럴 리가. 그럴 리는 없어야죠."

"베르카……."

카인이 안타까운 표정으로 베르카를 바라보았다. 그는 조심스럽게 베르카의 어깨를 짚으며 말했다.

"네 심정은 알지만 사실이다. 적어도 레이가 남자라는 것은 사실이야."

"웃기지 마! 너 내가 레이랑 친해져서 질투하는 거지?"

"휴우. 나도 그랬으면 좋겠다."

"너도 잘못 안 거야. 레이가 남자라니. 말이 된다고 생각해?"

"베르카… 난… 확인도 했어."

"뭐?"

베르카는 돌처럼 굳어버렸다. 카인은 차마 그를 마주보지 못하고 시선을 옮겼다.

"그게… 무슨 말이야? 확인했다니. 뭘?"

"그거… 말이다. 그거… 확인했다."

"그러니까… 뭘?"

"레이 녀석의 그거… 말이다. 다리 사이에 있는 거… 왜 있잖아. 그거……."

"이 자식! 너 언제 레이를 훔쳐봤다는!"

베르카가 카인의 멱살을 움켜잡았다. 카인은 그저 담담히 시선을 외면할 뿐이었다.

이럴 게 아니다. 카인을 몰아붙여서 뭘 더 듣는단 말인가. 어차피 레이가 남자라는 둥 헛소리나 해댈 것이 분명하다.

그래, 레이에게 직접 들으면 된다. 다른 사람이 다 그렇게 생각하더라도 레이가 아니면 아닌 것이다.

베르카는 얼른 레이에게 달려갔다. 그리고 자신도 모르게 레이의 양어깨를 콱 움켜잡았다.

"아얏! 오빠, 아파……."

"아, 미, 미안해, 레이. 카인이 한 말이 사실은 아니지? 넌, 넌… 여자… 잖아. 그치?"

"나? 남잔데?"

아주 당연하다는 듯 튀어나온 대답. 레이는 순진무구한 눈동자로 베르카를 올려다보았다.

털썩.

이윽고 베르카의 다리에 힘이 완전히 풀리고 말았다.

'이, 이건 꿈이야. 그래, 차라리 악몽이야.'

하지만 꿈이 아니라는 것쯤은 알고 있다. 그래서 더욱 괴로운 베르카였다.

베르카가 진정되고 나서 회의는 계속 진행됐다.

무영이 레이에게 물었다.

"아그네스가 분명히 차원 이동에 성공했다고 했지. 왜 그렇게 말한 거지?"

"아빠는… 분명히 성공했어. 다만 아빠가 차원 이동하지 못한 것뿐이야."

"말이 안 맞잖아."

카인이 귀를 후비며 짜증 섞인 목소리로 말했다.

레이는 그를 힐끗 노려보고는 말을 이었다.

"아빠는 천재 마법사야. 아빠는 무려 30년이 넘도록 차원 이동 마법을 연구하셨어. 그리고 차원 이동할 수 있는 마법을 개발해 냈지."

"그런데?"

"하지만 차원 이동 마법은 말처럼 간단한 게 아니야. 아빠는 차원 이동 마법이 실현되면 인간의 다음 목표는 수명 연장이 될 거라고 하셨어. 그만큼 차원 이동 마법은 현실적으로 어렵다는 이야기야."

"수명 연장이라면?"

"드래곤처럼 오래 살 수 있게 된다는 말이지. 차원 이동에 성공하고 나면 인간은 분명히 그런 마법을 개발하려고 노력할 거라고 했어."

"그럴 수도 있겠군. 그런데 그 문제는 관심없고… 그래서 어떻게 됐지?"

"하지만 인간이 체내에 모은 마나만으로 차원 이동을 한다는 건 완전히 불가능해. 그래서 아빠는 약물을 만들기로 하신 거야. 차원 이동이 가능한 약물. 그 약물을 복용한 다음 캐스팅하면 약물의 힘을 빌려 차원 이동이 되는 거야."

무영의 눈빛이 반짝 빛났다.

"그래서 약물을 분명히 개발해 냈단 말인가?"

레이가 고개를 끄덕였다.

"그랬다니까. 다만……."

“다만?”

“아빠한테는 단점이 있었어.”

“단점?”

“응… 그러니까……”

레이는 우물쭈물거리며 말을 잇지 못했다. 어쩐지 말을 꺼내기가 부끄러운 모양이었다.

무영이 눈치 채고 부드럽게 말했다.

“괜찮아. 말해봐. 대마법사에게 한두 가지 단점 정도는 있어야지. 사람이 완벽할 수는 없잖아.”

“역시 그렇지?”

레이가 대번에 표정이 밝아지며 말했다.

‘단순한 놈.’

무영은 속생각을 숨기고 그저 웃어주기만 했다.

가까스로 자신감이 생긴 레이는 오래 전 그날 있었던 일을 무영에게 전해주기 시작했다.

*　　　*　　　*

아그네스는 팔을 부들부들 떨었다.

그는 길고 뾰족한 유리관을 들고 있었다. 유리관 끝에는 약물이 한 방울 들어 있다. 이 약물을 실험대 위에 놓인 컵에 담기만 하면 길고 지루한 실험은 끝이 난다.

그동안의 과정은 기억과 기록에만 남을 것이고, 눈앞에는

 무영 이계를 훔치다 *Thief King*

결과가 남을 것이다.

"휴우! 빨리 좀 해요!"

멀찌감치 떨어져서 지켜보기만 하던 레이가 한숨을 내쉬며 재촉했다. 순간 아그네스는 눈썹을 성큼 치켜올리며 눈을 부라렸다.

저 어린것이 몇 십 년 동안의 실험을 망치려고 작정을 했나!

아그네스는 잔뜩 성난 얼굴로 입술에 검지를 가져다댔다.

말을 하면 안 된다. 말 한 마디에 공기의 파장이 일어나고, 약물에 영향을 줄 수 있다. 혹여 침이라도 튀어서 약물에 들어가면 말짱 헛일이다. 침의 성분이 약물의 성질을 변형시킬 것이다.

한 치의 오차가 있어서도 안 된다.

지금 레이의 발언은 위험하다. 말의 내용이 문제가 아니라 입을 연다는 것 자체로 위험하다. 지금 실험실은 쥐 죽은 듯 조용해야 한다.

이 약물 한 방울은 작지만… 인류에게는 위대한 약진이다!

아그네스는 심호흡을 했다. 물론 마음속으로.

그는 떨리는 팔을 천천히 옮겼다. 컵 위로 가져간 유리관을 살짝 쳐 주기만 하면 된다. 그걸로 길고 길었던 싸움은 끝이다.

차원 이동 약물이 만들어진다!

아그네스는 유리관을 살짝 쳤다.

톡.

약 한 방울이 컵에 떨어졌다.

컵에 담긴 약물은 원래 붉은색이었다. 그런데 노란색 약물이 들어가자 부글부글 끓기 시작하더니 이내 점점 짙은 검은색으로 변하기 시작했다.

'실패인가!'

약물은 한참 동안 끓었다. 온갖 어두운 색만 다 집어삼킨 것처럼 까맣게 끓어오르던 약물은 점차 맑고 푸른색으로 변해갔다.

"이, 이건!"

지금까지 한 마디도 하지 않았던 아그네스가 자신도 모르게 소리를 쳤다.

부글부글 끓던 약물은 이내 고요한 호수처럼 차분해졌다.

한참 떨어진 곳에서 지켜보던 레이가 한걸음 다가왔다.

아그네스의 팔은 조금 전보다 더욱 떨렸다. 아니, 팔뿐만 아니라 몸 전체가 사시나무처럼 떨렸다.

"아, 아빠? 성공한 거야?"

"……."

아그네스는 말을 하지 않았다.

또 실패인가. 새삼스러울 건 없다. 아그네스는 늘 실패했다. 무려 30년 동안. 사람들은 그를 9서클의 대마법사라고 칭송하지만, 정작 아그네스는 자신의 인생을 '실패 인생'이라고 생각했다.

무영 이계를 훔치다
Thief King

그만큼 그는 실패에 익숙하다.

레이는 애써 활짝 웃었다. 언제나처럼 아그네스를 위로할 생각이다.

"아빠! 그것 봐? 내가 뭐랬어? 실패할 거라고 했지? 자 내 놔. 1골드야. 에이! 이럴 줄 알았으면 좀 더 돈을 많이 걸 걸 그랬네."

"……."

"아빠… 괜찮아! 나한테 1골드 주고 다음에 이기면 되잖아! 다음에 얼마 걸까? 10골드?"

레이는 분위기를 전환하기 위해 노력했다.

하지만 아그네스는 고개를 푹 숙이고는 들어 올릴 줄을 몰랐다. 흐느끼고 있는 것인지 어깨는 가늘게 떨었다.

레이는 난감했다.

지금까지 아빠가 이렇게 낙담한 적이 있었던가? 아빠는 스스로 실패 인생이라고 말했지만, 진정 괴로워한 적은 단 한 번도 없었다.

실패할 때마다 아빠는 잘못된 방법 한 가지를 알아낸 것으로 생각하셨다.

'나의 실패는 뒷걸음이 아니라, 전진하는 한걸음이다.'

아빠는 분명히 늘 그렇게 말씀하셨다. 그렇게 30년 동안 전신하신 분이다.

그런데 오늘은 어쩐지 이상했다.

하긴… 30년이다. 아무리 실패도 좋게 받아들이는 그라지만, 30년이라는 세월은 짧지 않다.

레이는 이제 분위기 전환보다는 진심 어린 위로가 필요할 때라는 것을 느꼈다. 그래서 그는 아그네스의 등 뒤로 조심스럽게 다가갔다. 그리고 그의 등에 가녀린 손을 댔다.

"아빠. 너무 실망하지……."

"크하하하! 푸하하하! 으갸갸갸! 우히히히!"

레이는 깜짝 놀라서 물러섰다.

아그네스는 미친 듯이 웃어댔다.

'추, 충격이 너무 큰 걸까? 아빠가 제정신이 아냐!'

레이의 커다란 눈망울에 눈물이 글썽였다. 아빠가 드디어 미치신 거다. 그러지 않고서야 저런 행동을 할 리가 없다.

"우흐흐흐, 레이. 방금 뭐라고 했지?"

"아, 아빠. 왜 그래?"

"크크크. 레이. 이 녀석! 내기는 내가 이겼다! 100골드 내놔라!"

"무, 무슨 말이야? 지금 그게 무슨 말이야?"

레이가 눈을 동그랗게 뜨고 되물었다.

설마? 설마?

"크하하하! 우하하하하!"

아그네스는 컵에 담긴 푸른 약물을 들어 올려서 레이 앞에 불쑥 내밀었다.

"이게 뭔지 아느냐? 바로 차원 이동 약물이라는 거다!"

"저, 정말? 정말 성공한 거야?"

무영
이계를
훔치다
Thief King

"쿠흐흐! 못 믿겠지? 믿지 못할 거다. 그래, 믿을 수 없지. 믿기 힘든 사실이야."

털썩!

아그네스는 그대로 무릎을 꿇었다. 그리고 지난 30년 간의 세월을 회고하는 듯 눈을 지그시 감았다. 그의 목소리는 잔뜩 젖어 있었다.

"긴 시간이었다. 정말 요원한 꿈일 줄만 알았다. 그런데 해냈어. 레이, 너는 아느냐? 인간이 꿈을 꾸면 그 꿈은 이루어진단다."

"마, 맙소사! 정말 그럼 이게?"

"그래, 내 아들아! 이게 바로 내가 30년 동안이나 만든 그 약물이다. 참 작지 않으냐? 30년 동안 만들어낸 것이 고작 한 손에 들어 올려지는 컵에 담겨 있다니. 크하하하. 우히히히. 하지만 성공했다! 성공했어!"

아그네스는 감정을 주체할 수 없는 듯했다. 지나온 세월을 돌이키며 가슴을 적시기도 하고, 이뤄낸 결과물을 보며 미친 듯이 웃기도 했다. 그리고 가끔은 숙연한 자세를 가졌다.

레이는 그날, 한 사람이 오랜 시간 끝에 성공하면 정신이 이상해질 수 있다는 것을 확실히 배웠다.

"아빠가 없어도 마법 공부는 게을리 하지 말거라."

"응."

"아빠가 없어도 항상 밝게 살아가라."

“응.”

“아빠가 없어도…….”

“어서 가.”

레이는 어제처럼 아그네스로부터 멀찌감치 떨어져 있었다. 아그네스는 실험대 앞에 서 있었다. 실험대 위에는 어제 개발해 낸 그 약물이 있었고, 레이는 실험실 입구에 서 있었다.

아그네스는 이제 곧 차원 이동을 시도할 생각이었다.

차원 이동 방법을 개발해 낸 것은 엄청난 사건이다. 때문에 아그네스는 고민하지 않을 수 없었다. 이 결과를 전 세계의 마법사들에게 공표하느냐, 마느냐.

하루 동안 꼬박 고민을 한 아그네스는 결국 함구하기로 했다.

“레이야, 알지? 무슨 일이 있어도 이 결과에 대해서…….”

“알아. 절대로 비밀. 아빠는 실패를 거듭하다가 결국 가출한 거야.”

“그래.”

아그네스는 희미하게 미소를 지어보였다.

사랑스러운 아들이다. 똑똑하고 명랑하다. 어느 고아원의 악덕 원장에게 남색을 당할 뻔한 어린 레이를 구해주었다. 그 후로 양아들로 삼았다. 그동안 많은 정이 들었다.

하지만 이제 떠날 때다.

차원 이동 약물을 개발할 때 적어놓은 모든 기록은 어제 모두 불에 태웠다. 워낙 만드는 과정이 복잡하기에 그 스스로도 기록이 없다면 다시 만들 수 없으리라.

하지만 약물이 있는 이상 걱정할 필요는 없다. 이 약물이면 한 방울만 몸에 닿아도 차원 이동에 성공한다. 평생 차원 이동만 하다가 죽을 수도 있을 만큼 많은 것이다.

약물 제조법이 인간들에게 알려져서 악용되는 것보다는 이런 방법이 차라리 낫다고 생각한 것이다.

"아빠. 정말 나는… 같이 가면 안 돼?"

"안 돼."

아그네스는 단호했다. 완벽한 결과물이라고 생각하지만 차원 이동은 위험하다. 텔레포트조차도 좌표를 잘못 정했다가는 전신이 공중분해 될 수 있다. 하물며 차원 이동이지 않은가.

"아빠가 적어놓은 마법 서적은 모두 일곱 번째 창고에 들어 있다."

"알아."

"훗날 타마르를 만나게 되거든 아빠를 대신해서 고맙다는 말을 전하거라."

"응."

"그럼 아프지 마라."

"응……."

레이는 애써 눈물을 참았다.

아그네스도 더 이상 아들의 얼굴을 보기 힘든지 몸을 돌려

버렸다.

생애 처음 시도하는 차원 이동이기에 기쁘고 설렌다. 하지만 사랑하는 아들과 헤어지는 것은 슬프다.

아그네스는 두 팔을 활짝 펼쳐 올렸다. 이제 잘 알려지지 않은 고대어로 주문만 캐스팅하면 모든 것이 끝이다.

그가 떨리는 목소리로 입을 열었다.

"아비루 탐스 니코만 델라리아 케보이션 텔레퐁! 즈 다마트선 멩봉링 자브러가 롤로이얀 참스! 케보레트 텔레퐁! 사브란다 미스 자리……."

"아… 아빠 그만……."

레이가 슬픈 표정으로 아그네스를 불렀다.

하지만 아그네스는 멈추지 않았다. 아들의 안타까운 부름에 마음 약해질 그가 아니었다. 망설임은 없다.

이윽고 그가 텔레포트 주문을 완성했다.

"즈로 케믈라비텅 살사만디아 샤넨 니도르 텔레퐁!"

파앗―!

새하얀 빛이 터져 나왔다. 눈을 제대로 뜰 수도 없을 만큼 강한 빛이었다.

"아!"

레이는 얼른 팔로 얼굴을 가리면서 물러났다.

빛은 한참 후에야 사라졌다.

"아빠……."

레이는 눈을 가렸던 팔을 내리고 멍하게 중얼거렸다.

결국 아빠는 주문을 모두 캐스팅해 버렸다. 말리고 싶었다. 그만 멈춰달라고.

하지만 아빠는 멈추지 않았다. 끝까지 냉정함을 유지했다. 주문을 읊는 그 순간만큼은 냉정했다.

털썩!

무릎을 꿇었다.

톡. 톡.

닭똥 같은 눈물이 바닥에 떨어졌다.

무릎을 꿇고 눈물을 흘리는 자는 레이가 아니었다.

"아빠……."

레이는 안쓰러운 마음을 이기지 못하고 천천히 다가섰다.

그랬다. 차원 이동은 실패했다. 아니 성공했다. 하지만 아그네스가 차원 이동을 하는 데는 실패했다.

그는… 약물을 복용하고 주문을 외워야 한다는 사실을… 깜빡했다.

그 결과 약물만 차원 이동해 버렸다. 30년간의 세월을 투자해서 만든 약물이 흔적도 없이 사라져 버렸다. 그걸 만든 사람만을 남기고.

"…해줬어야지."

"응?"

레이는 깜짝 놀라 고개를 들었다. 아그네스가 뭐라고 말을 뱉고 있었다.

"말을 해줬어야지, 레이."

"아… 그래서 내가 그만하라고 말렸는데……."

"좀 더 큰 소리로 확실히 말렸어야지!"

"미, 미안."

아그네스는 울었다.

레이를 다그쳐서 어쩌겠는가.

지난 30년의 세월을 어떻게 보상받아야 하는가.

차원 이동 약물이 이계로 넘어가 버렸다. 캐스팅까지 해버렸으니 이제 그 약물이 몸에 한 방울이라도 닿는 자는 무차별 차원 이동이 될 것이다.

"우흐흐흐. 우히히히."

아그네스는 실성한 사람처럼 웃어댔다. 어제와 비슷한 웃음 소리였지만 의미는 전혀 달랐다.

그의 눈동자에는 더 이상 생기를 찾아볼 수 없었다. 그동안 연구 기록은 모두 불태웠다. 약물을 다시 만든다는 것은… 상상할 수 없다.

"우흐흐흐."

"아빠……."

"흑흑. 크흑흑."

"울지 마……."

"우히히히."

"웃지도 마……."

아그네스는 그날 하루 종일 울다가 웃다가를 반복했다. 그 다음날도 삶의 의미를 잃은 사람처럼 넋을 놓고 지냈다. 그

무영 이계를 훔치다
Thief King

다음날도, 그 다음날도…….

그로부터 며칠 후 아그네스는 숨을 거뒀다.

사람들은 아그네스가 왜 죽었는지 몰랐다. 천재 마법사 아그네스가 차원 이동 약물을 개발했다는 사실도 몰랐다. 그가 건망증 때문에 차원 이동에 실패했다는 사실도 아무도 몰랐다.

다만 레이만 모든 사실을 알고 있을 뿐이었다.

사람들에게 존경받는 대마법사 아그네스는 그렇게 장례를 치렀다.

*   *   *

실내는 묘한 분위기였다.

말을 모두 마친 레이는 울적한 표정이었고, 무영은 깊은 생각에 빠져 있었다. 그리고 카인은 어떤 표정을 지어야 할지 고민했다.

'건망증 때문에 약물만 차원 이동 시켜 버렸다고?

이런 어이없는 일이 있을 수가. 천재일수록 건망증이 심하다는 말은 들었지만, 30년간 연구한 결실을 그렇게 허무하게 날려 버리다니.

아그네스의 실망감이 이해가면서도 한편 웃기기도 한 것이 솔직한 심정이었다.

반면 무영은 뭔가를 골몰히 생각하다가 입을 열었다.

“그러니까… 약물만 차원 이동이 됐단 말이지?”

“응.”

“그 약물에 닿기만 해도 다시 차원 이동이 될 거고?”

“응.”

“그럼 혹시……."

“오빠가 생각하고 있는 게 맞아.”

레이는 무영의 생각을 짐작하고 있는 듯 말했다.

무영은 얼마 전에 레이에게 자신이 어떻게 차원 이동을 하게 되었는지 말해준 적이 있었다.

지금 그는 자신이 마신 그 약물이 어쩌면 아그네스가 만든 약물일지도 모른다는 생각을 한 것이다.

레이가 그 사실을 다시 확인시켰다.

“아마도 아니, 틀림없이 오빠가 복용한 약물은 아빠가 만든 그 약물이야. 오빠가 다쳤을 때 혈액을 채취해서 조사해 봤거든.”

“그럼 어째서 나는 계속 차원 이동하지 않는 거지? 네 말대로 약물에 닿기만 해도 차원 이동이 된다면서?”

“물론 약물은 계속 주문이 걸린 상태야. 식물을 제외한 동물이나 인간의 몸에 닿으면 바로 발동 조건이 되지. 하지만 오빠 그걸 다 마셔 버렸잖아. 몸에 들어간 약물은 당연히 성분이 변할 수밖에. 오빠의 침, 피, 여러 가지 체내에서 분비되는 액으로 인해 약물이 변질될 테니까.”

무영은 생각을 정리해 보았다.

 무영 이계를 훔치다 Thief King

레이의 말이 사실이라면 오늘 많은 걸 알아낸 셈이다.

이 대륙에서 아그네스의 실험이 이루어졌고, 그의 실수로 인해 차원 이동 약물이 중원으로 옮겨진 것이다. 그리고 우연찮게 혈교에서 그 약물을 가장 먼저 발견해 낸 것이 틀림없다. 그 후로 세 명의 정파 고수들이 혈교의 비약을 묻힌 화살에 맞고 사라진 것이다.

그중 한 명이 바로 천단검제 노설평이다.

레이가 말을 이었다.

"처음에 고르틴 산 중턱에 쓰러진 설평 아저씨를 발견했을 때 정말 깜짝 놀랐어. 어쩌면 여신이 준 기회라고 생각했지. 그 아저씨는 분명히 이곳 사람이 아니었으니까. 그런데 곧 실망할 수밖에 없었어. 몸이 만신창이었거든. 몸은 이미 중독된 상태. 내가 해독할 수 없는 종류였어."

"혈석형독……."

"아저씨는 자기와 같은 세계에서 온 사람이 더 있을지도 모른다는 거야. 그러면서 만나게 되면 데려와 달라고 부탁하더라구. 그 사람에게 힘을 전해주고 싶다고."

"그래서 나를 찾아온 건가?"

레이는 고개를 살래살래 내둘렀다.

"아니. 있을지 없을지도 모르는 사람을 어떻게 찾아? 차원 이동을 한다고 해서 같은 시간대, 같은 대륙으로 온다는 보장도 없는데."

"그러면 어떻게 찾았나?"

“샤이란이 말해줬어. 재미있는 놈을 발견했다고.”

“샤이란!”

무영이 몸을 벌떡 일으켰다.

샤이란. 그를 만난 건 단 한 번이다.

하지만 결코 잊을 수 없다. 차갑지만 아름다운 외모의 소유자. 상대를 조소하는 듯한 태도. 실제로 그에게 멸시를 당했다. 어찌 잊을 수 있을까?

“샤이란은 리치의 소굴에서 오빠를 본 거지. 나는 그 이야기를 듣고 곧장 오빠를 찾아 나선 거야.”

“샤이란… 도대체 그 사람은 누구지?”

“샤이란에게 무시당했어도 잊는 게 좋아. 그 녀석, 드래곤이니까.”

“드래곤!”

이번에는 실내에 있던 모든 사람들이 경악해서 소리쳤다. 드래곤이 인간들과 어울린다는 것은 금시초문이다. 그들은 오만하다. 인간 위에 신처럼 군림한다. 인간사에 개입한 적도 없다.

드래곤은 그런 종족이다.

그런데 레이는 지금 친한 친구를 말하듯 한다.

“드래곤은 보물을 좋아해. 타마르의 단검도 원래 샤이란이 노리던 거였어. 그런데 오빠가 되찾아갔지.”

“대항할 수 없는 뭔가를 느끼긴 했지만… 그런 게 드래곤일 줄이야……”

 무영 이계를 훔치다
Thief King

“샤이란은 아빠를 도와준 유일한 드래곤이야. 둘은 싸운 적이 있는데 승부가 나지 않았어. 그 뒤로 친구가 됐지.”
레이는 ‘친구’라는 말을 하면서 저도 모르게 피식 웃었다.

“아그네스. 넌 나의 유일한 인간 친구다. 하지만 너는 결국 내 손에 죽을 거야.”

샤이란은 분명히 그렇게 말했다. 둘은 언제나 서로를 잡아 먹을 듯 노려보았다. 그러면서도 서로를 도왔다. 레이가 보기 에는 아주 이상한 친구였다.

“아그네스가 죽다니. 어쩐지 그놈이 깨어날 것만 같군. 500년 뒤에 악몽을 꿨다고 칭얼거리면서 깨어날 것만 같단 말이야.”

아그네스가 죽었을 때, 샤이란은 바위에 걸터앉아 하루 종 일 하늘만 바라보았다. 태양이 저무는 것을 보았고, 별이 떠 오르는 것도 보았다.
하지만 그는 아그네스의 죽음을 쉽게 받아들이지 못했다. 그에게는 아그네스가 마치 자신과 같은 종족처럼 느껴졌다. 길고 긴 잠을 자고 나면 기지개를 켜며 일어날 것만 같은.
레이가 삼산 회상하고 있을 때, 무영이 말을 꺼냈다.
“그럼, 샤이란과 타마르. 이 둘이 아그네스 마법사를 도와 주었단 말인가?”

“응. 유일하게 도운 자들이지.”

“갑자기 나한테 모든 걸 털어놓는 이유는 뭐지?”

“들켰으니까.”

“음?”

이번에는 카인과 베르카도 눈을 동그랗게 뜨고 무영과 레이를 번갈아 보았다.

무영이 피식 웃었다.

“언제 알았나?”

“내가 묻고 싶어. 내가 아그네스의 양아들이라는 사실을 언제 알았어?”

카인과 베르카가 어리둥절하고 있는 사이, 두 사람은 태연하게 말을 주고받았다.

무영이 어깨를 으쓱이고는 대답했다.

“너와 타루가 동일 인물이라는 것을 알았을 때 처음으로 짐작했고, 네 마법을 볼 때마다 서서히 확신을 가졌지.”

“내가 양아들이라는 것을?”

“그래.”

“그랬구나.”

“그럼 이제 대답해 봐. 내가 눈치 챘다는 건 언제 알았나?”

“오빠가 카슬라를 꺾었을 때.”

“어째서?”

“카슬라가 조금씩 마나를 도둑맞았다는 걸 알았을 때 알 수 있었지. 내가 오빠를 훔쳐 볼 때마다 마나가 조금씩 빠져

나갔으니까."

"그래서 이제는 어떻게 할 생각이지?"

"어떡하긴? 서로 힘을 합해야지. 나도 차원 이동을 실현하고 싶고, 오빠도 이계로 돌아가고 싶잖아? 목적이 같으면 서로 힘을 합해야지."

"하하. 좋아, 좋아. 시원시원해서 좋군."

무영은 기분 좋게 웃었다.

레이는 그런 무영을 보며 살짝 미소 지었다. 레이는 뒤에 이어질 말은 꺼내지 않았다. 만약 단 한 사람만이 차원 이동을 할 수 있게 된다면 자신이 갈 것이라는 것을.

한편 두 사람의 대화를 지켜보던 카인과 베르카는 얼이 나간 듯 멍한 표정이었다.

뒤늦게 카인이 정신을 차리고 물었다.

"주, 주군. 그럼 레이가 남자라는 사실을 알고 계셨습니까?"

"당연하잖아."

"어, 어떻게 그게 당연한… 누가 봐도 여자 같은 녀석을……."

"그래? 레이가 여자 같단 말이야? 하긴 좀 예쁘장하지."

오히려 무영은 지금까지 몰랐던 사실을 안 것처럼 고개를 갸웃거렸다. 사실 타인을 관찰하는 데 탁월한 능력을 가진 무영은 레이의 정체를 금방 알 수 있었다.

물론 그도 처음에는 레이가 여자인 줄 알았다. 하지만 그

생각은 오래 가지 않았다. 고르틴 산에 오르고 나서부터는 남자라는 사실을 거의 확신했다.

그 후로는 자연스럽게 레이를 남자로 보다 보니 다른 사람의 생각은 미처 알지 못했던 것이다.

"아무튼 레이, 같이 힘을 합해서 차원 이동을 실현시켜 보자."

"응. 오빠. 나 역시 최선을 다할게."

레이가 짐짓 밝게 대답했다.

그때, 카인이 불쑥 끼어들었다.

"주, 주군. 이 녀석 말투부터 고치게 해주십시오! 도대체 남자 새끼가 남자한테 오빠라니요!"

"뭐 어때? 남자가 오빠라고 부르면 안 된다는 법은 없잖아?"

"헉! 주, 주군……."

카인은 충격을 받은 듯 입을 쩍 벌렸다. 그가 베르카를 돌아보고 소리쳤다.

"베르카! 너는 그렇게 생각하지 않겠지? 이 녀석이 오빠라고 부르지만 않았어도 네가 그렇게……."

"카인."

"으, 응?"

"언어는 자유로워야 한다고 생각해. 레이가 남자라는 사실은 매우 슬픈 현상이지만 언어는 자유로워야 해. 그래, 기호학이지. 우리가 태초부터 남자를 오빠라고 부르기로 약속했

다고 해서 이상할 것은 없잖아? 오빠란 단어의 입장에서 생각
해 보란 말이다, 이 자식아! 크흑!"

베르카는 눈시울을 붉히더니 결국은 울음을 터뜨리며 달
려나갔다.

"저, 저 자식도… 돌았나?"

카인이 멍한 표정으로 중얼거렸다.

*   *   *

샤샥! 샥!

우거진 숲에서 검은 그림자들이 은밀하게 움직였다. 마치
바람이 숲 속에 비집어든 것처럼 은밀하고 신속했다.

그림자들은 넓게 퍼졌다. 그리고 한곳을 향해서 조금씩 좁
혀갔다.

그들이 접근해 가는 곳은 한 군데.

절벽 아래의 어린아이 키만 한 동굴이었다.

샥! 샥! 샥!

동굴 입구를 앞에 놓고 검은 그림자들이 포위하듯이 착지
했다.

"저긴가?"

나무 옆에 서 있던 무영이 동굴을 가리키며 물었다. 옆에
선 알드리트가 고개를 숙이며 대답했다.

"그렇습니다, 킹."

타마르의 행방이 잡혔다.

그가 잠적한 곳은 바로 메즈 산. 제국의 남동쪽에 위치해 있으며 세리나 왕국과 카르젠 제국의 국경 역할을 하는 메즈 산맥에 자리 잡고 있다.

무영은 지금 메즈 산 속, 타마르가 숨어 지낸다는 동굴 앞에 와 있는 것이다.

동굴 주위에는 초목이 전혀 없었다. 만약 누구라도 동굴로 접근한다면 몸을 고스란히 노출시킬 수밖에 없으리라. 아마도 은밀하게 접근할 수 없도록 초목을 모두 제거한 듯했다.

"이제 어떻게 가시겠습니까?"

알드리트가 물었다.

동굴까지의 거리는 100미터 정도. 가는 동안 몸을 숨길 수 있는 곳이 전혀 없다.

"할 수 없군. 그냥 걸어갈 수밖에."

"하지만……."

"다른 방도가 있는가?"

알드리트는 대답하지 못했다.

결국 무영과 시프들은 몸을 고스란히 드러내놓고 동굴 입구를 향해 걸어가기 시작했다.

자박. 자박.

드르륵―

아니나 다를까 그들이 중간쯤 걸어가자, 절벽의 석벽이 빙그르 돌아가더니 땅딸막한 키의 사내들이 우루루 쏟아져 나

 무영 이계를 훔치다
Thief King

왔다. 모두 얼굴에 수염이 가득하고 탄탄한 몸을 지닌 드워프
족이었다.

"멈춰라!"

무영은 당황하지 않고 무리로부터 한 걸음 나섰다.

"타마르를 만나려고 왔소."

"흥! 타마르님은 누구도 만나지 않으신다. 돌아가라!"

"꼭 만나야만 하오."

"돌아가지 않겠다면 힘으로 돌려보낼 수밖에."

"그럼 이쪽도 할 수 없군요."

차앙!

시프들이 일제히 검을 뽑아 들었다.

무영을 따라온 시프들은 모두 30명.

시프들 중에서도 최정예 시프만 엄선해서 데려왔다.

드워프족의 리더로 보이는 사내는 상대의 뻔뻔한 반응에
열이 오른 듯 소리쳤다.

"모두 쳐라! 사정을 봐주지 마라!"

작고 단단한 체구의 사내들이 함성을 지르며 덤벼들었다.
드워프족은 어림잡아 50명은 되어 보였다.

카캉! 캉!

순식간에 동굴 앞은 치열한 싸움터로 변했다. 머릿수는 드
워프족이 두 배 가까이 많았지만 싸움은 그들에게 불리하게
진행되고 있었다.

무영이 데려온 시프들은 그야말로 하나같이 무예 실력이

출중했다. 그들은 도둑질을 하는 시프라기보다는 킹을 호위하는 호위병에 가깝다.

싸움의 승세는 금방 시프쪽으로 기울었다.

시프들은 살인을 저지르지는 않았다. 무영으로부터 살인을 피하라는 명을 받았기 때문이다. 대신 그들은 드워프족을 모두 기절시켜 나갔다.

무영도 가만히 있지는 않았다.

그는 귀신처럼 빠른 몸놀림으로 드워프족 사이를 종횡무진하며 상대의 혼혈을 짚어나갔다.

"이놈들! 네 녀석들이 타마르님을 만날 수 있을 것 같으냐!"

마지막으로 남은 드워프족이 잔뜩 성난 얼굴로 소리쳤다. 그는 자신 주위를 포위한 시프들을 두리번거리며 이를 바득바득 갈았다.

"순순히 물러났다면 이런 일은 없었을 것 아니오."

"흥! 네놈들 하는 꼬락서니를 보니, 순순히 길을 열지 않았던 것이 천만다행이구나."

"휴우. 듣던 대로 성격이 대단한 종족이군. 미안하오. 아무도 죽이진 않았소이다. 당신도."

무영은 말을 마치자마자 몸을 쏘아냈다.

"엇!"

드워프 사내가 깜짝 놀라서 할버드를 들었다.

하지만 이미 늦었다.

무영 이계를 훔치다
Thief King

　무영은 상대의 혼혈을 짚었다. 할버드를 가슴께까지 들어 올리던 사내는 힘없이 고꾸라졌다.

　동굴은 어두웠다.
　무영은 첫발을 내딛는 순간 예사로운 동굴이 아님을 깨달았다.
　마치 동굴 전체가 부르짖는 것만 같다.
　더 이상 들어오지 말라고. 더 들어오면 용서하지 않겠노라고.
　동굴 사방에서 살기가 쏟아지는 느낌이다.
　하지만 무영은 무시하고 들어갔다. 여기까지 와서 그런 시시한 느낌만으로 돌아갈 수는 없지 않나.
　그러다가… 우뚝!
　불길한 예감이 뇌리를 스쳤다.
　무영은 눈꼬리를 파르르 떨었다.
　'더 이상 들어가면 안 된다! 전부 죽는다!'
　그는 지금까지 사방에서 쏟아지던 살기의 정체를 눈치 챘다. 사람도 없는 동굴에서 왜 살기를 느꼈는지 깨닫게 된 것이다. 말하자면 이곳은 중원의…….
　'기관 진식이나 다름없다!'
　"모두 돌아간다!"
　무영이 벼락같이 소리쳤다.
　하지만 이미 늦어버렸다.

쉬이익! 쉭쉭!

사방에서 뾰족한 침이 날카로운 예기를 뿜어내며 날아들었다.

타탓!

"크윽!"

시프들은 속절없이 무너졌다. 30명의 시프들은 어느새 절반으로, 절반에서 또 절반으로 줄었다. 모두 고슴도치 등짝처럼 온몸에 침을 박고 죽어나갔다.

쉭! 쉬쉬쉭!

캄캄한 허공에 공기보다 침이 많다는 생각이 들 정도였다. 침에는 독도 묻어 있었다. 하나만 박혀도 치명적인 독인데 온몸에 박혀드니 살아날 길이 없다.

그나마 몸놀림이 가장 좋은 시프 세 명과 알드리트. 그리고 무영이 마지막까지 살아남았다.

한참 동안 쏟아지던 침은 서서히 갯수가 줄어들었다.

"얼른 나가!"

무영이 다시 소리쳤다.

알드리트와 시프 세 명이 막 걸음을 떼려고 할 때였다.

화르르륵~

동굴 안쪽에서부터 뜨거운 불길이 터져 나왔다.

"크웃!"

시프들이 달렸고, 알드리트도 마나를 발바닥에 모아 튕겨냈다. 무영은 지체없이 비룡축전을 펼쳤다.

무영 이계를 훔치다
Thief King

살아남은 자는 단 세 명이다.

독침을 맞아 죽은 자가 27명, 불에 타 죽은 자가 2명이었다. 무영과 알드리트, 그리고 시프 한 명이 유일하게 목숨을 부지했다.

그나마 살아남은 시프는 옷자락이 시커멓게 타서 떨어져 나갔고, 등에 화상까지 입은 상태였다.

무영은 이를 콱 깨물고 동굴 입구를 바라보았다.

생각이 짧았다. 드워프족이라면 세공 기술이 가장 뛰어난 종족이라고 하지 않았던가. 그렇다면 이 정도의 기관을 만들 수도 있다는 것은 예상해야 했다.

동굴 입구로부터 얼마 들어가지 않았는데도 필살의 맹공이 퍼부어졌다. 깊이가 얼마나 될지 알지도 못하는 곳을 계속 들어간다는 것은 무의미하다. 모두 죽고 말 것이다. 게다가 깊이 들어갈수록 침입자를 차단하는 장치는 더욱 견고할 것이다.

"제길! 실수했군."

방법이 잘못됐다. 상대는 세공 기술이 뛰어난 드워프족의 왕이었던 자다. 그런 자를 잡으려고 했으니…….

"돌아간다."

"어디로……."

"우선 근처 여관을 잡도록 해."

"예, 킹."

무영의 말이 떨어지기가 무섭게 등에 화상을 입은 시프가 재빨리 몸을 날렸다.

*　　　*　　　*

다음날 무영은 다시 메즈 산을 올랐다.

하지만 어제와는 사뭇 다른 분위기였다. 섣부른 판단으로 인해 부하 서른 명 정도가 명을 달리했으니 어깨가 무거울 수밖에 없었다.

그는 산을 오르면서 레이의 말을 곱씹어 보았다.

'타마르는 승복할지언정 굴복할 자는 아니야. 힘으로 꺾는 것보다는 납득시키는 것이 좋겠지. 아니면 감화시키든지.'

무영은 주먹을 불끈 쥐었다.

너무 서둘렀다.

시프킹이 되고 나서 이상하게 마음이 조급하다. 오히려 모든 기반을 갖춘 셈인데 정신적 여유는 더 없어진 듯하다. 원래 세계로 돌아가려는 욕망이 너무 강한 탓일까?

생각하는 동안 어느덧 무영의 발걸음은 어제와 같은 곳에 이르렀다.

무영은 많은 부하들을 이끌고 오지 않았다. 대신 어제는 함께 오지 않았던 조란을 데려왔다. 그리고 알드리트가 동행했다.

동굴이 보이자 알드리트는 침을 꿀꺽 삼켰다.

어제의 기억이 뇌리를 스친다. 동굴 안을 빽빽하게 채우다

시피 날아오던 독침들. 쇠라도 녹여 버릴 듯 이글거리는 불
길.

만약 시프들이 무영과 자신을 둘러싸지 않았다면 그 역시
지금쯤 이 세상 사람이 아닐지도 몰랐다.

과연 저 안에 자신이 훔쳐야 할 물건이 있다면 성공할 수
있을까?

모를 일이다. 아마 목숨을 걸어야 할 것이다.

"오늘도… 뚫고 가시겠습니까?"

알드리트가 조심스럽게 물었다.

무영은 고개를 살래살래 저었다.

"너도 보지 않았나? 어제의 기관을. 저 동굴에 들어간다는
것은 자살 행위나 다름없어. 간신히 뚫고 들어간다고 해도 만
신창이가 될지도 모른다."

"그렇다면……."

"사정을 해야지."

"사정… 을 한다는 말씀입니까?"

뜻밖이었다.

알드리트는 눈을 동그랗게 뜨고 무영을 바라보았다.

무영은 걸음을 떼며 대꾸했다.

"굴복시킬 수 있는 자가 아니라는 걸 잊고 있었다. 저 기관
을 뚫고 멀쩡하게 들어간다고 해도 그걸로 끝이 아니라는 걸
잊고 있었어. 부탁하고 사정해 본다."

알드리트는 얼른 무영의 뒤를 따랐다.

그들은 곧 수풀이라곤 찾아볼 수 없는 황량한 땅 위로 모습을 드러냈다.

드르륵.

어제와 마찬가지로 석벽이 빙글 돌아가며 드워프족들이 모습을 드러냈다. 어제의 부상 때문인지 모두 안색이 좋아 보이진 않았다.

"흥! 또 나타나셨군! 그만큼 당하고도 모자라는가? 우리를 꺾어도 네놈들은 절대로 타마르님을 만날 수 없어!"

무영은 리더의 말을 무시하고 저벅저벅 걸어갔다. 그리고 그의 앞에 섰을 때 정중히 허리를 숙였다. 조란도 같이 허리를 깊이 숙이자, 당황한 알드리트도 얼른 따라했다.

"어제는 무례를 저질렀소. 사과드리겠소. 타마르를 만날 수 있도록 해주시오. 부탁이오."

"뭐, 뭐야? 새삼스럽게!"

드워프족 리더는 어리둥절한 표정으로 세 사람을 훑어보았다. 그들은 허리를 펴지 않았다.

"이것 봐. 갑자기 왜 이러는 거야? 무슨 수작을 부리려고."

"수작이 아니오. 정중히 부탁드리겠소. 타마르를 꼭 만날 수 있도록 해주시오."

"흥! 이런 놈들을 타마르님은 왜 보려는 건지……."

리더가 콧방귀를 꼈다. 순간 무영의 귀가 솔깃해졌다.

타마르가 보려고 했단 말인가?

의문에 대답이라도 해주듯 리더가 말했다.

"그렇지 않아도 타마르님이 오늘 또 네놈들이 오면 들여보 내라고 했다."

"정말이오?"

그제야 무영은 허리를 펴고 물었다.

리더는 눈살을 잔뜩 찌푸리고 귀를 후비며 대꾸했다.

"그래. 대신 하나만 묻지."

"말씀하시오."

"어제 들어갔다가 함정을 어떻게 알아챘지?"

"그건……."

무영은 다소 난감한 표정을 지었다.

알아챈 이유라. 그런 건 없다. 함정이 어설펐던 것도 아니 고, 부실하지도 않았다. 다만 직감이다. 이것을 어떻게 설명 해야 하나.

무영의 표정을 읽은 리더가 손을 휘휘 내저었다.

"됐어, 됐어. 없는 이유를 만들어내라는 소리는 아니야. 보 아하니 단순히 본능적으로 알아챈 모양이군."

"후후. 그렇소."

"그렇다고 하더라도 독침과 화염을 피해 살아 나온 건 대 단한 일이지. 따라 와."

무영은 걸음을 옮겼다.

아마도 타마르는 무영이 그곳에서 살아 나왔다는 사실에 흥미를 느끼고 있는 듯했다.

그런데 리더가 무영을 데리고 간 곳은 동굴이 아니었다. 그는 자신이 나타났던 석벽으로 갔다.

"타마르에게 안내해주는 것이 아니었소?"

무영이 미심쩍은 목소리로 묻자, 리더는 콧방귀를 끼며 대꾸했다.

"흥! 우리가 그렇게 무식하게 입구를 드러내 놓을 것 같은가! 잔말말고 따라와! 타마르님을 뵐 수 있도록 해줄 테니까."

무영은 침묵했다. 그리고 말없이 사내의 뒤를 따랐다.

'결국 어제 들어간 동굴은 속임수였단 말인가. 계속 들어갔다가는 죽음을 면치 못했겠군.'

무영뿐만 아니라 알드리트 역시 등골이 서늘해지는 것을 느꼈다.

동굴은 복잡했다.

갈림길은 20미터 간격으로 나타났다.

'혼자 들어왔다면 틀림없이 길을 잃었겠어.'

무영은 땅딸막한 드워프 리더를 따라가면서 생각했다.

도신의 능력을 가진 무영이다. 타인보다 미로를 찾아가는 능력은 단연 뛰어나다.

하지만 그조차도 이곳의 미로를 뚫을 자신이 없었다. 그만큼 동굴의 미로는 복잡했다.

그뿐만이 아니다.

동굴은 안으로 들어선 사람이 조건대로 움직이지 않는다

무영
이계를
훔치다
Thief King

면 절대로 미로를 벗어날 수 없게 만들어져 있었다. 예를 들어, 두 번째 갈림길에서 제일 오른쪽 길로 들어선 다음, 세 번째 나타나는 갈림길에서 제일 왼쪽으로 들어서야 한다.

이런 과정이 하나하나 맞아들어 갈 때마다 동굴 내부에서 묘한 변화가 일어난다. 없던 벽이 생겨나는가 하면, 막혔던 벽이 열리며 길이 나타나는 것이다.

만약 이런 조건을 단 한 번에 만족시키지 못한다면, 동굴을 벗어날 수는 없다. 그리고 시간이 지나면 곧바로 사방에 설치된 함정이 작동할 것이다.

'과연 드워프들을 왜 건축의 왕이라고 부르는지 알만 하군.'

무영은 동굴을 걸어가는 내내 마음속으로 감탄을 금치 못했다.

이런 능력을 선천적으로 지닌 자들이니 그 자존심이 얼마나 대단하겠는가. 그런데 어제 그런 무례를 저질렀으니…….

"후우, 다 왔군."

앞장서서 걷던 사내가 가볍게 숨을 내쉬고는 말했다.

뒤따르던 무영과 조란 그리고 알드리트는 눈을 크게 부릅떴다.

맙소사! 이게 정말 동굴 속이란 말인가?

동굴 안에는 마을 하나가 통째로 들어서 있었다, 뿐만 아니라 밭도 있었다. 천장의 통로를 어떻게 뚫었는지 빛줄기가 밭을 향해 비스듬히 내리쬐고 있었다.

게다가 수로까지 마을을 가로지르고 있어서 생활하기에 조금의 불편도 없어 보였다.

마을 건물은 또 어떤가.

건축의 왕들답게 마을 건물은 하나의 예술 조각품이라고 해도 과언이 아니었다. 어떤 면에서 본다면 수도 로번의 황성보다도 아름답다.

벽면마다 부조로 새겨진 조각상들.

하물며 매일 같이 밟아 오르내리는 계단조차도 옆면에는 다양한 문양이 조각되어 있었다.

땅땅! 투닥투닥!

곳곳에서 망치 소리와 조각을 다듬는 소리가 들려왔다. 드워프족들은 마을에 들어선 무영 일행에게 눈길도 주지 않고 자신들이 하는 일에만 열중하고 있었다.

무영은 내심 놀라면서 계속 걸음을 옮겼다.

타마르가 머무는 건물은 마을 가장 위쪽에 자리 잡고 있었다.

땅! 땅! 스르륵. 스르륵. 치익.

일정한 간격으로 망치 소리가 들리고 금속이 마찰하는 소리, 타는 소리가 이어졌다.

벌써 네 시간째.

무영 일행이 찻잔을 비운지도 오래였다.

하지만 건물 뒷마당의 대장간에서 뭔가를 만들고 있는 타

 무영 이계를 훔치다 *Thief King*

마르는 움직일 생각도 하지 않았다. 아니, 움직이기는 부지런히 움직이고 있었다. 연신 금속을 불에 넣었다가 물에 넣기를 반복하고, 망치로 두드렸다가 갈아대기를 반복했다.

하나, 그 밖의 움직임은 없었다.

그는 일을 하는 동안 단 한 번도 이쪽을 돌아보지 않았다. 손님이 와 있는 것도 모르는 것처럼 묵묵히 일만 하고 있었다.

알드리트가 눈썹을 파르르 떨었다. 결국 그가 벌떡 몸을 일으켰다.

"해도 해도 너무하는 것 아닙니까? 벌써 네 시간 째입니다. 어떻게 네 시간 동안 눈길 한번 주지 않고 저 짓거리입니까?"

"앉아, 알드리트."

"킹!"

"앉아."

"……."

결국 알드리트는 입술을 질끈 깨물고 자리에 앉았다.

무영은 타마르의 등에서 눈길을 거두고 알드리트를 바라보았다.

"타마르는 드워프들의 왕이었다. 너는 카르젠 제국의 황제를 만날 때도 이렇게 행동할 생각인가?"

"그, 그긴……."

"종족은 다르다지만 저자는 대륙의 왕이었어. 드워프족들이 본다면 만나기로 생각해준 것만으로 감사하게 여겨야 할 판이지. 참고 기다려.”

“알겠습니다, 킹.”

알드리트는 그 뒤로 입을 열지 않았다.

인간보다 훨씬 키가 작은 드워프들이 사용하는 식탁인지라 자리는 불편하기만 했다.

두 시간이 더 지났다.

“파하하하! 이거 손님을 오랫동안 기다리게 했구먼!”

타마르는 웃음을 터뜨리며 걸어왔다.

무영은 자리에서 일어나 정중히 허리를 굽혀 인사했다.

“아닙니다. 불시에 찾아온 저희들이야말로 폐를 끼치는군요.”

“크하하하! 뭐 그건 맞는 말이지!”

타마르가 웃음을 터뜨릴 때마다 그의 턱수염이 파르르 떨렸다. 다른 드워프와 마찬가지로 얼굴에 수염이 가득했고 눈, 코, 입이 전체적으로 큼직큼직한 인상이었다.

그가 손을 내밀었다.

“반갑군. 타마르라고 하네.”

“곽무영이라고 합니다.”

무영은 털이 복슬복슬 난 타마르의 손을 맞붙잡았다.

“크하하. 재미있는 이름이군. 앉도록 하지.”

“감사합니다.”

“그래, 무슨 일로 나를 찾아왔는가?”

무영 이계를 훔치다
Thief King

"전 이계에서 왔습니다. 다시 돌아가고 싶은데 도와주십시오."

무영은 곧바로 용건을 꺼냈다.

그는 어제와 오늘 드워프족들을 만나면서 그들의 성격을 파악해 두었다.

드워프족은 복잡하고 까다로운 계산을 싫어한다. 잔머리를 굴려가며 서로의 손실을 따지는 것도 싫어한다. 무엇이든지 직설적이고 단도직입적인 대화를 좋아하는 종족이다.

무영은 드워프족을 정확하게 보았다.

하지만 한 가지, 드워프족은 직설적인만큼 마음에 내키지 않으면 그것으로 끝이었다.

"크흠. 그건 좀 싫군."

타마르는 오래 생각하지도 않고 대답했다.

무영의 표정에 다소 놀란 기색이 스쳤다.

타마르가 거절했기 때문이 아니다. 그가 이계에서 왔다는 소리를 듣고 너무나 태연했기 때문이다.

"놀라지 않으시는군요."

"잉? 내가 놀라야 할 말을 자네가 한 적이 있는가?"

"전 이계에서 왔습니다. 차원이 다른 세계에서 말입니다."

"크하하하! 그게 뭐 그리 놀라운 일이라고."

"놀랍지 않으십니까?"

"크흠. 글쎄… 죽은 내 친구는 평생 차원 이동을 연구하다가 죽었지. 나는 그놈을 도와주었어. 그놈을 믿지 않았다면 돕지도 않았겠지.”

어떻게 들으면 동문서답이지만 무영은 타마르의 말뜻을 알아들었다. 친구를 믿기 때문에 차원 이동이 가능하다는 것 또한 믿는다. 그리고 차원 이동이 가능하니, 이계에서 왔다는 사람이 하나쯤 있다고 해서 놀라 자빠질 일은 아니라는 뜻이다.

확실히 단순한 사고방식이다. 이런 사고방식으로 어떻게 이 아름다운 것들을 조각할 수 있는 것일까? 아니, 오히려 그렇기에 가능한 것일지도.

무영은 빙긋 웃었다.

“과연 놀랄 일은 아니군요.”

“그럼 용무는 끝났나?”

“절 도와주십시오. 다시 이계로 돌아갈 수 있도록 도와주십시오.”

“크흠. 그 사람하고는… 싫다니까 자꾸 그러는 군. 동굴 함정을 용케 피해서 살아 돌아갔다기에 어떤 놈인가 싶어서 보려고 한 걸세. 호의를 가지고 있다고 착각하지는 말게나.”

“어떻게 하면 제게 호의를 가지겠습니까?”

“으음?”

타마르는 무영을 물끄러미 바라보았다.

그가 불현듯 웃음을 터뜨렸다.

“파하하하! 이 친구. 정말 재미있군. 나 같으면 자존심이 상해서라도 관두겠어.”

무영 이계를 훔치다 Thief King

"전 꼭 돌아가고 싶습니다."

"돌아가서 뭐 하려고? 자네 지금 시프킹이지? 우리 애들을 아주 혼내줬더군."

"죄송합니다."

"그 말을 들으려는 건 아니야. 다만, 시프킹의 위치에 있으면서 뭐가 아쉬워서 돌아가려는 겐가?"

"꼭 해야 할 일이 있습니다."

무영은 착 가라앉은 목소리로 대답했다. 그의 목소리에서 어떤 결연의 의지가 느껴졌다.

타마르도 그걸 느끼지 못할 만큼 둔하지는 않았다.

그는 무영의 눈빛을 보고는 피식 웃었다.

"과연 재미있는 친구로군. 파무타!"

"예."

집 밖에 서 있던 드워프 한 명이 실내로 들어왔다. 땅딸막하지만 다부진 몸매에 눈빛이 매섭고 기가 강한 남자였다. 아마도 오늘 특별히 손님이 찾아온 관계로 타마르의 경호 역할을 맡고 있는 듯했다.

"저 방에 가서 내 책상 두 번째 서랍에 들어 있는 상자를 가지고 와."

"알겠습니다."

파무타는 얼른 다른 방으로 달려갔다.

잠시 후 그가 상자 하나를 들고 돌아왔다.

"수고했어. 경호는 필요없으니까 나가서 일 보게."

“하지만 타마르님…….”

“어허. 괜찮다니까.”

“그래도 그럴 수는 없습니다.”

파무타는 끝까지 뜻을 굽히지 않았다. 그는 매서운 눈길로 무영과 조란, 그리고 알드리트를 훑어보았다.

결국 타마르가 고개를 설레설레 저었다.

“거참, 고집하고는. 맘대로 해!”

“예!”

파무타는 다시 문밖으로 나갔다. 아마도 계속 그 자리에서 꼼짝않고 서 있을 것이다.

타마르가 클클 웃었다.

“클클클. 이해해. 고집이 센 녀석이야.”

“존경을 받는 것 같군요.”

“크하하하! 내가 좀 존경받긴 해.”

“그, 그렇군요.”

타마르는 억센 턱수염을 한 번 쓸어내리고는 상자 뚜껑을 열었다. 좌중의 시선이 모두 상자로 모였다.

상자 안에는 정교하게 다듬어진 조각상 두 개가 놓여 있었다.

말이다.

마치 당장이라도 힘차게 달려나갈 것만 같은 말 모양의 조각상이다. 어른 주먹만 한 크기의 두 마리 말은 쌍둥이처럼 닮았다.

무영 이계를 훔치다
Thief King

"이게 뭡니까?"

무영이 묻자 타마르가 큰 소리로 웃었다.

"파하하하! 뭐긴 뭔가? 설마 이게 말로 보이지 않을 만큼 흉측한가?"

"아닙니다. 아주 훌륭한 조각이군요. 정말 살아 움직일 것 같습니다."

"역시 그렇지? 아주 훌륭한 조각이네. 우리 드워프족이 다듬는 것치고는 훌륭하지 않은 것이 없지. 크하하."

"그런데 이걸로 뭘 하시려고……."

"시험일세."

타마르의 눈동자가 변했다.

지금까지는 눈빛에 장난기가 서려 있었다면 이제는 제법 진지함이 묻어났다.

"내게 호의를 사고 싶다고 했나?"

"그렇습니다."

"뛰어난 세공사가 호감을 가질 만한 상대는 누구겠나?"

세공사를 강조한다면…….

"세공에 대해서 잘 아는 사람이겠지요."

"크하하하! 역시 멍청하진 않군, 그래. 이건 간단한 테스트야. 만약 자네가 테스트에 통과한다면 내가 자네를 도와줌세!"

무영의 눈빛이 반짝 빛났다.

아직 어떤 테스트인지는 모른다.

하지만 기회가 있다는 말이다. 타마르의 마음을 돌릴 수 있는 기회.

"무슨 테스트입니까?"

타마르는 껄껄 웃으며 상자 안에 든 돌조각을 테이블 위에 올려놓았다.

그가 거친 턱수염을 손으로 쓰다듬으며 말했다.

"자, 이 두 개의 말 중에서 어떤 것이 더 값진 것인지 알아맞혀 보게."

무영은 고개를 들어 타마르를 보았다.

타마르는 재미있는 걸 구경하는 어린아이처럼 눈을 빛내고 있었다.

"그게… 끝입니까?"

"그래. 그걸 맞춘다면 자네를 도와주지."

이자… 진심이다.

무영은 타마르가 농담으로 하는 말이 아니라는 것을 직감했다. 그렇다면 이렇게 쉬운 일도 없다. 그가 누군가. 도박이라면 이골이 난 도신이 아닌가.

확률은 50대 50.

눈 딱 감고 선택해도 타마르의 도움을 받을 확률이 절반이다.

무영은 속으로 쾌재를 부르며 곧바로 만통안을 펼쳤다.

물건의 진가를 알아보는 것만큼 익숙한 것도 없다. 이 정도 테스트라면 통과하지 못할 리가 없지 않은가.

겉보기에는 비슷하게 생긴 두 마리의 말 조각상.

그러나 만통안을 펼쳐보자 역시 큰 차이점이 있었다. 두 말 모두 훌륭한 조각임에는 틀림이 없었다.

하나 꼬리의 깃털 부분이라든지, 말의 눈썹을 표현한 섬세함, 그리고 다리와 등에 고루 발달된 근육의 표현은 조금씩 달랐다. 이는 돋보기를 가지고 한참을 들여다본다고 해도 찾기 힘들만큼 미세한 차이였다.

하지만 만통안을 펼친 무영은 그런 차이를 쉽게 발견했다. 무영은 마지막으로 생각했다.

혹시 속임수는 없는가? 조각은 더 섬세하다지만 사용한 재료의 차이는 없는가? 아니면 일부러 섬세함을 떨어뜨리는 것이 드워프족의 풍습이지는 않은가?

그러나 여러모로 살펴보아도 확실히 두 말 조각의 차이점은 확연했다. 섬세하게 표현된 말이 분명 더 뛰어난 솜씨의 세공사가 다듬은 것이었다.

무영은 결심을 굳혔다.

"정말 맞추면 저를 도와주실 겁니까?"

"파하하! 이 타마르를 어찌 보고 그런 의심스런 눈빛을 하는가! 나는 한다면 하네!"

"알겠습니다. 감정은 끝났습니다."

"호오? 생각보다 오래 걸릴 줄 알았는데. 역시 시프킹답군."

무영이 빙긋이 웃었다.

"당신은 실수했습니다. 전 도박 천재도 꺾은 시프킹입니다. 이 정도 확률은 가볍게 뚫지요."

"호오? 기대되는군. 정말 도박을 한다는 마음으로 이 테스트를 통과할 수 있단 말인가? 이걸 확률로 계산했단 말이지? 크하하! 역시 재미있는 친구야. 재미있어!"

"그럼 맞춰볼까요?"

"얼마든지."

타마르가 어깨를 으쓱이며 대꾸했다.

무영의 손가락이 테이블 위에 놓인 조각 하나로 향했다.

"오른쪽 말이 더 가치 있는 것입니다."

타마르의 표정이 움찔 떨렸다.

"그게 자네의 선택인가?"

"그렇습니다."

"후회는 없는가?"

이번에는 심리전인가?

무영은 내심 웃으며 고개를 저었다.

그런 심리전은 통하지 않는다. 타마르는 자신을 잘못 봤다.

"선택을 바꾸지는 않겠습니다."

순간 타마르가 자리에서 벌떡 일어났다.

"파무타!"

"예!"

"당장 이놈들을 끌어내!"

"알겠습니다!"

파무타는 곧바로 목에 걸고 있던 피리를 불었다.

삐이익!

얇고 청명한 소리가 울렸다. 잠시 뒤, 집 안에는 드워프 전사들로 가득 찼다.

무영은 눈을 휘둥그렇게 떴다.

이게 무슨 일인가! 뭔가 잘못됐다. 하나, 뭐가 잘못된 건지 알 수가 없다.

"갑자기 이러시는 이유가 뭡니까?"

"몰라서 묻는가?"

"말씀해 주십시오."

"테스트에 통과하지 못했으니 우리가 더 이상 대화를 나눌 이유는 없네!"

테스트를 통과하지 못했다니!

무영은 테이블 위에 놓인 말 조각을 내려다보았다.

자신의 선택이 틀렸단 말인가? 어째서?

타마르가 성난 표정으로 말했다.

"오른쪽이 아니라 왼쪽이 더 값진 것이다!"

"하지만… 섬세함이나 완성도에 있어서는 분명히 오른쪽에 있는 조각이……."

"그거 당연하지, 능숙한 어른이 조각한 것이니까."

"그럼 왼쪽은?"

"오른쪽 조각상을 보고 어린 아이가 열흘 밤낮으로 조각한 거지. 바로 내가 말이다! 내가 만든 것도 몰라보다니! 그러니 너는 틀렸어!"

알드리트가 발끈해서 소리쳤다.

"이런 억지가 어디 있소? 자기가 조각했으니 무조건 가치 있다고? 아무렴 실력없는 아이보다야 어른이 나은 것 아니겠소!"

하지만 무영은 손을 들어 알드리트를 제지했다.

"됐다. 돌아가자."

"킹!"

"주군!"

조란도 억지라고 생각했는지 무영을 불렀다.

하지만 무영은 부하들에게는 눈길도 주지 않고 타마르를 향해 말했다.

"제가 실수했군요. 오늘은 이만 돌아가겠습니다."

"흥! '오늘은' 이 아니라 아주 돌아가는 거지."

"그럼."

무영은 몸을 돌렸다.

그는 알고 있었다.

타마르가 말하는 의미를.

타마르는 억지를 부리는 것이 아니다. 자신이 만든 말이기 때문에 더욱 값지다고 말하는 것이 아니다. 어쩌면 그 말은 타마르가 만든 말이 아닐지도 모른다. 아니, 확실히 아닐 것이다.

조각에 능숙한 어른이 빠른 시간에 만들어낸 말. 그리고 그 말을 보고 어린아이가 열흘 밤낮으로 고생해서 만든 말.

타마르는 그 정성과 노력. 그리고 투자된 시간을 모두 생각한 것이다.

하지만 무영은 결과물의 완성도만 보았다.

무영이 문밖을 나가려고 할 때였다.

"다음에 다시 찾아오겠다는 생각은 버리게."

"다시 오겠습니다."

"흥! 이런 실력으로 나를 대할 낯이라도 있단 말인가?"

"……."

"정 오겠다면 빈손으로 와서는 안 될 게야."

"무엇을 원하십니까?"

"글쎄… 안 찾아온다면 가장 좋겠지만 정 오겠다면… 크흠… 세상에서 가장 아름다운 조각상을 가지고 온다면 생각해 보지. 내가 감히 흉내도 못 낼만큼 훌륭한 조각상 말이야. 캬하하하!"

순간 무영의 눈빛이 반짝 빛났다.

"그런 조각상을 보신 적이 있나 보군요."

타마르의 표정이 흠칫 떨렸다.

무영이 말을 이었다.

"그렇군요. 어디에 있는지 가르쳐 주신다면 가져오도록 하지요."

무영은 시프킹이다. 어디에 무엇이 있든지 그가 가져오지

못할 것은 없다. 하물며 황성에 있는 황관이라고 해도 무영이
마음만 먹으면 가져오리라.

하지만 타마르는 쉽게 입을 열지 않았다.

"흥! 너무 거저먹으려드는군! 나는 자네를 도울 생각이 전
혀 없네."

"유감이군요. 그럼 조만간 다시 찾아뵙겠습니다."

무영은 허리를 숙여 인사하고는 걸음을 옮겼다.

"할아버지~"

2층에서 앳된 목소리가 들려왔다. 10살 정도 되어 보이는
여자 아이가 계단을 걸어 내려왔다.

"어이쿠! 우리 예쁜 손녀!"

타마르는 자신의 어깨쯤 오는 손녀를 번쩍 안아 들었다.

드워프족은 어른과 아이의 키 차이가 크게 나지 않는다. 유
아시기에는 인간보다 발육이 빠르지만, 사춘기가 되면 성장
이 뚝 멈추어 버린다. 좀 더 바르게 말하자면 성장이 끝난 셈
이다. 대신 남녀 구분할 것 없이 몸이 탄탄해지고 털이 나기
시작한다.

"할아버지 뭐 하구 있었어?"

"우리 예쁜 미쿠미가 만든 말을 보고 있었지?"

그제야 미쿠미의 시선이 테이블 위로 향했다. 그곳에는 자
신이 만든 말과 할아버지가 만든 말이 사이좋게 나란히 서 있
었다.

 무영 이계를
훔치다
Thief King

"이거 또 봐?"

"그럼~ 우리 미쿠미가 얼마나 잘 만든 건데."

"피이~ 하지만 할아버지는 30분만에 후딱 만든 거잖아~ 나는 열 밤이나 걸렸는데."

"크하하하. 그래도 우리 미쿠미가 훨씬 잘 만들었어."

"정말?"

"그렇다니까. 아까 찾아온 손님들도 결국 미쿠미가 만든 게 더 멋지다고 인정했는걸?"

"정말이야?"

"그러엄~"

"와~ 신난다."

미쿠미는 함박웃음을 머금고는 자신이 만든 말과 할아버지가 만든 말을 들어 올렸다.

타마르는 그런 손녀를 가만히 내려다보다가 혼잣말처럼 중얼거렸다.

"그 아이는 영민하더구나. 영민한 아이는 깨달음도 빠르지. 정말 어쩌면 곧 다시 볼지도 모르겠구나."

"응? 할아버지, 방금 뭐라고 했어?"

"파하하! 아니다. 아니야. 우리 미쿠미가 천사처럼 예쁘다는 말을 하고 있었지~"

"피이~ 거짓말~"

"정말인데?"

"할아버지."

"응?"

"나 이번에는 고양이 만들어보고 싶어. 고양이 만들어줘."

"그래? 그럼 어디 만들어볼까?"

타마르는 미쿠미를 안아 든 채로 몸을 일으켰다.

키는 작지만 완력은 누구에게도 지지 않을 드워프족이다. 그런 그에게 손녀는 솜털처럼 가벼웠다.

타마르는 미쿠미를 안고 뒷마당으로 저벅저벅 걸음을 옮겼다.

Chapter 3

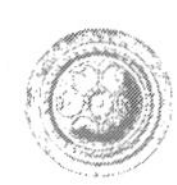

세상에서 가장 아름다운 조각상

좌중은 무거운 침묵에 짓눌려 있었다.

누구도 먼저 입을 여는 자가 없었다.

무영이 로번으로 돌아왔다. 메즈 산으로 떠난 지 정확히 보름만이다.

무영이 로번을 떠나 있는 동안 많은 일들이 진행됐다. 제국 북동 지역인 제5구역의 보스가 선출되었고, 알드리트를 제외한 4명의 보스가 로번으로 집합했다.

그리고 그 다음날 무영이 로번으로 귀환했다.

보스들은 물론 모든 시프들이 기대를 가지고 기다렸다. 언제부터인가 숨어버린 드워프족 전대 왕 타마르를 실제로 볼 수 있으니까.

신의 손이라고도 불리는 타마르다. 그의 외모가 다른 드워프와 차별된 것은 아니더라도 한 번쯤 보고 싶다는 생각이 든다.

그런데 무영은 빈손으로 돌아왔다.

충격이었다.

거지의 신분으로 시작해서 제국 제일 재산가의 사위가 되기도 했던 그다. 그리고 카슬라조차도 가볍게 누른 그다.

그런 그가 목적을 달성하지 못하고 빈손으로 돌아왔다.

그가 원하는 것이라면 뭐든지 가질 수 있으리라 생각했다.

그런데 무영은 빈손으로 돌아왔다. 타마르는 여전히 메즈 산에 틀어박혀서 꼼짝도 하지 않는다고 한다.

"크흠!"

자르보가 신음을 흘렸다.

아까부터 입술을 실룩이던 그가 결국 참지 못하고 분을 터뜨렸다.

"감히 킹의 말을 듣지 않다니! 이대로 확 밀어버리지요! 제 아무리 타마르라도 힘으로 밀어붙인다면 굴복하고 말 겁니다!"

레이가 얼른 끼어들었다.

"드워프의 성격을 너무 모르는 것 아냐? 그들은 목숨을 던질지언정 마음으로 굴복할 자들이 아니야. 하물며 드워프들의 왕이었던 자야. 모든 드워프를 시프들의 적으로 돌리고 싶어? 힘쓰고 싶으면 다른 곳을 찾아."

“뭐야? 이 어린 녀석이……”

“어머, 이 오빠가 사람 치겠네.”

“두 사람 조용히 해.”

무영이 입을 열자 좌중은 다시 조용해졌다.

그가 보스들을 둘러보고 물었다.

“생각들은 해보았나?”

하지만 보스들의 표정에는 자신이 없었다.

무영은 새로 선출된 제5구역의 보스 키먼을 향해 물었다.

“키먼, 생각나는 것 없나?”

키먼은 가르시아를 닮은 구석이 있었다. 외모보다는 그의
성격이나 행동이 그랬다. 매사에 신중함을 추구하고 확신이
서기 전까지는 발언을 아끼는 타입이었다.

그가 머리를 조아리며 대답했다.

“아직 떠오르는 게 없습니다.”

“다른 사람은?”

무영은 더 추궁하지 않고 고개를 돌렸다.

그제야 파슈트가 조심스럽게 입을 열었다.

“예전에 헤이즈 왕국에서 하얀 까마귀 조각상을 본 적이
있습니다. 어쩌면 그 조각상을 일컫는 게 아닐까 싶습니다.”

“흰 까마귀!”

좌중에서 탄성이 터졌다.

하얀 까마귀 조각상. 헤이즈 왕국의 국보 1호다. 드워프의
왕조차도 한 수 배우고 갔다던 유명한 조각가 이아젠의 작품

이다.

"과연 그 정도라면……."

알드리트가 미세하게 고개를 끄덕였다.

그 역시 헤이즈 왕국의 국보 1호인 '흰 까마귀'를 본 적이 있다. 헤이즈 왕국의 왕성 안뜰에 조각되어 있는 그 조각상은 보는 것만으로도 영혼이 압도되는 것을 느낀다.

하지만 그걸 어떻게 들고 오나? 부피도 클 뿐만 아니라 무게도 어마어마할 것이다.

제아무리 천하제일의 도둑이라고 하더라도 집채만 한 조각상을 옮길 수는 없지 않나. 아니, 정말 그 조각상이 맞긴 맞는 걸까?

무영은 턱을 괴고 중얼거렸다.

"흰 까마귀라… 한 번 보고 와야겠군. 다른 사람은?"

이번에는 피아가 조심스럽게 나섰다.

"제 생각에는… 카르슈타인 후작이 가지고 있다는 드래곤 촛대가 아닐까 싶어요."

"드래곤 촛대……."

이번에도 좌중에서 얕팍한 탄성이 터져 나왔다.

드래곤 촛대는 카르슈타인 후작가에서 대대로 물려져 내려오는 '가보' 다. 드래곤의 비늘을 100년 동안 깎고 다듬어 만들었다고 전해지는 드래곤 촛대.

만든 자는 당연히 드워프족이다.

과거 카르슈타인 가문으로부터 큰 은혜를 입은 드워프족

의 장인이 보답으로 만들어주었다고 전해진다.

촛대는 어른 팔뚝 정도의 굵기와 길이다. 드래곤이 날개를 펴고 날아오르는 모양을 추상적으로 표현하고 있다고 한다.

"확실히 드래곤 촛대라면 가지고 갈 수 있는 것이군."

알드리트는 고개를 끄덕였다.

둘 다 훌륭한 조각이다. 헤이즈 왕국의 '흰 까마귀'도, 카르슈타인 후작가의 가보인 '드래곤 촛대'도. 두 조각 모두 어디에 내놔도 손색이 없을 훌륭한 작품이다.

기교나 아름다움에 있어서는 '흰 까마귀'가 한 수위일지도 모른다. 그러나 투자된 시간과 정성을 생각한다면 '드래곤 촛대'를 넘어서진 못할 것이다. 게다가 '드래곤 촛대'는 드워프족이 만든 것이지 않나.

알드리트는 무영과 함께 직접 타마르를 만나보았다. 그는 완성도보다도 정성과 노력, 시간을 중요하게 생각하는 듯했다. 그렇다면 드래곤 촛대가 더 정답에 가깝다.

그때 잠자코 듣고만 있던 키먼이 입을 열었다.

"과연 그것들이 정말 타마르를 반하게 했을지는 의문이군요."

"그건 무슨 말인가?"

"타마르는 드워프족 사이에서도 칭송받는 장인입니다. 왕이어서가 아니리 그의 세공 실력은 역대 어느 드워프보다도 우수하지요."

"그래서?"

“그런 그가 정말 그것들을 보고 반했을지 모르겠군요. 물론 가능성이 없는 건 아닙니다만… 사실 헤이즈 왕국의 국보는 보았을지라도, 후작가의 ‘드래곤 촛대’도 실제로 보았을까요?”

“흠. 일리 있군.”

무영은 고개를 끄덕였다.

드워프는 분명히 뭔가를 보았던 것이다. 그리고 그것을 자신에게 가져오길 바라는 것이다. 그렇다면 그가 보지 못한 조각상은 제외된다.

키먼이 말을 이었다.

“타마르는 현재 어떻게 지내고 있는지요?”

“여생을 편히 보내고 있는 것 같더군. 내가 갔을 때 뭔가를 만들고 있었지만, 열성적이지는 않았어.”

6시간을 기다렸다.

하지만 무영은 열성적으로 뭔가를 만들고 있다고 말하지 않았다.

그는 드워프족이 정말 제대로 뭔가를 만들기 시작하면 절대 멈추지 않는다는 것을 잘 알고 있었다. 밥을 먹거나 잠을 자거나 생리적인 현상이 아니라면 드워프들은 혼신의 힘을 기울여 뭔가를 제작할 때 잠시도 쉬지 않는다.

하지만 타마르는 6시간을 기다리게 한 다음 자신을 만났다. 그는 지금 특별히 제작하고 있는 것이 없다.

“그렇다면 타마르는 잠적하기 바로 전에 그 조각을 보았을

무영 이계를 훔치다
Thief King

확률이 가장 큽니다. 신선한 충격이었겠지요."

"그럼 타마르가 잠적하기 직전에 어디에 머물고 있었는지를 알면 도움이 되겠군."

키먼은 살며시 고개를 끄덕였다.

무영이 좌중을 둘러보며 물었다.

"그곳이 어딘지 아는가?"

자르보가 나섰다.

"고르틴 산언저리에 머물렀던 것으로 알고 있습니다."

"그렇군. 알드리트."

"예, 킹."

"드래곤 촛대 가져와."

"알겠습니다."

알드리트는 담담히 명을 받들었다.

드래곤 촛대는 세계에서 가장 훔치기 힘든 물건 중 하나다. 그럼에도 알드리트는 불만 한마디도 내뱉지 않았다. 킹의 명령은 절대적이다.

"피아."

"네, 킹."

"알드리트를 도와라. 와쳐를 맡도록."

"그럴게요."

피아도 군소리하지 않았다. 카르슈타인 후작가는 제국 북서쪽인 제4구역에 있다. 즉, 피아의 관할 구역이다.

그럼에도 무영은 피아에게 맡기지 않고 주 임무를 알드리트에게 맡겼다. 그리고 피아는 보조 역할로 망을 보게 한 것이다.

도둑질 능력은 알드리트를 넘어서진 못한다지만, 은신술만큼은 누구에게도 지지 않는 그녀인 만큼 자존심 상할 수 있는 일이다.

하지만 그녀는 담담히 받아들였다.

무영은 카슬라와 달리 거부할 수 없도록 만든다. 그의 눈빛이, 말투가, 전신에서 풍겨지는 기운이 그렇게 만든다.

꼭 그런 게 아니더라도 무영의 지시는 적절했다. 그는 언제나 각자의 능력에 맞게 지시한다.

"나는 헤이즈 왕국에 잠시 다녀오겠다. 다른 의견이 있다면 말해."

조용하다.

"그럼 오늘은 이만 끝내도록 하지."

무영이 몸을 일으켰다.

*   *   *

보스 회합을 가진 다음날부터 무영은 바쁘게 움직였다.

그는 다음날 바로 헤이즈 왕국으로 떠났다. 동행은 조란 한 명이 전부였다. 카인과 베르카는 중앙 지부에 남아서 길드 업무를 맡았다.

헤이즈 왕국의 왕성에 잠입하는 것은 무영에게 그리 어려

 무영 이계를 훔치다
Thief King

운 일이 아니었다. 흰 까마귀 조각상은 성문을 지나면 바로 볼 수 있도록 되어 있었다.

과연 인간의 영혼을 압도할 만큼 훌륭한 조각상이었다.

재료는 돌. 특히 날개 부분은 깃털 하나하나 뽑혀서 날아가 버릴 것처럼 섬세했다.

"과연 훌륭하군."

흰 까마귀 조각상을 본 무영의 입에서 나온 첫마디였다. 그 말 외에는 어떤 말도 떠오르지 않았다. 세상에 존재하는 어떤 단어를 조합해야만 이 조각상을 형용할 수 있을까?

불가능할 것이다. 직접 보게 하는 것 외에는.

하지만 무영은 뭔가 부족하다고 느꼈다. 분명히 훌륭한 조각상이다. 흠잡을 곳도 없다.

그런데 이게 아니다.

타마르가 말한 것은 이게 아니라는 생각이 머릿속에 가득했다.

무영은 미련없이 걸음을 돌렸다.

알드리트는 완벽하게 임무를 완수해 냈다.

제국은 발칵 뒤집혔다.

카르슈타인 후작가의 가보 '드래곤 촛대'가 사라진 것은 실로 엄청난 사건이었다.

드래곤 촛대는 카르슈타인 후작가의 가보이지만 카르젠 제국 사람들은 그것을 국보쯤으로 생각했다. 사람들은 도둑을 반드시 잡아야 한다고 소리쳤다.

하지만 범인을 잡을 방법이 없었다. 범인을 본 목격자도 없었고, 현장에는 어떤 증거도 남지 않았다.

덕분에 무영은 촛대를 느긋하게 감상할 수 있었다.

"그야말로 걸작이로군."

무영은 한참 동안 촛대에서 시선을 떼지 못했다.

그는 그날 촛대에 꼭 불을 붙이지 않아도 빛이 날 수 있다는 사실에 놀랐다.

그랬다. 드래곤 촛대는 아주 희미한 빛만 받아도 화려하게 반짝였다. 빛으로 타오른다는 표현은 이런 것을 두고 하는 말이리라.

온몸이 은백색으로 빛나는 드래곤 촛대.

금방이라도 드래곤이 날개를 활짝 펼치고 창공으로 솟아오를 것만 같은 박력이 느껴졌다.

물론 추상적인 조각이기 때문에 보자마자 바로 드래곤의 모습을 찾아내긴 쉽지 않다.

하나 드래곤 촛대는 보면 볼수록 빠져들게 만드는 매력이 있었다.

"이것일지도……."

무영은 어쩌면 타마르가 말한 그 아름다운 조각상을 찾은 걸지도 모른다고 생각했다.

하지만 그의 기대는 이틀도 지나지 않아서 무너지고 말았다.

"정보에 의하면 타마르는 드래곤 촛대를 본적이 없는 것으로 확인됐습니다."

"본적이 없다? 확실한가?"

"정보의 신뢰도는 95%입니다."

베르카의 보고를 들은 무영은 다시 알드리트를 불렀다.

"촛대를 다시 돌려주어라."

"예?"

"카르슈타인 후작에게 돌려줘."

"알겠습니다, 킹."

알드리트는 이유를 묻지 않았다.

무영은 촛대가 아니라고 판단한 것이다. 결국 두 개의 조각상에 걸었던 기대는 모두 물거품이 되고 말았다.

한 달이 훌쩍 흘렀다.

무영은 고르틴 산언저리에 머물렀다.

타마르가 잠적하기 전에 머물렀던 곳이다.

타마르는 작은 별장에서 지냈다. 물론 그가 직접 지은 곳이다.

무영은 그 별장에서 일주일 정도 지냈다. 그리고 타마르가 다녀보았을 만한 곳은 모두 가보았다.

"모르겠어. 이래서야 타마르가 뭘 보았는지 알 수가 없어."

키먼은 세상에서 가장 아름다운 조각상을 찾기보다는 타

마르의 행적을 쫓는데 더욱 전념했다. 타마르의 생활과 평소 모습을 안다면, 그가 말한 세상에서 가장 아름다운 조각이 무엇인지 알 수 있다는 것이 이유였다.

무영이 타마르의 별장에서 머문 지 보름 정도가 지났을 때,

"타마르가 이곳에 머무는 동안 만들었던 조각품입니다."

키먼이 무영을 고르틴산의 어느 동굴로 데려갔다.

동굴 속은 또 하나의 밀림이었다.

벽면은 온통 나무 형상으로 조각되어 있었고, 넓은 동굴 안 곳곳에 짐승들이 있었다. 단단한 돌로 조각된 그것들은 뜨거운 호흡을 내쉬며 당장이라도 살아 움직일 듯했다.

"타마르는 이곳에서 동물이나 식물을 조각하면서 지낸 듯합니다. 유명한 타마르의 검이나 메이스 같은 것은 그가 젊었을 때 만들었죠. 뭐 젊었을 때라고 해봐야 90세부터지만. 200세가 될 때까지는 주로 무기나 방어구를 즐겨 만들었는데 그 후로는 이런 것들만 조각한 듯합니다."

"그럼 이게 타마르가 잠적하기 직전에 만든 것들인가?"

"그렇습니다. 인간도, 드워프도 나이가 들면 생각이 달라지나 봅니다. 혈기 왕성한 시절에는 무기를 만들고, 나이가 들어서는 동식물이라니… 후훗, 어쩐 일인지 그마저도 만들다가 돌연 잠적했지만 말입니다."

무영은 키먼의 말을 들으면서 동굴을 훑어보았다.

금방이라도 광채를 뿜으며 두리번거릴 것 같은 눈알, 순식간에 살을 파고들 것 같은 송곳니, 포효가 터져 나올 것만 같

은 목구멍, 날카로운 발톱.

그리고 그 맹수를 피해 필사적으로 도망치는 노루.

조각품 하나하나가 생명을 가진 듯했다.

무영은 천천히 조각을 쓰다듬었다.

타마르의 숨결이 느껴진다.

눈을 새겨 넣을 때의 신중함, 송곳니를 다듬을 때의 예리한 감각. 마치 타마르의 혼과 땀을 쓰다듬는 듯하다.

끝없이 이어질 것 같은 동굴도 20미터 정도에서 흐름이 끊어졌다. 한 가지 이상한 것은 마지막 조각상이 미완성이라는 것이었다.

"무슨 일인지 타마르는 조각을 하다말고 그만두었습니다."

"갑자기 무슨 일이 생겼다거나, 회의가 들었거나 둘 중 하나겠군."

"후자에 가깝겠지요."

무영은 동굴 벽에 새겨진 조각을 쓰다듬어 보았다. 동굴 벽을 깎고 다듬어서 만든 나무. 그런데 이상하게도 동굴 입구에서 느껴지던 강력한 인상이 전해지지 않았다.

오히려 나무 형상은 볼품없어 보일 정도였다.

"이곳에서 조금 걸어나가면 폭포가 있습니다. 타마르는 그곳에서 자주 쉬었다고 합니다."

"무슨 영웅의 흔적이라도 쫓아다니는 기분이군."

무영은 가볍게 한숨을 내쉬고는 걸음을 옮겼다.

촤아아아—

폭포는 바닥을 뚫어버릴 것처럼 시원하게 쏟아졌다.

무영은 물가의 바위에 걸터앉았다.

타마르가 말한 세상에서 가장 아름다운 조각은 무엇을 말하는 것일까?

그가 갑자기 세공을 그만둔 이유는 분명히 그걸 보았기 때문일 것이다.

"세상에서 가장 아름다운 조각상을 가지고 온다면 생각해 보지. 내가 감히 흉내도 못 낼 만큼 훌륭한 조각상 말이야."

타마르는 분명 그렇게 말했다.

자신이 감히 흉내도 못 낼 만큼 훌륭한 조각상. 그는 그걸 보았던 것이다.

도대체 뭘 보았기에?

무영은 고개를 들어 쏟아지는 폭포를 보았다.

장관이다. 보기만 해도 잠시나마 가슴이 후련해진다.

가만?

"저건……?"

무영은 자신도 모르게 자리에서 일어났다.

폭포 안쪽에 거대한 조각상이 있다. 끊임없이 흘러내리는 물 때문에 잘 보이지 않지만 분명히 조각상이 있었다.

 무영 이계를 훔치다
Thief King

어디서 많이 보았던 여자.

누구더라……?

"아! 여신!"

무영은 탄성을 내지르고는 다시 폭포 안쪽을 응시했다. 끊임없이 물줄기가 흐르면서 수세월 동안 깎고 다듬어진 조각. 그건 여신의 모습을 닮았다.

누군가 일부러 조각을 해놓은 것은 아니었다.

우연이리라. 공교롭게도 물줄기가 부딪친 부분이 억겁의 세월이 흐르면서 닳고 마모되어서 형성된 조각상이리라.

이보다 더 많은 시간과 노력이 들어간 조각품이 어디 있으랴.

무영은 전신을 가늘게 떨었다.

*　　　*　　　*

"두 달만이라……."

타마르는 혼잣말처럼 중얼거리고는 찻잔을 들었다. 찻잔에서 하얀 김이 모락모락 피어올랐다.

"늦은 건가요?"

"아니, 빠르지."

타마르는 신시한 표정으로 대답했다

무영은 빙긋이 웃었다.

타마르가 차를 한 모금 들이키고는 물었다.

"그래, 나를 겁줄만 한 조각품은 가지고 왔는가?"

"약속대로."

"크하하! 한번 보고 싶군."

"당신이 이곳으로 오기 전에 머물렀던 곳에 가보았습니다."

"그래서?"

"그 인근에 흐르는 폭포가 장관이더군요. 떨어져 내리는 물 안쪽으로 자연의 손길로 다듬어진 조각은 가히 세상에서 하나밖에 없는 훌륭한 조각이었지요."

타마르의 표정이 굳었다.

"나가게."

"성급하시군요."

"자네가 찾은 조각상이라는 게 그 여신상을 말하는 것이 아닌가? 나가게. 자네는 틀렸어."

"그 여신상이었다면 제가 가져올 수 없지요. 저는 분명히 가지고 왔다고 했습니다만."

"크흠… 들어보지."

무영은 빙긋이 웃고는 다시 입을 열었다.

"그 여신상을 보았을 때는 정말 '이거구나!' 싶었습니다. 그런데 가만히 생각해 보았습니다. 그리고 당신이 말한 것은 조금 다른 곳에 있지 않을까라는 생각을 했습니다."

"하면?"

탁.

무영은 주머니에서 무언가를 꺼내 테이블 위에 올렸다.

그것을 본 타마르의 표정이 아주 잠시 흠칫 떨렸다.

자갈돌.

어디서나 볼 수 있는 평범한 자갈돌이었다. 굳이 다른 점을 찾자면, 조금 더 부드럽게 다듬어졌다고 할까?

타마르가 무영을 물끄러미 올려다보았다.

"이게 뭔가?"

"세상에서 가장 아름다운 조각품입니다."

"지금 나랑 장난하자는 건가? 이건 어디서나 볼 수 있는 자갈돌이 아닌가."

"사람들은 착각을 하지요. 흔한 것은 아름답지 않고, 흔하지 않은 것은 아름다운 것이라고 말입니다. 실제로 아름다움은 희소성과 무관한 데도 말이지요."

"그래서 이 자갈돌이 아름답다는 말인가?"

"이 자갈돌은 고르틴산의 계곡에서 주워온 것입니다. 아마 수세월 동안 바람에도 깎였을 터이고, 물살에도 다듬어졌을 겁니다. 자연의 손길로. 이 자갈돌 하나가 이런 모양을 갖추기까지 많은 시간과 자연의 힘이 작용했을 터."

"하지만 그건 폭포의 여신상도 마찬가지야."

"아니오. 폭포의 여신상은 인간의 눈에 비친 조각일뿐입니다. 인산의 사심이 개입되어서 여신상을 닮았다고 생각하는 것입니다. 그 순간 자연 본연의 의미를 잃어버리지요. 오히려 이처럼 아무 모양도 특징도 없는 자갈돌이야말로 자연 그대로의 의미를 찾기가 쉽지요."

"자연 그대로보다 아름다운 조각은 없다는 말을 하고 싶은
건가?"

"그렇습니다."

무영은 부인하지 않았다.

타마르가 말했다.

"하지만 인간이나 드워프가 조각을 만들 때는 그들의 사상
과 의미가 개입되네. 그것이 바로 예술일세. 그런데 아무 의
미도 없이 저절로 생긴 자갈돌을……."

"절 너무 시험하시는군요. 자연의 손길이 숱한 세월 동안
갈고 다듬은 자갈돌입니다. 그 만고의 진리와 같은 의미를 넘
어설 수 있는 게 또 있습니까? 타마르. 세상에서 가장 아름다
운 조각은 인위적인 가공이 아니라, 자연 그 자체입니다."

타마르는 아무 말도 하지 않았다.

대신 그는 부르르 떨리는 손으로 테이블 위에 놓인 자갈돌
을 집어 들었다.

죽은 친구, 아그네스가 생각났다.

촤아아아.

가슴 속까지 시원하게 적시는 폭포 소리.

타마르는 세찬 물줄기가 떨어지는 곳을 물끄러미 바라보
다가 말했다.

"저 폭포 안에 새겨진 조각상이 보이는가? 여신상 말이야.

 무영 이계를 훔치다 Thief King

나는 언젠간 저 여신상을 조각해 볼 거야, 아그네스."

"그렇소? 하지만 제 눈에는 그 여신상보다 이 자갈돌이 더 아름답게 보입니다만."

"자갈돌? 이깟 흔해 빠진 자갈돌이 뭐가 아름답다는 건가?"

"그럼 타마르 당신은 이 자갈돌과 똑같은 자갈돌을 만들 수 있겠소?"

"크하하하! 이 사람이 지금 장난치는 건가? 나 타마르가 그 것도 못할 것 같은가?"

"마침 잘됐구려. 내게 이 자갈돌과 똑같은 걸 하나 조각해 서 선물해 주면 좋겠소."

"파하하하! 기다리게. 내가 내일까지 만들어주지!"

타마르가 벌떡 일어섰다. 그리고 곧장 그 길로 작업장으로 달려갔다.

하지만 타마르는 다음날도, 그 다음날도 아그네스 앞에 나 타나지 못했다. 일주일이 흐르고 보름이 지났다. 한 달이 훌 쩍 지나갔다.

시간은 계속 흘러 무려 반년이 지났을 때, 타마르는 아그네 스에게 말했다.

"미안하네. 그냥 그 자갈돌을 가지게. 그것과 똑같은 자갈 돌은 도저히 못 만들겠더군."

"허허허. 그렇게 호언장담하시더니. 어찌된 일이오?"

"시끄러워!"

타마르는 얼굴을 붉히며 버럭 소리 질렀다.

만들 수 있을 줄 알았다. 그까짓 흔해 빠진 자갈돌이 아닌
가. 만들지 못할 이유가 없었다. 게다가 그는 세상에서 둘도
없는 세공사가 아닌가.

하지만 만들 수가 없었다.

아니, 만들긴 만들었다.

수십, 수백 개를 만들었다.

반년 동안 그가 똑같은 모양으로 만든 자갈돌만 해도 헤아
리기가 힘들 정도로 많았다.

하지만 겉모양은 똑같더라도 타마르는 단번에 알아보았
다. 수천 년 세월 동안 자연의 힘으로 가공된 자갈돌과 자신
이 뛰어난 실력으로 가다듬은 자갈돌.

그 둘의 차이는 확연했다.

물론 일반인이라면 구분하지 못할 것이다.

하지만 타마르는 확실히 구분할 수 있었다. 이유가 무엇인
지는 모른다. 재질도, 모양새도, 촉감도 똑같은데 구분이 된
다.

"쳇! 오히려 내가 손을 대니까 자갈돌이 더 아름다움을 잃
어가는 것 같더군. 반년 동안 그 짓을 하려니 정신이 어떻게
된 건지도 모르지."

"허허허."

아그네스는 그저 웃기만 했다.

폭포 안의 여신상은 인간의 사심이 개입된 것에 불과하다.

애초에 자연은 그런 여신상 따위는 만들 생각을 하지 않았

무영 이계를
훔치다
Thief King

다. 그저 물이 흐르는 대로 깎고 다듬어졌을 뿐이다.

그런데 인간은 자신들의 여신상과 닮은 모습을 보며, 감탄
을 터뜨린다. 물이 흘러 깎이고 다듬어진 건 똑같은데, 인간
이 아는 무언가를 닮았느냐 아니냐에 따라서 감탄의 대상이
구별된다.

이 얼마나 조잡한 놀이인가.

타마르는 자갈돌을 가만히 만지작거렸다.

"파무타!"

타마르의 부름에 곧 문이 열리고 파무타가 들어왔다.

"부르셨습니까?"

"잠시 나들이를 다녀오겠다."

"예?"

파무타는 멍하게 되물었다. 그러다가 곧 정신을 차리고 대
답했다.

"아, 알겠습니다! 즉시 준비하겠습니다."

파무타는 곧장 타마르의 여행 채비를 갖추기 위해 서둘렀
다.

타마르가 바깥세상으로 나간다는 것이 얼마만인가.

*　　　*　　　*

무영은 '음유시인의 사랑' 카페의 지하를 타마르의 작업
장으로 내주었다. 그리고 길드 중앙 본부는 다른 평범한 건물

한 채를 사들여 사용했다.

타마르는 로번 시의 길드 본부로 오자마자 곧바로 작업을 시작했다.

"내가 세상에 다시 모습을 드러낸 걸 사람들이 알면 여러 모로 피곤해져."

그는 그렇게 말을 뱉고 바로 작업실로 들어가 버렸다. 그는 오랫동안 나오지 않았다. 뿐만 아니라 작업장 안으로 누구도 들어오지 못하게 했다.

타마르가 다시 나온 것은 한 달 뒤였다.

"필요한 게 생겼다."

"뭐든지 말씀만 하십시오."

베르카가 대답했다. 그는 타마르가 이곳으로 온 이후 그의 경호를 맡고 있었다.

"뭐든지라… 훗, 자신있나 보군."

"최대한 빠른 시간 내에 구해드릴 것입니다."

"당연히 그래야지. 차원 이동에 필요한 건 세 가지. 내가 만든 메이스와 마나 결정체, 그리고 내가 만든 목걸이야. 가져올 수 있겠나?"

"곧 준비해 드리겠습니다."

"부탁하네. 아, 그리고 식량이 좀 떨어졌어. 이번에는 상하지 않는 음식으로 한 달 정도 식량을 준비해 놓게."

"그러겠습니다."

타마르는 몸을 돌려 걸어갔다.

무영 이계를 훔치다
Thief King

그는 내심 웃었다.

'크크크. 곧 준비하겠다고? 아마 준비하는데 애 좀 먹을 거다. 크크크.'

타마르는 눈을 휘둥그렇게 떴다.

메이스는 레이가 가지고 있었다고 하더라도 다른 두 가지는 구하기가 힘든 것이었다.

물론 마나 결정체를 구할 수 있는 곳은 레이가 알고 있다. 하지만 그곳에 들어가면 언제 나올 수 있을지 장담할 수가 없다. 어쩌면 영영 빠져나오지 못할지도 모른다.

그리고 그가 만들었던 목걸이.

이것은 흡수석으로 세공한 것이다. 반지 모양인데 그 사이에 마나 결정체를 다듬어 붙여야 한다. 그런데 목걸이를 만들었던 타마르 자신조차도 이것이 어디에 있는 줄 몰랐다.

그런데 지금 베르카의 손에는 그 두 개가 버젓이 들려 있었다. 그리고 옆에는 타마르의 메이스를 들고 있는 레이가 함께 서 있었다.

"이, 이걸 어떻게 이렇게 빨리……."

"마나 결정체와 목걸이는 주군께서 가지고 계시던 거였습니다."

"무영이?"

"예, 마나 결정체는 고르틴산에 머물 때 가져오셨고, 목걸이는 카니스의 소굴에서 가져오셨다고 합니다."

“카니스의 소굴! 이게 거기에 있었단 말인가?”

“예.”

타마르는 여전히 믿지 못하겠다는 표정으로 자신의 손에 들린 두 개의 물건을 바라보았다.

에메랄드빛을 강하게 뿜어내는 마나 결정체. 그리고 자신이 직접 세공한 목걸이 펜던트.

‘적어도 석 달은 걸릴 줄 알았건만.’

그때, 베르카 곁에서 불만 섞인 목소리가 터져 나왔다.

“할아버지! 메이스는 지금 필요없잖아! 왜 가져오라고 그래?”

타마르는 몸을 움찔 떨었다.

사실 메이스는 지금 필요한 것이 아니었다. 그저 무영이 얼마나 빨리 필요한 것들을 제공할 수 있는지 확인해 보고 싶었던 것이다.

“크하하하! 할아버지라니, 삼촌이라고 불러라!”

“할아버지가 어떻게 삼촌이 될 수 있어?”

“크하하. 그럼 난 이만 작업하러…….”

“어? 할아버지! 뭐야! 메이스는?”

타마르는 냉큼 지하로 돌아갔다.

CHAPTER 4

복수를 꿈꾸는 자

차원 이동을 위한 연구는 일사천리로 진행됐다.

무영은 타마르에게 완벽한 지원을 해주었다. 그가 필요하다는 물건은 무엇이라도 가져다주었다.

타마르는 마나 결정체와 목걸이를 요구한 다음, 세 번 더 필요한 것들을 요구해 왔다.

"오우거의 엄지발톱 스무 개. 와이번의 꼬리 열 개."

무영은 그날 바로 채비를 갖추고 사냥을 떠났다. 조란은 거의 항시 동행했고, 카인은 무영 대신 길드 업무를 맡았다.

무영과 조란이 오우거의 발톱과 와이번의 꼬리를 모두 모아오는 데 걸린 시간은 한 달이었다.

사냥은 문제가 없으나, 오우거와 와이번을 찾아 이동하는 시간이 대부분이었다.

"트롤의 심장 열다섯 개."

이번에는 보름 정도 지나서 돌아왔다.

타마르는 트롤의 심장을 가지고 돌아가면서 말했다.

"이제 마지막이야. 드래곤이 필요해."

＊　　＊　　＊

"도와줘."

"싫어."

"싫어도 도와줘."

"싫어."

"휴면기 동안 죽고 싶어?"

"죽어도 싫다."

"도대체 이유가 뭐야!"

"그냥 싫어."

레이와 샤이란은 아까부터 옥신각신하고 있었다.

무영은 가볍게 한숨을 내쉬었고, 다른 부하들은 멍한 표정으로 레이와 샤이란을 번갈아 보았다.

카인은 이마에서 흐르는 땀을 슥 훔쳐냈다.

'이, 이게 드래곤인가…….'

드래곤. 능력에 있어서 신과 가장 가까운 존재.

그런데 지금 눈앞에 있는 드래곤은 무척 평범하게 보였다.

무영 이계를 훔치다
Thief King

아니, 결코 평범하지는 않다.

바라보면 눈이 부실 정도로 아름다운 남자다. 레이와 다른 아름다움.

레이는 여성적인 아름다움이 물씬 풍기는 반면, 샤이란은 아름다운 남자의 이미지다.

게다가 같은 공간에 있는 것만으로도 왠지 황송한 마음마저 든다.

다만 그의 언행에서 인간과 차이점을 발견하기가 힘들었다. 마치 철이 덜든 미청년이 투덜거리는 것처럼 들릴 정도다. 게다가 레이와 옥신각신 말다툼을 벌이고 있지 않은가.

카인은 원래 이곳에서 나고 자란 사람이지만, 평생 처음으로 드래곤을 본 것이었다. 때문에 드래곤에 대한 환상이 깨지는 한편, 새로운 놀라움과 함께 레이도 다시 보게 됐다.

길드 본부 안에서 실랑이를 벌이는 둘을 보면서 시프들은 아무런 조치도 취하지 못했다.

우선 무영이 가만히 듣고만 있기 때문이기도 했지만, 그 누구도 드래곤을 향해 발언을 할 용기가 없었던 것이다. 그런 의미에서 보면 레이가 정말 대단한 존재처럼 보이는 것은 당연했다.

레이가 샤이란의 발을 콱 밟으며 소리쳤다.

"자꾸 이럴래!"

하지만 샤이란은 눈살도 찌푸리지 않고 말했다.

"싫다면 싫은 거다."

“그러니까 도대체 이유가 뭐냐고!”

“흥미가 없어졌다.”

레이는 할 말을 잃었다. 동시에 두려운 생각이 들었다.

흥미를 잃었다니! 드래곤을 움직일 수 있게 만드는 방법은 흥미유발밖에 없다. 그런데 흥미를 잃었다니! 분명히 몇 달 전까지만 해도 무영에게 흥미가 있다고 하지 않았던가.

무영이 시프킹이 되고 나서 딱히 실력을 드러낼 만한 사건이 없었으니 흥미를 잃은 것이리라. 게다가 긴 휴면기를 앞에 두고 있는 샤이란이라면 더욱 흥미를 잃을 만했을 것이다.

샤이란은 던지듯 말하며 걸음을 뗐다.

“그럼 난 이만 간다.”

“자, 잠깐!”

레이가 급하게 말렸다.

샤이란이 귀찮은 눈동자로 그를 돌아보았다.

“뭐야?”

“그, 그러니까…….”

레이는 입술을 잘근잘근 씹었다.

정말 이 방법밖에 없을까? 다른 방법은 없나?

레이는 무의식 중에 들고 있던 지팡이를 꼭 잡았다.

결국 레이가 눈을 질끈 감으며 소리쳤다.

“조, 좋아! 타마르의 메이스를 너에게 줄게!”

“호오? 정말인가?”

“그, 그래. 이걸 줄게! 그러니까 도와줘!”

무영 이계를 훔치다
Thief King

“아버지의 유품이기 때문에 줄 수 없다고 하지 않았나?”

“그렇긴 하지만 이게 아니면 네 마음을 돌릴 수 없잖아. 지금 네 도움이 절실히 필요하단 말이야! 그러니까 도와줘.”

샤이란은 눈을 가늘게 뜨고는 타마르의 메이스를 훑어보았다. 그러다가 불쑥 말을 뱉어냈다.

“싫다.”

“뭐, 뭐야? 어째서? 이걸 준다니까?”

“어차피 곧 휴면기야. 다음에 깨어나서 내가 찾도록 하지.”

“뭐, 뭐야? 그럼 이걸 부러뜨리겠어!”

“마음대로 해. 어쨌든 지금은 싫어.”

“샤이란!”

“더 이상 귀찮게 하면 저놈을 죽일 거야.”

순간, 길드 본부에 있던 시프들이 일제히 검을 뽑아 들었다.

촤차창!

샤이란의 눈동자가 무영에게 향한 것이다. 그가 피식 웃었다.

“뭐야? 장난감 들고 나를 찔러보겠다고?”

꿀꺽.

시프들의 침 삼기는 소리가 들렸다.

그들의 손에 들린 검은 가늘게 떨고 있었다.

상대는 드래곤이다. 평범한 인간 100명이 달려들어도 죽이기 힘든 드래곤이다. 그런 드래곤을 상대로 칼을 뽑아 들어서 어쩌자는 것인가.

하지만 킹이 모욕을 당했다. 귀머거리처럼 가만히 서 있을 수도 없는 것이다.

그때, 무영이 자리에서 천천히 일어났다.

"내 검도 한번 확인해 보시겠소? 장난감인지 아닌지……."

무영이 허리춤에서 월검을 꺼내 들었다.

샤이란의 눈빛에 순간 조소가 스쳤다.

"건방진……."

"샤이란. 돕기 싫다면 부탁하지는 않겠소이다. 다만 굴복시키겠소이다."

순간 샤이란은 웃음을 터뜨릴 뻔했다.

돌아도 아주 제대로 돌아버린 놈이 아닌가. 감히 드래곤인 자신에게 복종을 받아내겠다? 미쳐도 단단히 미쳤다.

물론 인간 중에는 드래곤 슬레이어처럼 드래곤을 죽이는 자들이 있다.

하지만 열에 아홉은 해츨링을 죽이고 그런 별칭을 얻는다. 웜급의 드래곤을 상대로 일대일의 정면 승부에서 이길 수 있는 인간은 거의 없다. 어쩌다가 한 명 나타나면 그는 인간의 역사에 길이 남는다.

이놈도 인간 역사의 한 페이지를 장식하고 싶어서 돌아버린 걸까?

반면, 본부 내의 분위기는 싸하게 식어버렸다.

무영 이계를 훔치다
Thief King

시프들뿐만 아니라 레이마저 온몸을 긴장시켰다.

샤이란이 화났다. 그의 눈동자에 스친 조소를 보았다.

만약 샤이란이 정말 마음만 먹으면 무영을 단숨에 죽여 버릴 것이다. 무영이 죽어버리면 차원 이동은 더욱 이루기 힘든 꿈이 되고 만다.

우려는 현실로 일어났다.

"죽이겠다."

팟!

샤이란은 말을 내뱉자마자 몸을 날렸다. 시프들이 미처 행동을 취하기도 전이었다.

조란은 급하게 검을 뽑아 들었다.

그러나 샤이란의 움직임은 그보다도 훨씬 빨랐다.

파항!

순간 무영의 가슴 앞에서 검푸른 오러가 터져 나왔다.

"쿠웃!"

무영과 샤이란이 동시에 뒤로 튕겨졌다.

쿵!

무영의 등이 벽에 부딪쳤다. 벽면이 움푹 들어갔다.

만약 샤이란이 달려들 때 조금만 더 힘을 가했더라면 무영은 벽을 뚫고 날아갔을지도 몰랐다.

츠츠츳—

뒤로 밀려가던 샤이란은 바닥에 발을 붙이고 제동을 걸었다. 그리고도 한참을 밀려갔다.

무영은 월검을 가슴 높이까지 들어 올리고 있었다. 시퍼렇게 오러블레이드를 뿜어내고 있는 월검을.

"주군!"

조란이 무영의 앞을 막아서며 소리쳤다.

"조란, 나서지 마."

"주, 주군?"

"이건 내 싸움이다."

파밧!

이번에는 무영이 몸을 날렸다. 그는 눈 깜짝할 사이에 샤이란의 코앞까지 달려갔다.

"헛!"

샤이란 역시 놀랐는지 눈을 부릅뜨며 손을 내뻗었다.

쾅!

도저히 검과 손이 부딪친 것 같지 않은 굉음이 터져 나왔다.

실내는 순식간에 아수라장이 됐다. 테이블과 의자는 산산이 부서져 나뒹굴었고, 창문은 모두 떨어져 나가거나 깨져 버렸다.

무영의 월검은 샤이란의 손에 잡혔다. 두 사람은 그 상태로 팽팽하게 대치했다.

한 치의 밀고 밀림도 없다.

시프들은 물론, 조란과 레이조차도 놀라고 있었다.

오러블레이드를 머금은 월검을 손으로 잡아낸 드래곤도

 무영 이계를 훔치다
Thief King

놀랍고, 그 드래곤을 상대로 저렇게 가까이서 근접전을 펼치는 무영도 놀라웠다.

그리고 무영과 샤이란은 서로 놀라고 있었다.

'제기랄. 괜히 드래곤이 아니군.'

무영은 태연한 표정으로 근접전을 펼치고 있었지만, 그는 이대로라면 힘들 싸움이 될 것이라고 예상했다. 아니, 자신이 죽을 확률이 훨씬 높은 싸움이었다.

한편 샤이란은 무영의 검을 막으면서 방심하던 마음이 싹 사라졌다. 마나의 운용이 달랐다. 느껴지는 마나의 종류도 조금 다른 느낌이다.

예전, 카니스의 소굴에서 만났을 때, 무영은 이 정도로 강하지 않았다.

하지만 아주 짧은 시간에 무영은 몰라볼 만큼 성장했다. 이 녀석이 있던 세계라는 곳은 도대체 어떤 곳이란 말인가. 인간의 능력이 이렇게 빨리 향상될 수 있단 말인가.

아무리 그렇다고 한들 드래곤인 자신을 이길 수는 없는 법. 만약 샤이란이 전력을 다했다면, 아니 지금부터라도 전력을 다한다면 무영은 10분도 버티지 못할 것이다.

뚝. 뚝.

월검의 날을 타고, 샤이란의 팔뚝을 타고 피가 흘렀다.

"후후후."

샤이란이 가늘게 웃음을 흘렸다.

무영이 그를 바라보았다.

“후후후. 놀랍군. 놀라워.”

“······.”

“이 몸이 피를 흘리다니. 과연 레이가 반할만 하군.”

레이가 발끈해서 소리쳤다.

“반한 적 없거든요?”

“후후. 도와주겠다.”

“뭐?”

레이가 굳은 듯이 멈춰 서서 되물었다.

무영도 멍한 표정으로 샤이란을 바라보았다.

이제부터는 정말 목숨을 버릴 각오를 해야겠구나, 싶은 찰나에 샤이란이 돕겠다고 말한 것이다.

샤이란은 무영의 칼을 걷어치우고 자신의 손바닥을 보았다.

“재미있는 놈이군. 흥미가 다시 생겼다. 도와주도록 하지.”

“정말이오?”

“그래. 도와주도록 하지. 하지만 두 가지 조건이 있다.”

“뭐요?”

“타마르의 메이스.”

“다른 하나는?”

“나도 함께 간다.”

“뭐요?”

“뭐라고?”

무영과 레이, 그리고 다른 시프들조차도 놀라서 눈을 동그랗게 떴다.

드래곤이 함께 차원 이동을 하겠다고? 그럼 휴면기는 어쩌고?

사람들의 놀란 반응에는 아랑곳하지 않고 샤이란이 말했다.

"네가 사는 곳이 어떤 곳인지 보고 싶어졌다."

"하지만 곧 휴면기……."

레이가 말을 꺼내자, 샤이란이 대꾸했다.

"그런 건 아무래도 상관없어. 잠은 아무데서라도 자면 되니까."

"그런……."

"타마르의 메이스나 확실히 내놓도록."

"칫!"

"그리고……."

콱!

"크윽!"

눈 깜짝할 사이에 샤이란이 무영의 목을 움켜잡았다.

"내게 건방지게 굴었던 대가는 치러야지."

팡!

슈우우욱! 콰당!

샤이란이 그대로 무영의 복부를 가격하자, 무영의 몸이 힘없이 날아가서 구석에 처박혔다.

“쿨럭!”

“주군!”

무영이 핏덩이를 토하자, 조란이 달려와서 부축했다.

하지만 무영은 웃으며 대꾸했다.

“크크크. 어쨌든 도와줘서 고맙소, 샤이란.”

“흥.”

샤이란은 몸을 휙 돌리고는 모습을 감췄다.

무영은 카인과 베르카를 불렀다.

“내가 이제 이곳에 있을 날이 얼마 남지 않은 것 같다.”

“하면…….”

“타마르도 거의 작업을 끝냈고, 레이와 샤이란도 서로 준비가 되어가는 모양이야.”

카인과 베르카는 놀란 표정이 역력했다.

차원 이동이 이렇게 쉽게 되는 것인가?

물론 쉬운 것은 아니다. 벌써 몇 달이 흘렀다.

하지만 아그네스는 30년을 연구했다고 했다. 그런데 그 30년을 몇 달만에 해낼 수 있는 건가?

그 문제에 대해서 대답이라도 해주듯 무영이 말을 이었다.

“레이는 머리가 비상한 녀석이야. 아그네스의 연구를 지켜본 것이 상당히 도움이 됐던 모양이야. 그리고 내 피를 뽑아 분석한 것도 도움이 된 것 같더군. 아무튼 아그네스가 홀로 연구할 때에 비해서 여러모로 조건이 좋아졌으니, 결과도 빨리 나올 모양이다.”

“그럼 언제…….”

“대략 석 달 뒤가 될 것 같다. 의식을 행할 장소는 고르틴 산이야.”

“석 달!”

“그래. 조란은 나와 함께 가기로 했다. 그리고 레이와 샤이란이 같이 간다.”

“주군, 저희들도 주군을 따르겠습니다!”

카인과 베르카가 고개를 숙이며 동시에 소리쳤다.

하지만 무영은 고개를 가로저었다.

“아니. 너희들이 가서 지낼 만한 곳이 아니야.”

“하지만…….”

“이곳에 남을 자는 있어야 한다.”

무영은 단호했다.

차원 이동. 말처럼 쉬운 것이 아니다. 그리고 성공한다고 하더라도 낯선 세계에서 적응하며 지내는 것은 더욱 쉽지가 않다.

그걸 실제로 경험한 무영이었다. 유쾌하지 않는 경험이다.

그런 경험을 아끼는 부하들에게 겪게 하고 싶지는 않았다.

“카인, 내 뒤를 이어 시프킹이 되어라. 앞으로 남은 기간 동안 너를 단련시켜 주겠나.”

“그, 그게 무슨?”

카인이 눈을 부릅뜨고 무영을 바라보았다.

"지금 네 능력으로도 시프킹이 되는 것에는 모자람이 없어. 하지만 이 상태로 내 뒤를 이어받는다면 기어오르려는 놈들이 분명히 생길 것이야."

"주군, 저는 시프킹보다는 주군을……."

"명령이다, 카인. 넌 시프킹이 되도록 해."

무영은 카인의 대답을 기다리지 않고 고개를 돌렸다.

"베르카."

"예, 주군!"

"그동안 적성에 맞지 않는 시프 노릇을 하느라 고생이 많았다."

"어째서 그런 말씀을 하십니까? 제 선택이기도 합니다. 후회는 없습니다!"

"시프킹의 자리를 네게 물려주지 않아서 섭섭하지는 않나?"

"언제나 주군의 뜻을 따를 뿐입니다. 사사로운 감정은 없습니다."

무영은 빙긋이 웃었다.

"그렇겠지. 사실 시프는 너에게 어울리지 않지. 처음 너는 내게 말했지. 많은 길 중에서 왜 하필 시프를 택한 거냐고. 차라리 용병단을 차리자고 말이야."

"주, 주군. 그것은……."

베르카의 얼굴이 발갛게 달아올랐다.

"너를 탓하려는 게 아니다. 그게 네 성격이라는 것을 잘

 무영 이계를 훔치다
Thief King

안다.”

“…….”

“로스트 백작에게 부탁해 두었다. 한 달 뒤에 너는 황궁으로 들어간다.”

“예엣?’

베르카가 놀라서 고개를 번쩍 들었다.

무영은 여전히 웃음을 머금은 표정으로 대답했다.

“그게 너에게 어울리는 일이라고 생각했다. 황실 근위대장까지는 미치지 못하지만, 황궁 경호대장의 자리는 얻어낼 수 있었다.”

“주, 주군… 지금 무슨 말씀을…….”

“카인이라면 가서 하라고 시켜도 못할 거야. 하지만 너는 잘할 거라고 생각한다. 넌 원래 공명정대한 성격이었으니까.”

베르카는 아무 말도 하지 못했다.

그는 아랫입술을 파르르 떨었다.

황궁 경호대장. 황실 근위대장의 바로 뒤를 잇는 직급이다.

물론 시프킹만큼 영향력이 큰 위치는 아니다.

하지만 황궁 경호대장이라면 그가 평생 동안 노력해도 닿지 못할 자리였을 것이다.

베르카는 이마를 바닥에 찧었다.

쿵!

"주군의 은혜! 죽어서도 잊지 않겠습니다!"

무영이 빙긋이 웃었다.

"은혜라고 할 것까지야. 나야말로 너희들의 은혜를 영원히 잊지 못할 거야."

다음날부터 무영은 조금씩 카인의 권한을 키워주었다. 다른 시프들이 반발할 수 없도록 천천히, 단계적으로 권한을 위임했다. 그리고 묘도보법을 비롯한 여러 가지 기술들도 함께 전수해 주었다.

그리고 한 달 뒤, 베르카는 예정대로 황궁 경호대장으로 취임했다.

*   *   *

바람이 스산하게 부는 가을이었다.

숲 속에서는 각종 풀벌레가 부지런히도 울어댔다.

해가 저물고 어둠이 깔리는 시각.

스스스.

바람 한줄기가 잎사귀 사이를 비집어가며 숲으로 스며들었다.

그런데 바람뿐만이 아니었다. 아니, 정확히 말하자면 한 인영이 나뭇가지를 밟아가며 날렵하게 이동하면서 바람을 일으킨 것이다.

검은 복면에 흑의를 입은 그는 어둠과 동화된 채 한줄기 바람처럼 신속히 움직였다.

탓!

그가 나뭇가지에서 뛰어내렸다.

나무 아래에는 그와 같은 차림의 복면인이 다섯이나 더 있었다.

"목표 확인. 정보 입수!"

"정보는?"

복면인 중 한 명이 한 걸음 나서며 물었다.

"3주 후, 의식을 행할 예정입니다. 장소는 고르틴산입니다."

"고르틴산? 확실한가?"

"그렇습니다."

보고를 받은 복면인은 손가락으로 턱을 받쳤다.

고르틴산이라면 지금 움직여야 한다. 적어도 2주 후에 고르틴산에서 의식을 치르기 위해서는 말이다. 그런데 아직도 로번 시에 머물러 있다는 것은 텔레포트 마법을 사용해서 움직일 가능성이 크다는 말.

복면인이 말했다.

"지금 고르틴산으로 향한다. 옆 도시까지 숲을 통해 달려가고, 그 다음부터는 말을 탄다. 시간이 간당간당하겠군."

"예!"

명을 내린 자가 몸을 날렸다.

다른 복면인도 뒤이어 몸을 날렸다.

복면인은 이동 중에 옆을 돌아보고 물었다.

"라베스 형님."

"뭔가?"

조금 전 명을 내렸던 자가 대답했다.

"상대는 드래곤도 등에 두고 있습니다."

"그래서?"

"놈을 죽이는 것이 가능할까요?"

"너는 어떻게 생각하나?"

"사실… 불가능하다고 생각합니다."

복면인은 달리는 중에도 라베스의 눈치를 슬쩍 보았다.

그런데 라베스의 입에서 뜻밖의 소리가 터져 나왔다.

"마찬가지다."

"그, 그럼 어째서……."

"놈이 하는 의식은 차원 이동이야. 그때가 가장 방비가 허술할 때고, 그때가 아니면 복수할 기회는 없다."

"하지만 놈을 죽일 가능성이 없다면 아무런 의미가 없지 않습니까?"

숲을 이동하던 라베스가 나뭇가지 위에서 뚝 멈춰 섰다. 옆에서 나란히 달리던 복면인도, 뒤를 따르던 복면인도 일제히 멈춰 섰다.

라베스가 말했다.

"반드시 해야 한다. 가능성이 있고 없고의 문제가 아니다. 놈의 등 뒤에 드래곤이 있든 없든 상관없는 문제다. 시도하지도 않는 것보다 더 의미 없는 것도 없는 거다.”

“알겠습니다. 제가 말실수를 했습니다.”

“우리가 놈을 죽일 가능성이 전무하더라도 시도한다. 성공 여부는 우리의 행동을 결정짓는 요인이 아니다. 알았나?”

“예!”

복면인들이 한 목소리로 대답했다.

“우리는 그날 시도하고, 그날 죽는 거다. 하야드 형님의 원수를 갚기 위해서!”

“명심하겠습니다!”

라베스는 다시 몸을 날렸다.

다른 복면인들도 뒤를 따랐다.

‘반드시 죽인다. 설사 죽이지 못하더라도 나는 죽인다.’

라베스는 눈살을 지그시 찌푸렸다. 앞뒤가 맞지 않는 말이지만 그의 진심이었다. 상대가 죽지 않더라도, 라베스는 기필코 무영을 죽일 생각이다.

주위의 누가 뭐라고 해도 하야드는 그에게 좋은 형님이었다. 아버지가 강도에게 맞아 죽고 어머니가 능욕당하던 날, 하야드가 그 강도를 죽였다.

그를 따르고 있는 복면인들 모두 하야드를 죽인 무영을 원망하고 있었다.

헤이치가 다시 길드장의 자리를 차지한 후, 이들은 라베스를 찾아왔다. 그리고 무영과 헤이치를 죽이자는 쪽으로 뜻을 모았다.

그 후 세리나 왕국에서 지옥 같은 하루하루를 보냈다. 처음에는 몬스터와 주로 싸우며 훈련을 했고, 나중에는 청부 살인을 전문적으로 맡는 어쌔신이 되었다.

그동안 그들의 살상 능력은 몰라보게 향상됐다. 원래 기척을 잘 숨기는 시프였는데, 죽을 각오로 어쌔신의 능력을 키웠으니 이보다 빨리 발전할 수도 없었다.

이제 남은 건 복수뿐이다.

헤이치는 그들이 손쓰기도 전에 무영에게 당했다. 놈은 죽는 것보다 못한 인생을 살게 됐다. 이제 남은 건 무영뿐이다.

3주 후, 놈들이 의식을 행할 때 반드시 무영을 죽이리라.

숲을 달리던 라베스는 주먹을 꽉 말아 쥐었다.

*　　　*　　　*

동굴은 어마어마하게 넓었다.

광활하다는 표현이 어울릴 정도로 천장도 높았고, 터도 넓었다.

그럼에도 입구는 형편없이 좁았다. 아니, 입구는 없었다. 뱀 한 마리가 기어들어 갈 만한 구멍이 30미터 정도 이어져 있을 뿐이었다.

사람이 들어갈 수 없으니 입구라고 표현할 수도 없으리라.

아마도 누군가가 고의로 입구를 무너뜨린 듯했다.

덕분에 라베스와 부하들은 일주일 동안 굴을 파낸 끝에야 동굴 안으로 들어올 수 있었다. 그들은 자신들이 들어온 통로를 모두 무너뜨리고 흔적을 지웠다.

먹을 식량도 딱 오늘까지 챙겨가지고 왔다.

그리고 1시간 전, 그들은 마지막 식사를 했다.

라베스를 포함한 여섯 명의 복면인들은 동굴 곳곳에 2명씩 짝을 지어 흩어져 몸을 숨겼다. 동굴 벽에 조금이라도 갈라진 틈이 있거나 굴곡이 있는 곳은 모두 은신할 수 있는 곳이었다.

은신은 완벽했다.

게다가 이 동굴 안은 묘할 정도로 마나량이 풍부해서 그들의 기척을 더욱 잘 숨겨주고 있었다.

그리고 5분 전, 일단의 무리가 동굴 안에 새하얀 빛무리와 함께 나타났다.

무영과 그를 도운 자들, 그리고 시프들이었다.

타마르는 무영에게 마나 결정체를 박아 넣은 펜던트를 건네주었다. 그리고 마나 결정체를 깎아 만든 반지를 무영과 레이 그리고 샤이란과 조란에게 하나씩 건네주었다.

반지는 이계에서 마나를 모으는데 도움을 준다. 그리고 마나 결정체를 끼워 넣은 펜던트는 다른 종류의 기를 마나로 전환하는 역할을 해준다. 물론 그 양이 많지는 않지만 상당히 도움이 될 것이다.

마지막으로 타마르는 무영에게 푸른 액체가 담긴 용기를 건네주었다. 차원 이동을 위해 아그네스가 30년간 연구했다던 바로 그 약물이다.

약물을 다시 만들어낸 것은 레이와 샤이란이었고, 그 용기를 담아내는 그릇은 타마르가 만들었다. 약물이 워낙 독특한 성분이어서 웬만한 용기에 담으면 용기가 바로 깨져 버리기 때문이다.

약물을 한 모금 정도 마시고 주문을 캐스팅하면 차원 이동이 실현된다. 레이가 주문을 캐스팅할 것이고, 샤이란은 마나를 보충해 줄 것이다. 약물은 레이의 주문에 힘을 실어줄 터이다.

이제 만반의 준비는 끝났다. 떠나면 된다.

그토록 염원했던 순간이다.

참 멀고 험난한 길을 걸어온 것 같은데 막상 떠날 순간을 앞에 두고 있으니, 그리 오랜 여행은 아니었던 것 같다.

무영은 자신을 송별하기 위해 따라온 부하들에게 다가갔다.

이곳까지 함께 온 자들은 카인과 베르카. 그리고 다섯 보스들이었다.

"모두들 알다시피 나는 카인에게 시프킹의 자리를 물렸다. 다들 동의한 것으로 안다. 불만있는 사람은 지금이라도 이야기해."

"없습니다."

그들은 한 목소리로 대답했다.

하지만 무영은 그 말을 믿지 않았다. 이들 중 누구라도 카인이 만만하게 보이는 순간 반기를 들 수 있을 것이다.

그러나 무영이 그것까지 챙겨줄 수는 없다. 그때부터는 카인 혼자 헤쳐 나가야 할 것이다. 적어도 모든 시프들이 인정하는 시프킹이 되려면 그 정도는 혼자 뚫어야 하리라.

"모두들 고마웠다. 아프지 말고 잘들 지내."

무영은 말을 내뱉고 몸을 돌렸다.

카인과 베르카. 그리고 다섯 보스들은 일제히 무릎을 꿇으며 소리쳤다.

"부디 건강하십시오!"

무영은 그대로 뚜벅뚜벅 걸어갔다.

레이가 동굴 바닥에 그리는 마법진이 거의 완성되어 가고 있었다. 샤이란은 마법진에 마나를 불어넣고 있었다.

언젠가 해야 할 이별이라면 빠를수록 좋다.

무영은 마법진 한가운데에 섰다.

마법진은 완성됐다.

동굴 한쪽에 최대한 기척을 누르고 숨어 있던 라베스는 두 눈에 힘을 줬다.

거의 다 됐다.

이미 죽을 결심은 섰다. 그리고 죽일 결심도 섰다.

문제는 드래곤이다. 샤이란을 어떻게 처리하느냐가 관건이다. 무작정 뛰쳐나가서 무영에게 칼을 휘둘렀다가는 샤이란이 막아설 것이 분명하다. 그렇게 되면 무영과 눈도 마주치기 전에 자신이 먼저 저승길로 간다.

라베스는 동굴 곳곳에 숨어 있는 부하들에게 눈짓을 보냈
다.

'샤이란과 가장 가까운 2명이 먼저 달려나간다. 그리고 나
머지는 일제히 무영을 노린다.'

명령은 전달됐다.

때는 주문을 캐스팅하는 순간이다. 가장 빈틈이 많은 그 순
간 성공하지 못하면 기회는 다시없다.

마법진 안에 네 명이 모두 들어갔다.

무영과 조란, 레이와 샤이란이었다.

타마르와 무영의 수하들은 긴장한 눈빛으로 네 사람을 바
라보았다. 사실 이별의 슬픔보다는 아무 일도 없어야 한다는
바람이 더욱 절실했다.

텔레포트도 좌표를 잘못 찍는 순간 온몸이 갈기갈기 찢어
져서 죽게 되는데 차원 이동이야 오죽하랴.

마법진 안에 들어선 네 사람의 표정도 마찬가지였다.

특히 무영은 그토록 염원하던 귀향을 코앞에 둔 순간이었
다. 전신에 자르르 전율이 일어났다.

평소 그랬다면 동굴 내에 묘하게 섞여 있는 이질적인 기운
을 눈치 챘을 터지만, 오늘은 그조차도 느끼지 못했다. 그만
큼 흥분하고 긴장했다는 증거다.

레이가 말했다.

"네 명 모두 약을 마신 다음 손을 잡아야 해. 그리고 주문
을 캐스팅하면 차원 이동을 시작할 거야. 이동 시점은 무영

 무영 이계를 훔치다 Thief King

오빠가 이계에서 사라진 시점이 될 가능성이 가장 커. 오빠 몸이 기억하고 있는 가장 마지막이니까."

"그럼 과거로 돌아갈 가능성은?"

"그럴 수는 없어. 균형이 일그러지니까. 원래 오빠가 살던 세계가 아니라면 시간대는 랜덤이겠지만, 지금은 어디까지나 귀환이야. '내'가 있는 곳에 또 '내'가 돌아갈 수는 없어. 세계는 스스로 균형을 유지하는 능력이 있어. 그건 물이 위에서 아래로 떨어지는 것만큼이나 당연한 이치야."

"그나마 다행이군."

"하지만 자칫 오빠 몸이 인식하고 있는 기억이 너무 희미하면 오히려 먼 미래로 갈 수도 있어."

"그건 걱정하지 않아도 돼."

무영은 레이의 걱정을 일축했다.

중원을 떠나게 된 날의 기억. 그것을 어찌 잊을 수가 있단 말인가. 아직도 그의 몸은 그날 억수처럼 쏟아지는 비의 감촉을 느끼고 있다. 그리고 눈동자는 자신을 향해 쏟아지는 홍룡단의 차디찬 시선을 마주하고 있다.

절대 그날을 잊을 리가 없다. 백부님이 흑립만을 남기셨던 그날의 일을!

"그럼 모두 약물을 복용해."

레이의 말이 떨어지고 나서 네 사람은 일제히 약물을 들이켰다.

분명 액체를 마셨음에도 연기를 마신 것처럼 가슴팍이 싸하다. 썩 좋은 기분은 아니었다.

"우음."

네 사람은 저마다 신음을 흘렸다.

알 수 없는 요상한 기운이 전신을 휩쓸면서 몸을 휘돌았다.

네 사람 모두 손가락에 끼고 있는 반지에서 에메랄드빛을 강하게 뿜어내기 시작했다. 타마르가 만들어준 마나 결정체를 깎아 만든 반지들이다.

네 사람은 서로 손을 잡았다.

레이가 메이스를 높이 치켜들고 소리쳤다.

"아비루 탐스 니코만 델라리아 케보이션 텔레퐁! 즈 다마트선 멩봉링 자브러가 롤로이얀 참스! 케보레트……."

캐스팅이 시작됐다.

캐스팅하는 동안은 함부로 움직여서도 안 된다. 캐스팅을 멈춰서도 안 된다. 가장 완벽하게 해야 한다.

지켜보는 사람들이 저마다 침을 꿀걱 삼켰다.

레이가 들고 있는 검은 메이스 끝에서 빛이 뿜어지기 시작했다.

그런데 그때!

샤삭!

동굴 한쪽 구석에서 검은 그림자가 움직이는가 싶더니 돌연 두 복면인이 쏜살처럼 날아왔다.

"앗! 저 녀석들이!"

가장 먼저 놈들을 확인한 것은 자르보였다. 그가 검을 뽑아

무영 이계를 훔치다
Thief King

들었을 때, 카인은 이미 몸을 날리고 있었다.

아니, 가장 먼저 확인하고, 가장 먼저 움직인 자는 다름 아 닌 샤이란이었다.

어느새 샤이란은 달려오는 두 복면인의 머리를 손가락으로 내찔렀다.

콰작! 콰자작!

복면인들은 힘도 써보지 못하고 머리가 터져 버렸다.

공격은 그것으로 끝이 아니었다. 찰나의 순간에도 샤이란은 생각을 정리했다.

'숨은 자 네 명! 캐스팅이 완성되어 간다. 시간이 없는데……'

녀석들이 노리는 것은 무영이다.

하지만 무영은 지금 당장 행동하기가 힘든 상황이었다. 캐스팅이 되는 동안 최대한 중원에서 있었던 마지막 날을 상기해야 하기 때문이다. 그렇게 해서 정신의 기억을 몸에 각인시키고 귀환했을 때 시간대를 가장 적당히 맞추기 위함이다.

결국 샤이란은 다시 몸을 날렸다.

무영이 죽으면 차원 이동은 물 건너간다.

드래곤인 그에게 놈들은 애송이에 불과하지만 사방에서 네 명이 동시에 달려들고 있었다.

모두 순식간에 일어난 일이었다. 시프들은 뒤늦게 달려오는 중이다.

'가장 빠른 놈부터!'

샤이란은 지체없이 손가락을 찔러갔다.

콰직! 콰콰직!

손가락 끝에 마나를 집약시켰기에 복면인들은 모두 즉사했다.

'둘, 이제 나머지 둘!'

복면인들은 동료가 죽어가는 것을 보면서도 멈추지 않았다. 오히려 더욱 필사적으로 무영을 향해 다가왔다.

'이 녀석들, 죽기로 각오했군!'

샤이란은 일이 조금 꼬일지도 모르겠다고 생각했다.

가끔 죽기를 각오한 인간들을 본적이 있다. 그런 인간들은 평상시보다 몇 배의 힘을 발휘하곤 한다.

지금 이 녀석들이 그러한 경우였다. 남은 두 복면인은 눈 깜짝할 사이에 무영을 향해 파고들었다.

콰자작!

이마에 손가락이 닿은 복면인은 이번에도 어김없이 머리가 터져 나갔다.

남은 한 명!

샤이란은 고개를 돌렸다. 레이의 주술이 거의 완성되어 가고 있다. 그리고 녀석도 무영을 찌르기 직전이다.

무영의 손을 잡는가? 놈을 처리하고 잡는가?

"칫! 귀찮게 하는군!"

샤이란은 한 명을 마저 처리하기로 했다. 하지만 그가 몸을 날렸을 때, 놀랍게도 복면인은 기적처럼 가까이 다가온 상태였다.

이대로라면 녀석이 칼을 맞을지도!

"무여엉!"

복면인이 성난 맹수처럼 포효하며 무영에게 짓쳐들었다. 무영이 눈을 떴다. 그와 동시에,

"…살사만디아 샤넨 니도로 텔레퐁!"

레이의 캐스팅도 완료됐다.

샤이란이 미처 자신의 자리로 돌아가기도 전이었다.

푸욱!

"커헙!"

무영이 두 눈을 부릅떴다. 그리고 자신도 모르게 잡고 있던 레이의 손을 놓고 말았다. 복부에 꽂힌 검에서 피가 진득하게 배어 나왔다.

이로서 손을 맞잡은 자는 레이와 조란뿐.

"안 돼! 차원 이동 마법이 발진됐는데!"

레이가 깜짝 놀라서 소리쳤다.

그러나 이미 그들의 몸은 서서히 새하얗게 물들어가고 있었다. 무영은 한 손으로 복부의 칼을 쥐고 다른 한 손으로 상대의 복면을 힘겹게 벗겼다.

"라베스……."

라베스는 무영의 복부에 칼을 박아 넣고는 사시나무처럼 떨었다.

'해낸 것인가. 내가 무영을 죽인 것인가. 내가 무영을!'

죽을 각오를 했지만 정말 찌를 수 있을 거라고 생각하지 않았다.

시도해서 실패하면 죽고자 했다.

그런데 성공했다.

아직 완전한 치명상을 입히진 못했지만 그대로 비틀어 그어버리면 된다.

그런데… 그런데……. 몸이 말을 듣지 않는다.

새하얗게 빛나는 무영이 서서히 미소 지었다.

"훌륭… 했다. 라베스."

라베스는 번뜩 정신을 차렸다.

"이야아압!"

그리고 기합을 내지르며 검을 비틀어 올렸다. 찰나,

팟!

어마어마한 빛이 터져 나왔다.

"크웃!"

라베스는 뒤로 물러나면서 엉덩방아를 찧고 말았다.

검을 비틀어 올렸지만 더 이상 베지 못했다. 그건 살갗을 비집어드는 감촉이 아니라, 허공을 베는 감촉이었다.

서서히 사라지는 빛무리.

이윽고 원래 동굴의 모습으로 돌아왔다. 하지만 무영을 비롯한 세 명은 그 안에 없었다.

"제, 제길!"

라베스가 바닥을 치며 욕지기를 쏟았다.

무영 이계를 훔치다
Thief King

"이… 개자식… 네가 '제길' 을 외칠 때가 아닐 텐데."

그의 등 뒤에서 증오에 가득 찬 목소리가 들려왔다. 라베스는 온몸의 솜털마저 곤두서는 것을 느꼈다. 그가 천천히 고개를 돌렸다.

시뻘건 눈으로 라베스를 잡아먹을 듯 노려보는 샤이란, 그리고 그 뒤에서 이를 바득바득 갈고 있는 카인과 시프들이 보였다.

CHAPTER 5

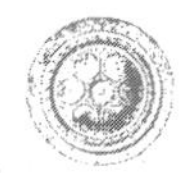

다시 중원으로

쏴아아아.

사방이 비뿐이다.

하늘에 구멍이라도 뚫린 듯 물줄기는 세차게 쏟아졌다. 차가운 비가 시린지 나뭇잎도 풀잎도 바르르 떨며 소리를 지른다.

수풀이 잔뜩 우거진 산속.

인적이라고는 없을 것 같은 숲에 묘한 움직임이 있었다.

들썩.

진흙더미가 들씩였다.

들썩.

진흙 웅덩이가 또 들썩였다.

누군가 있다.

순간 진흙더미가 불쑥 올라오는가 싶더니 이내 사람 형상을 한 진흙이 비적비적 걸어나왔다.

진흙은 쏟아지는 비를 이기지 못하고 순식간에 허물어졌다. 진흙이 허물어져 내리자 비로소 온전한 사람이 모습을 드러냈다.

굵은 빗줄기에 진흙을 모두 씻어내고도 그는 뚜렷한 존재감이 없었다. 마치 옆에 서 있는 나무처럼, 혹은 바닥의 풀잎처럼 그저 숲의 일부로 느껴질 정도였다.

그의 복부에는 진흙 대신 붉은 피가 흘러내리고 있었다.

그는 터덜터덜 걸어와서 나무 아래에 등을 기댔다.

피가 계속 쏟아져 내린다. 상처 입은 복부에서는 끊임없이 피가 솟는다. 남자의 안면은 혈색이 없어 창백해 보였다.

"후흐흐흐."

그런데 그는 웃었다.

자조적인 웃음도, 실성해서 나온 웃음도 아니다.

그는 행복에 겨워 웃었다.

"크크크크. 중원… 이다. 크흐흐흐."

남자는 당연한 사실을 입으로 중얼거리면서 마냥 웃었다. 그리고 어깻죽지 부분의 옷깃을 잡고는 부욱 찢어냈다. 남자는 복부를 지혈하면서도 내내 웃었다.

복부를 지혈한 그는 몸을 일으켰다.

옆구리 쪽에 불덩이가 들어 있는 것 같았지만 별로 개의치 않았다. 그는 오로지 한 가지 사실이 즐거웠다.

이곳이 중원이라는 것.

남자는 주위를 휘이 둘러보았다.

"스읍~"

숨을 한껏 들이켜 냄새를 맡았다.

중원의 냄새. 얼마 만인가. 비에 파묻혔지만 중원의 흔적은 지울 수 없다.

'그날도 이렇게 비가 왔었지.'

어쩌면 바로 지금이 '그날'일지도 모른다. 그리고 여기가 바로 '그곳'일지도 모른다.

그건 이제부터 알아보아야 할 일.

그는 조금 걸었다.

걷다보니 어딘지 확실히 알 수 있었다.

'그곳'이 틀림없다.

그가 중원에서 마지막으로 사라진 곳. 천산!

예감이 좋다.

그런데… 레이와 조란은 어디로 갔을까?

알 수 없다. 천천히 찾아본다. 살아 있기를 바라겠지만, 중요한 순간에 손을 놓아버렸으니 죽었을지도 모른다. 어쩌면 다른 시간대에 떨어졌을지도 모른다

그들은 본래 이곳 사람이 아니었으니, 과거나 미래에 떨어졌을지도.

하지만 지금 그들의 존재를 확인하기 위해서 그가 할 수 있는 것은 아무것도 없다. 슬퍼하기도 이르고, 기대하기도 어렵다.

우선은 가보고 싶은 곳이 있다.

오늘이 '그날'이 맞는지 확인해보고 싶다. 꼭 그렇지 않더라도 정명이 죽었던, 자신이 마지막으로 흑룡단과 대적했던 '그곳'에 가보고 싶다.

무영은 휘적휘적 걸음을 옮겼다.

옆구리가 불에 달아오른 것처럼 뜨거운데도 발걸음은 마냥 가벼웠다.

그는 비룡축전을 펼쳐 나아갔다.

쏟아지는 비를 가르며 달리던 무영은 어느 순간 우뚝 멈춰 섰다.

"저, 정명."

대답은 없다.

그가 부른 자는 차디찬 시신이 되어 바닥에 누워 있었다. 흑립으로 얼굴을 덮은 채.

무영은 천천히 시신을 향해 다가갔다. 그리고 손을 뻗었다. 흑립을 들어 올렸다.

핏기가 없는 정명의 얼굴.

5년 정도가 훌쩍 흘렀다. 그의 눈앞에서 정명이 죽어버린 지 5년이 지났단 말이다. 그런데 지금 눈앞에 그때 죽은 정명

 무영 이계를 훔치다 Thief King

을 보고 있으니 기분이 이상하다.

빰을 타고 흐르는 것은 빗물인가?

무영은 정명을 안아 들었다.

지난 5년여의 시간이 체감되지 않는다. 바로 어제, 아니 조금 전에 있었던 일을 겪는 것 같다.

물론, 조금 전에 있었던 일이다. 이곳 중원의 시간은 그렇게 흐르는 중이니까.

하지만 무영은 그 사이를 5년으로 채우지 않았나. 그럼에도 시간차가 느껴지지 않는다. 그에게는 그저 방금 전 죽은 정명의 모습이 떠오를 뿐이었다.

다만 다른 점은 있다.

정명이 무영의 품에 쏙 들어온다는 것이었다. 무영은 키도 조금 더 컸고, 골격도 커졌다. 게다가 기연을 얻어 신체의 모든 부분이 튼튼해졌다.

그리고 무영에 비해 정명은 앳되어 보인다.

무영은 정명을 들쳐 업었다.

그의 두 눈에서 불길이 이글거리며 타올랐다.

비가 내려 정명의 몸이 빠르게 식어버렸지만 아직 사지가 굳어지기 시작한 것은 아니다. 미약하나마 온기도 남아 있다. 홍룡단이 자리를 떠난 지 얼마 지나지 않았을 것이다.

오늘은 바로 '그날'인 것이다. 자신이 혈교의 비약을 먹고 사라졌던 바로 그날!

팟!

무영이 쏜 화살처럼 몸을 날렸다.

무영은 정명의 시신을 동굴 안에 내려놓았다.
정명과 만나서 이야기를 나누었던 바로 그 동굴이었다.
"명아, 곧 돌아와서 네 장례를 치를게."
무영은 곧바로 몸을 돌렸다.
홍룡단은 아직 천산에 머물러 있을 것이다.
녀석들은 자신의 털끝하나 건드리지 못했다. 그런데 약물을 먹고 눈앞에서 사라졌으니 천산을 이 잡듯이 뒤지리라.
마음 같아서는 먼저 정명의 장례부터 치러주고 싶다.
하지만 이렇게 비가 쏟아지니 뒤로 미루기로 했다. 대신 저승길 동무로 홍룡단을 멸하리라.
무영은 다시 빗속으로 뛰어들었다.

무영은 얼마 달리지 않아서 홍룡단원을 발견할 수 있었다. 비가 워낙 많이 내려서 시야에 지장이 있었지만 붉은 옷을 입은 홍룡단원은 쉽게 눈에 띄었다.
물론 그들이 혈교의 본거지인 천산에서 무모하게 전신을 드러내놓고 다닌 것은 아니었다. 다만 만통안을 펼친 무영이었기에 어렵지 않게 발견할 수 있었던 것이다.
'혼자 떨어져 있군.'
홍룡단은 무리 지어 있지 않았다. 단원 한 명만이 몸을 은신한 채 신속하게 이동하고 있었다. 움직임으로 보아서는 필

 무영 이계를 훔치다 Thief King

시 자신을 찾고 있는 중인 것 같았다.

'훗, 이계로 넘어간 이 몸을 어디서 찾겠다는 거야? 아니지, 내가 나서 줘야겠군.'

무영은 살기 어린 조소를 머금었다.

그리고 몸을 날렸다.

쉬잇!

바람이 한줄기 불었다.

"허엇!"

홍룡단원은 뭔가 자신에게 다가오고 있다는 것을 직감했다. 그와 동시에 그는 몸을 뒤틀었다. 그러나…….

"커업!"

거뭇한 빛의 짧은 검날이 그의 목젖에 와 닿았다. 단원은 숨도 내쉬지 못했다. 그가 마주보고 있는 사내는 틀림없이… 무영이었다.

키가 조금 커졌고, 골격이 굵어졌으며 전신에서 풍겨지는 기도 달랐다. 무엇보다도 그의 눈빛이 바로 몇 시간 전에 보았던 그 애송이와 비교도 할 수 없었다.

단지 독기에만 차 있는 눈빛이 아닌, 모든 것을 포용할 듯하면서도 모든 것을 가차없이 버릴 것 같은 눈동자.

홍룡단원은 손끝이 파르르 떨리는 것을 느꼈다.

'그… 약. 환골탈태의 약이었더가?'

홍룡단원은 약에 대해서 아무것도 알지 못한다. 때문에 그로서는 그렇게 생각할 수밖에 없었다.

조금 전 사라진 무영이 전혀 다른 모습이 되어서 나타났다. 그것도 자신이 꼼짝할 수 없을 정도로 고강한 무공 실력을 지닌 채.

"오랜만이야."

무영의 눈동자에 살광이 어렸다.

'오, 오랜만이라니… 이 녀석, 지금 나를 놀리는 건가?

홍룡단원은 침을 꿀꺽 삼키고 말했다.

"…죽여라."

"훗, 말하지 않아도 죽일 거야."

"……."

"눈치 보지 말고 어서 신호탄을 쏘아 올려."

"뭐, 뭣?"

홍룡단원이 눈을 동그랗게 떴다.

신호탄을 쏘아 올리라니.

물론 품속에서 신호탄을 꺼내 쏘아 올릴 생각이었다. 하지만 그렇게 되면 천산 곳곳에 퍼져 있는 홍룡단이 일제히 이곳으로 몰려올 것이다.

아무리 무영이 환골탈태했다지만 홍룡단장을 포함한 홍룡단 전원을 상대할 수 있단 말인가?

말이 안 된다.

신호탄을 쏘아 올리면 무영은 곧바로 도망가야 할 것이다.

'아! 이놈, 나를 죽인 다음 곧바로 도망칠 생각이로구나! 모든 단원들이 내게 모여들 테고, 그럼 빈틈이 생겨 천산을 빠

무영
이계를
롬치다
Thief King

져나가기도 쉬워지리라!'

의문은 해결됐다.

하지만 아직 결단을 내리지 못했다.

그때 다시 무영이 목젖을 지그시 눌러왔다. 도저히 거역할 수 없는 눈빛으로 자신을 바라보며.

"신호탄을 쏘아 올리라고 했다."

"크, 크윽!"

사내의 표정은 잔뜩 사색이 되었다. 그는 바들바들 떠는 손으로 품속을 뒤졌다.

그리고 신호탄을 꺼내 하늘로 던졌다.

소리없는 신호탄이 붉은빛을 뿜으며 빠르게 솟았다가 소멸했다.

그는 잘못 알았다.

무영은 도망가지 않았다.

무영은 여전히 목젖에 월검을 겨눈 채 가만히 서 있었다. 곧 들이닥칠 홍룡단을 기다리고 있었다.

하늘에서 타오른 붉은빛은 매우 순식간에 소멸했다.

언제 붉은빛이 있기나 했던가?

만약 범인이 보았다면 필시 그런 생각을 했을 터다.

하지만 홍룡단원들은 모두 그 빛을 보자마자 즉각 방향을 틀었다. 그리고 빛이 솟아올랐던 곳을 향해 전력 질주했다.

이곳은 천산.

혈교의 본거지다.

보통의 신호탄은 소리를 내지만 지금 올라온 붉은 신호탄은 소리를 내지 않는다. 뿐만 아니라 신호가 소멸하는 시간이 극히 짧다.

혈교의 이목을 피하기 위해서다.

숲 곳곳에서 붉은 옷의 무사들이 한곳을 향해 일제히 달려가기 시작했다.

방금 그 신호는 무영을 발견해 냈다는 신호다.

"이, 이건……."

홍룡단원 중 한 명이 저도 모르게 말을 더듬었다.

그들 앞에 무영이 있었다.

하지만 조금 전 사라진 그 무영이 아니었다. 아직은 앳되고 독기만 품던 그런 무영이 아니다.

눈앞의 상대는 소년이 아니라 건장한 청년이었다. 골격도 달라졌고, 몸 전체에서 뿜어지는 기력도 전혀 다른 사람이다.

"크흠……."

홍룡단원은 나지막하게 신음을 흘렸다.

혈교의 비약이 환골탈태의 약이었던가? 만약 그렇다면 여러모로 골치 아파진다. 그런 경우 비약의 가치는 더욱 올라간다. 그런 비약을 무영이라는 놈이 왕창 마셔 버렸으니…….

'하지만 이상하군. 혈교의 비약은 적에게 사용하는 것으로 알고 있는데, 그런 것이 환골탈태의 약일 리가…….'

그러나 어찌 됐든 눈앞에 나타난 무영은 환골탈태한 모습이나 다름없었다.

그렇지 않고서야 어찌 사람이 하루아침도 아니고, 반 시진 만에 저리도 달라질 수 있단 말인가.

게다가 곤륜의 척살대인 홍룡단의 단원을 인질로 잡다니. 저자가 정말 조금 전에 사라졌던 그 무영이 맞는가?

얼굴이 조금 변하기도 했다.

하지만 분명히 조금 전 무영의 모습이 남아 있다. 마치 조금 전 무영이 몇 년 정도 나이를 먹게 되면 지금 저런 모습이 될 것 같다.

"인질 놀이를 하자는 건가?"

홍룡단장이 차가운 목소리로 물었다.

무영의 입꼬리가 슬쩍 치켜 올라갔다.

"어디에 인질이 있단 말인가?"

순간 홍룡단장은 두 눈을 부릅떴다.

무영은 망설임 없이 월검을 그었다.

피슛. 추아앗!

목이 절단된 홍룡단원은 피를 분수처럼 뿜어내며 털썩 쓰러졌다.

무영의 몸에도 핏방울이 튀었다가 쏟아지는 비에 말끔히 씻겨 나갔다.

하지만 놀라움은 잠시, 홍룡단장의 벼락같은 명령이 떨어졌다.

"놈을 죽엿!"

이제는 받아내야 할 비약도 없다. 놈이 전부 먹어버렸다.

생포할 필요가 없다. 흥정할 이유도 없다. 오로지 필살이다.

쌔액! 쌔쌔액!

홍룡단이 일제히 무영을 향해 쇄도해 들어갔다.

"오냐! 덤벼라!"

무영은 월검을 쥔 손에 힘을 실었다.

파항!

쇄도해 들어오던 홍룡단원들의 눈동자에 놀라움이 깃들었다.

'헉! 검강!'

짧은 단도지만, 검강을 실은 것이라면 상대하기가 벅차다. 하지만 이미 움직임을 멈추기에는 늦은 상황.

샤아악! 샤악!

"크아악!"

"크억!"

무영은 빛줄기 속에서 춤을 추었다. 그가 움직일 때마다 몸에 부딪친 물방울이 사방팔방으로 튀어 올랐고, 그럴 때마다 붉은 핏방울도 솟아났다.

누구보다도 가장 놀란 자는 홍룡단장이었다.

'검강을 부리다니!'

아무리 환골탈태하였다지만, 영약의 힘을 받은 것이 아닌가! 그런데 반 시진도 안 지나서 검강을 부린다? 단지 영약을 복용함으로써 이런 경지가 가능하단 말인가! 그것도 혈교의 사술을 이용해서 만든 영약이거늘!

무영의 지난 사정을 모르는 홍룡단장으로서는 내내 이런 오해를 할 수밖에 없었다.

하지만 좌절할 만큼 급박한 상황은 아니었다.

이해하기는 힘들지만 무영은 복부에 심각한 상처를 안고 있었다. 상대가 아무리 검강을 사용할 줄 아는 고수일지라도 저렇게 깊은 상처를 가지고 곤륜의 척살대를 모두 상대할 수는 없는 법이다.

무영의 상처를 알고 난 이후, 홍룡단장은 더욱 가차없이 몰아붙이기 시작했다.

숱한 홍룡단원이 죽어나갔다.

하지만 무영도 조금씩 수세에 몰리고 있었다.

"헉, 헉, 헉."

멀쩡한 몸이었다면 이 정도로 이렇게까지 지치지 않았으리라. 매일같이 조란과 대련을 하면서도 이것보다 힘든 경우가 더 많았다.

하지만 라베스로부터 입은 상처가 너무 깊었다. 검강을 오랫동안 유지하며 싸우기에는 여러모로 버거웠다.

죽은 홍룡단은 사방에 널브러져 있다.

하지만 아직도 살아남은 홍룡단원들이 스무 명 남짓하다. 그들은 지친 무영을 사방에서 포위했다.

무영은 입술을 지그시 깨물었다.

‘라베스. 결국 나를 곤란하게 만들었구나.’

이제는 어쩐다. 우선 몸을 피할 것인가, 전력을 다해 싸워 놈들을 쓸어버릴 것인가.

어느 것도 성공하리란 보장은 없다.

몸을 피하려다 보면 오히려 빈틈이 더욱 많이 생길 것이다. 반대로 전력을 다해 싸우다 보면, 놈들을 몰살시키기 전에 자신이 먼저 지칠 수 있다.

“애송이 녀석. 그만 순순히 목을 내놓는 것이 어떤가? 운 좋게도 네놈이 영약을 복용했다만, 돼지 목에 진주라는 것을 알아야지. 네놈은 어차피 우리를 상대하지 못한다.”

“쿠쿠쿠. 진정 그렇게 생각하나?”

무영이 괴소를 흘리며 홍룡단장을 슥 바라보았다.

홍룡단장은 저도 모르게 움찔거렸다.

사실 그도 안다. 무영이 처음부터 멀쩡한 몸 상태였다면 자신들이 모두 죽었을지도 모른다는 것을.

처음 무영의 상처를 확인했을 때는 인질이 되었던 홍룡단원이 한 짓이라고 생각했다.

하지만 지금은 도저히 그렇게 생각할 수가 없었다.

분명한 건 무영이 홍룡단 전체가 덤벼들어도 상대하기 힘든 고수가 됐다는 것이다. 그런데 다행히도 지금은 중상을 입고 자신들을 힘겹게 상대하는 것이다.

알면서도 도발한다. 그래서 놈의 감정을 자극시키는 것이다.

무영 이계를 훔치다
Thief King

제아무리 환골탈태를 했다고 하더라도 아직은 어리다.

발끈하는 순간 무리해서 달려들 테고, 흥룡단은 그만큼 피를 적게 흘릴 수 있다.

한데, 무영은 움직이지 않았다. 그저 피식 웃으며 대꾸했다.

"처음부터 내 몸이 멀쩡했다면 너희들은 이미 죽었어."

"이, 이 녀석……."

흥룡단장이 전신을 부르르 떨며 말을 더듬었다.

분노와 뒤섞인 것은 공포다. 무영의 조소에 뒤섞인 살기를 몸소 느낀 순간, 사지가 굳어버리는 듯 두려웠다.

이런 녀석은 수단 불사하고 죽이는 것이 급선무다.

"없애 버려!"

"존명!"

흥룡단이 일제히 날아올랐다.

다시 어지러운 칼부림이 시작됐다.

"멈춰."

난데없이 불쑥 목소리가 들린 것은 칼부림이 다시 시작되고 나서 반각 정도 흘렀을 때였다.

"누, 누구냐!"

흥룡단장이 뒤를 휙 돌아보고 소리쳤다.

자박. 자박.

흑립을 깊게 눌러 쓴 사내. 그가 빗속을 천천히 걸어나왔다.

“천보협… 자청?”

홍룡단장은 자신도 모르게 중얼거렸다.

하지만 곧 상대의 옷이 핏빛처럼 붉다는 것을 확인한 그는 상대가 자청이 아님을 알았다.

‘제기랄.’

홍룡단장은 어금니를 지그시 깨물었다.

홍룡단원이 입고 있는 붉은 옷은 비교적 밝은 색이다. 잘 익은 홍시와 닮은 색이라고나 할까?

하지만 지금 흑립의 사내가 입고 있는 붉은 옷은 아주 진했다. 그야말로 핏빛이 연상되는 옷.

이런 옷을 입는 자들은 단 한 집단밖에 없다.

“혈교!”

“눈치가 늦군.”

중원에서 상당히 떨어진 천산에 자리 잡은 만큼 상대가 내뱉는 억양은 다소 독특했다.

홍룡단장은 주위를 재빠르게 살폈다.

적은 없는지, 상대는 혼자인지.

그런 의문은 다음 순간 흑립의 사내가 말끔히 씻어주었다.

“여러 생각 말고 얌전히 죽도록.”

그가 말을 내뱉자마자 사방에서 핏빛 옷을 두른 사내들이 대거 모습을 드러냈다.

‘마, 맙소사!’

숲에 나무보다 핏빛 옷의 사람들이 더 많아 보일 정도였다.

홍룡단장은 여기서 살아나갈 방도가 없음을 직감했다. 이렇게 된 이상 그가 택할 일은 하나다.

"무영, 즉필살!"

"존명!"

홍룡단장의 명이 떨어지기가 무섭게 단원들이 일제히 무영만을 향해 몸을 던졌다.

때마침 흑립의 사내도 소리쳤다.

"전멸!"

"존명!"

팔방에서 핏빛바람이 홍룡단원들을 향해 쏘아져 나갔다.

"끄윽."

홍룡단장은 자신의 눈을 의심할 수밖에 없었다.

그는 몇 번이나 눈을 끔뻑이며 앞에 선 사내를 바라보았다.

흑립의 무공은 나무랄 데가 없었다. 군더더기도 없는 깔끔한 검술.

단 일합도 어울리지 못했다.

흑립이 움직인다 싶어 몸을 돌렸을 때는 이미 상대의 검이 자신의 복부를 파고들고 있었다.

홍룡단장은 복부에 장검이 꽂힌 채로 서 있었다.

흑립이 고개를 들었다. 찔끔한 중년의 외모에 붉은 눈동지가 드러났다.

"홍안(紅眼). 도대체 무슨 마공을 익혔기에……."

흑립은 대답하지 않았다. 대신 한 치의 망설임도 없이 검을 비틀어 대각선으로 베어 올렸다.

추아아!

피가 터져 올랐다.

홍룡단장의 몸이 천천히 기울어졌다. 그는 무너지면서 주변을 슬쩍 둘러보았다.

살아남은 자가 없다. 곤륜의 홍룡단이 전멸했다. 혈교의 무사들에게.

천산에서 겁없이 돌아다닌 것이 화근이었다.

그렇다고 삶에 대한 집착이나 미련은 없다. 자신보다 강한 상대와 싸울 때는 항상 죽음을 눈앞에 두는 그였다.

한가지 아쉬운 것은 상부에 보고를 할 수 없다는 것이다. 분명 혈교도들은 홍룡단을 전멸시키는 것만이 아니라 무영을 보호하고 있었다.

도대체 왜?

털썩!

생각은 거기에서 멈췄다. 홍룡단장의 몸엔 더 이상 사고할 수 있는 영혼이 남아 있지 않았다.

그는 핏물로 홍건한 숲 바닥에 몸을 뉘였다.

무영은 나무 기둥에 등을 기댄 채 서 있었다.

그는 가만히 월검을 움켜잡았다. 홍룡단으로부터 수세에 몰리던 찰나에 난데없이 혈교도들이 나타났다. 그리고 홍룡단을 전멸시켰다.

무영 이계를 훔치다
Thief King

한고비는 넘긴 셈이다.

그런데 혈교도들의 실력이 상상 이상이었다. 이래서야 산 넘어 더 큰 산이지 않은가.

흑립의 사내는 검강을 사용할 줄 알았다. 게다가 이렇게 많은 고수들이 그를 따르는 것으로 보아서는 교주가 아니면 부교주 정도 될지도 모른다.

흑립의 사내가 천천히 다가왔다.

무영은 그런 상대를 담담히 마주 보았다.

사내가 흑립을 벗었다. 그리고 무릎을 꿇었다. 이어서 핏빛 옷을 걸친 혈교도들이 일제히 부복했다.

순간 무영의 눈동자가 찢어질 듯 커졌다.

"너, 넌⋯⋯."

무영은 손가락을 들어 올려 상대를 가리키며 바르르 떨었다.

콧수염이 조금 자라고 세월이 스친 흔적이 분명했지만 그의 얼굴을 알아볼 수가 있었다.

"조, 조란⋯⋯."

"십 년⋯ 십 년 만에 주군을 뵙습니다!"

"조, 조란!"

무영은 반색하며 외치다가도 문득 몸을 움찔거렸다.

"시, 십 년만이라니?"

"그보다 몸을 추스르십시오. 저희들이 모시겠습니다!"

무영은 멍한 표정이 되어버렸다.

어째서 혈교도들이 조란을 따르고 있는 것인가.

그리고 십 년 전에 이곳으로 왔다니? 그렇다면 무영이 일곱 살 때부터 조란은 중원에 함께 있었다는 소리인가?

모든 것이 의문투성이다.

CHAPTER 6

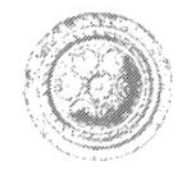

혈교의 역사

전각 앞마당에는 양광이 고요히 내려앉았다.

천산의 혈교 본거지.

혈교도들이 가는 곳은 어디든지 피바다가 된다는 속설과 무관하게 혈교 본거지는 평화롭기 그지없었다.

이름도 무시무시한 수라각과 흡혈각의 처마에는 겁없는 산새들이 내려앉아 지저귀곤 했다.

무영은 눈가에 어리는 햇살 때문에 눈을 떴다.

"으음."

천천히 상체를 일으키던 무영은 주위를 둘러보다가 깜짝 놀라고 말았다.

"중원!"

잊고 있었다. 이곳이 중원이라는 사실을.

눈을 뜨면서도 아직 몸은 플로리아 대륙을 기억하고 있었다. 지금 외친 소리도 중원의 언어가 아닌 플로리아 대륙의 공용어였다.

문이 열리고 낯이 익은, 하지만 어딘지 낯선 남자가 들어왔다.

조란이었다.

"깨어나셨군요. 몸은 좀 어떠십니까?"

"조란, 정말 자네가 조란인가?"

무영은 보면서도 믿지 못했다.

분명히 엊그제만 해도 조란의 모습은 매서운 눈빛을 가진 청년의 인상이었다.

하나, 지금의 조란은 청년이라기보다는 중년의 이미지가 강했다. 비단 콧수염 때문만은 아니다. 그의 몸 곳곳에서 세월의 흔적이 묻어난다.

무영에게는 단 사흘이 흘렀을 뿐인데, 조란에게는 그간 십 년의 세월이 흐른 탓이다.

조란이 대답했다.

"그렇습니다, 주군. 십 년을 기다렸습니다."

조란의 표정에서 격동하는 감정이 드러났다.

무영은 팔을 가늘게 떨었다.

자신에게는 사흘밖에 지나지 않았지만, 어쩐지 조란이 겪었다는 십 년의 세월이 피부로 느껴진다.

하고 싶은 말이 많다. 물어보고 싶은 것도 많다. 무슨 말을 어디서부터 꺼내야 할지 모르겠다.

이제 무영은 조란과 다시 만나기까지 사흘밖에 흐르지 않았다는 사실이 더 믿기지 않았다.

이렇게 오랜만에 만난 것 같은데… 사흘이라니…….

"조란……."

조란이 입을 열었다.

"궁금하신 것도 많으실 테고, 저희들도 주군께 드릴 말씀이 많습니다. 잠시 기다려 주십시오. 가서 흑살선녀(黑殺仙女)를 데려오겠습니다."

"흑살선녀?"

무영이 깜짝 놀라서 되물었다.

흑살선녀. 처음 듣는 별호가 아니다.

흑살선녀가 누구인가.

혈교의 여고수이자 부교주의 자리를 맡고 있는 자가 아닌가.

항상 흑의를 입고 살인을 저지르고 다니지만 선녀처럼 아름답다하여 붙여진 별호다.

그런데 어째서 조란이 흑살선녀를 데려온다고 한단 말인가?

"아!"

그제야 무영은 어제 있었던 일도 머릿속에 떠올랐다. 조란은 분명히 혈교도들을 이끌고 있었다. 그럼 조란이 혈교와 어떤 연관이 있단 말인가?

그때 조란이 대답했다.

"아, 흑살선녀는 레이입니다."

"……."

무영은 꿀 먹은 벙어리처럼 아무 말도 꺼내지 못했다.

할 말이 없어서도 아니고, 할 말을 잃어서도 아니다. 너무나 할 말이 많기 때문에 말을 한 마디도 꺼내지 못하고 있는 것이다.

마치 복잡하게 꼬여버린 실타래를 어디서부터 풀어야 할지 감을 잡지 못하는 것처럼.

테이블에 앉은 자는 무영과 조란. 그리고 흑살선녀.

흑살선녀. 별호가 어색하게만 느껴지는 무영이다. 흑살선녀는 다름 아닌 레이였기 때문이다.

"오빠, 정말 괜찮아?"

흑살선녀 아니, 레이의 간드러진 목소리가 들려왔다.

그는 변한 게 없었다. 여전히 아름답고 십 년의 세월이 흘렀음에도 불구하고 청초하게 보이는 외모는 그대로다. 여자보다 더욱 예쁜 것 또한 달라지지 않았다. 검은 후드까지.

"끄음."

무영은 이마를 짚었다.

조란이 혈귀마검(血鬼魔劍)이란다.

무영의 기억에 분명 혈귀마검은 혈교의 교주다. 그게 조란이었다니!

무영 이계를 훔치다
Thief King

도대체 이 사실을 어떻게 이해해야 하는가.

무영은 간신히 한마디를 꺼냈다.

"그럼 혈교의 교주가 너였던 거냐?"

"그렇습니다, 주군. 제가 혈교주입니다."

"나는 부교주, 흑살선녀."

레이가 방긋 웃으며 대꾸했다.

무영은 머리를 감아쥐었다.

아직도 그는 조란과 레이가 자신을 놀려주려고 거짓말을 하고 있는 것만 같았다.

*　　　*　　　*

조란과 레이가 중원에 도착했을 때는 옆에 무영이 없었다.

그들은 한적한 숲 속에 떨어졌다.

우선은 다행이었다. 사람이 많은 지역에 떨어졌더라면 여러모로 곤란했을 것이다.

두 사람은 우선 살아 있다는 것에 안도했다. 마지막에 무영이 손을 놓아버렸을 때는 정말 죽을 수도 있다고 생각했었기에.

조란과 레이가 중원에서 제일 처음 만난 사람들은 산적이었다.

"어떤 세계든지 이런 놈들이 꼭 있군."

산적들은 반각도 지나지 않아서 두 손을 들었다.

　조란과 레이는 놈들의 소굴에서 은자를 챙겼다.

　우선은 이곳에서 통용되는 화폐를 가지고 있어야지 여러 모로 편할 터다.

　돈을 전부 챙긴 두 사람은 산을 내려갔다.

　레이는 조란과 자신에게 통역마법을 걸었다. 말이 통하고 돈이 넉넉하니 생활하기에 불편함은 없었다.

　조란과 레이는 돈이 필요하다 싶으면 산으로 올라갔다.

　한눈에 봐도 심장이 멎을 만큼 아름다운 여자와 칼을 찬 호위무사가 한 명.

　이런 대상이라면 산적의 표적이 되기 쉽다. 게다가 남자의 외모는 중원인이 아니라 서역인에 가깝다.

　서역인 중에서 무공을 익힌 자는 드물다. 있다고 하더라도 그 수준이 아주 뛰어난 자는 거의 없다.

　때문에 산적들은 쉽게 두 사람에게 다가갔다. 그리고 쉽게 전 재산을 내놓아야 했다.

　그렇게 며칠 동안 산적들의 돈을 털어가던 두 사람은 생각을 바꾸기로 했다.

　이런 방식이라면 먹고사는 데 지장은 없지만 무영을 만나기가 하늘의 별 따기다. 뿐만 아니라 이곳이 중원의 어느 시대인지조차도 모른다.

　결국 정보가 중요하다.

　조란은 무영과 함께 지내면서 그가 어떻게 카르젠 제국의 밤을 장악하는지 지켜보았다.

무영　이계를
홈치다
Thief King

우선 정보를 파악하려면 무리가 있어야 한다.

두 사람은 다시 산으로 올랐다. 그리고 이번에는 산적들을 만날 때마다 돈 대신 충성을 받아냈다.

산적들 중 두목 급은 무공을 익힌 자들도 더러 있었다.

작은 무리가 생기고 나니 집단을 키우기는 더욱 쉬워졌다. 산적 세 무리를 장악하고 나자 문파를 만들어도 될 정도로 규모는 커졌다.

그때부터 조란은 산적 무리를 이끌며 조직적으로 움직이기 시작했다.

처음에는 아무런 이름도 없는 집단이었다.

하지만 시간이 지나면서 무림에 그들의 존재가 알려지기 시작했다.

특히 레이의 마법은 무림인들의 반감을 사기에 충분했다. 혹자는 마교의 부활이라고 했고, 혹자는 신흥교가 탄생했다고 떠들어댔다.

공격은 정파의 고수들로부터 먼저 시작됐다.

마교처럼 괴이한 사술을 이용해서 사람들을 현혹시키는 집단은 이 땅에서 사라져야 했다. 게다가 산적들을 그러모아서 만든 쓰레기 같은 집단이 아닌가.

하지만 그 집단을 공격한 무림인들은 오히려 싸늘한 시체가 되어서 돌아갔다.

새로 탄생한 신흥 세력. 그 세력을 건드리게 되면 무조건 피를 보았다.

이러한 소문이 퍼지면서 불길한 신흥 세력의 이름도 붙여졌다.

혈교(血敎).

무림에 경종이 울렸다.

새로운 악의 무리 탄생. 구파일방은 맹을 발동했고, 혈교를 멸하기 위해서 안간힘을 썼다.

하지만 이미 혈교는 쉽게 손대기 힘들만큼 커진 상태였다.

마교가 멸망하고 나서 곳곳에 퍼져 있던 마인들이 자발적으로 혈교에 가담했다. 그들은 누구보다도 정파 무인들에게 원한이 많은 자들이었다.

뿐만 아니라 마인이라고 낙인찍힌 숱한 무림인들이 혈교를 찾았다.

그중에는 혈교 교주의 능력을 시험해 보는 자들도 있었다. 단지 시험에서 그치는 것이 아니라 목숨을 걸고 도전해 오는 자들도 없지 않았다.

하지만 아무도 혈교 교주를 꺾을 수는 없었다.

교주는 절대강자였다. 검강을 자유롭게 부릴 줄 알고 손속에 사정을 두지 않았다. 게다가 물결치는 검신은 언제나 살을 깔끔히 베는 것이 아니라, 찢어내거나 뜯어냈다.

혈귀마검.

교주의 별호가 붙여졌다.

피를 부르는 귀신이 악마가 깃든 검을 부린다.

그리고 부교주의 별호도 생겼다. 검은 옷을 입고 살상을 즐

무영 이계를
훔치다
Thief King

기는 선녀.

흑살선녀.

앞의 흑살은 정파 무인들이 붙인 별호라면, 뒤의 선녀는 혈교도들이 붙인 별호다. 그것이 합해져서 흑살선녀가 된 것이다.

산적 무리를 모아서 시작한 혈교는 이제 누구도 무시할 수 없는 거대 세력이 되었다.

무림의 판도는 변했다.

조란은 무조건 실력의 차이로 서열을 정했다.

원래 그는 군주의 자리가 어울리지 않는 성격이다. 때문에 조직을 세부적으로 관리하는 것은 적성에 맞지 않았다.

대신 레이가 주로 내부 관리를 담당했다.

본거지는 천산으로 자리를 잡았다.

처음 조란과 레이가 중원에 나타났던 곳은 호북이었다. 중원 한복판이나 다름없는 곳이다.

하지만 정파에서 혈교도를 멸하기로 작정을 한 이상 중원 한복판에 본거지를 둘 수는 없었다.

천산으로 본거지를 옮긴 다음부터 조란과 레이는 정보 수집에 착수했다.

혈교도들이 찾는 것은 두 가지였다.

하나는 사람이고, 하나는 약물이다.

사람은 바로 무영이었다.

혈교가 창설되고 나서 이 년만에 무영이 발견됐다.

"뭐? 찾았다고?"

"그렇습니다, 부교주님."

서열 오 위의 수라마영(修羅魔影)이 한쪽 무릎을 굽힌 채 보고를 올렸다. 그는 올해 나이 쉰일곱이었지만 삼십대 중반 정도의 외모를 유지하고 있었다. 이목구비가 뚜렷하고 시원시원하게 생긴 사내였다.

흑살선녀 레이가 반색하며 물었다.

"그곳이 어디야?"

"청해의 성도 서녘에 있습니다. 나이는 아홉 살, 말씀하신 대로 기혈의 흐름이 매우 약한 아이입니다."

"뭐? 아이라고?"

레이의 표정에 언뜻 실망이 스쳤다.

아홉 살 아이라니. 무영이 틀림없겠지만, 자신들이 찾는 무영이 아니다. 이로서 이곳의 시간적 위치가 확인된 셈이었다.

무영이 거주하는 곳을 알게 된 조란은 당장이라도 달려가려고 했다.

하지만 레이가 말렸다.

"우리가 무영 오빠의 과거에 개입하게 되면 우리 존재도 위험해져. 무영 오빠가 플로리아 대륙에 나타나지 않게 되면 우리도 이곳에 있을 수 없는 존재니까."

"그럼 주군을 도와드릴 수 없단 말인가?"

"아쉽지만 지금은 순리대로 놔두어야 해."

"이해할 수가 없군."

 무영 이계를 훔치다
Thief King

"이해하기 힘든 현상이니까. 우리의 과거와 관련된 사람의 과거는 함부로 건드려서는 안 돼. 예를 들어 지금 우리가 무영 오빠를 죽인다면, 우리는 이곳에 없어야 해. 플로리아 대륙에서 오빠를 만날 수 없었을 테니까. 즉, 우주의 질서와 균형이 깨져 버리는 거야. 그럼 무슨 일이 일어날지 아무도 모르지."

"그럼 주군은 어디로 차원 이동 된 거지?"

"아마 오빠는 이곳에서 사라졌던 그 시점으로 이동됐을 거야. 우리는 오빠의 손을 놓치는 바람에 과거로 떨어졌지만, 오빠는 미래에 떨어졌을 거야."

조란은 무영을 처음 만났을 때를 떠올려 보았다. 그때 무영은 열일곱 살이었다.

지금 무영이 아홉 살이니까 정확히 팔 년 후가 된다. 계산이 틀림없고, 차원 이동이 어긋나지 않았다면 분명 무영은 팔 년 뒤에 이곳에 나타날 것이었다.

결국 조란은 어린 무영에게서 관심을 끊었다.

대신 무영에게 직접적인 영향을 주지 않는 선에서 관찰했다.

그로부터 일 년 후, 혈교도들은 두 번째로 찾던 것을 찾아냈다.

차원 이동 약물.

레이는 호북을 중심으로 수색하도록 했다. 조란과 자신이 이계에서 이동된 지점이 바로 호북이다. 그렇다면 아그네스가 이동시켜 버린 약병도 호북에 떨어졌을 가능성이 컸다.

약병의 모양과 생김새에 대해서는 확실히 일러두었다.

그 결과 혈교 창설 삼 년 만에 차원 이동 약물을 손에 넣게 되었다.

"틀림없어. 아버지가 만든 그 약물이……."

레이는 수라마영이 가지고 온 약물을 보고 한동안 감회에 젖었다.

무영은 차를 한 모금 들이켰다.

"그럼 내가 알고 있는 혈교는 너희들이 창설한 거란 말이야?"

"그렇습니다, 주군."

"그런데 내게 모습을 드러내지 않았던 것은 과거를 꼬이게 하지 않도록 하려고?"

"예."

"정말 복잡하군."

듣고 있던 레이가 불쑥 끼어들었다.

"인간이 아직 해명할 수 없는 문제를 가지고 자꾸 따지고 들어가 봤자 머리만 아파. 쉽게 말해서 '닭이 먼저냐, 달걀이 먼저냐' 와 같아. 우리의 미래가 오빠의 과거에 들어간 거야. 결코 간단한 문제는 아니지."

레이는 겉으로 변하지 않았지만 지난 십 년간 성격이 조금 변한 것 같다. 다소 차분해졌다고나 할까?

그런 점을 확인할 때마다 무영의 머릿속은 더욱 복잡해졌다. 사흘 전에 보았던 이들이 십 년 동안 헤어졌던 이들이라니.

이 모순된 상황 속에서 진리를 찾으려는 것 자체가 어리석은 것일까?

무영은 가볍게 한숨을 내쉬고는 입을 열었다.

"그럼 천단검제 노설평 역시 너희들이 저지른 건가?"

"그렇습니다."

조란이 설명을 이어갔다.

혈교가 창설되고 나서 세 번의 큰 싸움이 있었다.

기하급수적으로 늘어나는 혈교도들을 견제하기 위해서 정파는 서두를 수밖에 없었다.

제일 처음 나선 자는 공동파의 주태천이었다.

아직 혈교의 세력이 커지는 중이었기에 찬뼈가 굵어지기 전에 부수자는 심산이었다.

주태천의 계산은 틀리지 않았다. 다른 정파에서 몸을 사리고 있을 때, 그는 과감하게 전 문도를 이끌고 싸웠다. 그 결과 혈교는 수세에 몰릴 수밖에 없었다.

아무리 갑작스럽게 세력이 형성됐다고는 하지만 산적들을 모아서 시작한 혈교가 아닌가.

공동파의 장로들까지 모두 합세해서 맹공을 퍼부으니 혈교도 주춤할 수밖에 없었다.

결국 위기를 느낀 조란과 레이는 차원 이동 약물을 사용하기로 했다.

약물을 묻힌 화살에 상처를 입은 주태천은 중원에서 사라졌다.

분위기는 급반전됐다. 문주를 잃은 공동파는 금방 기세가 꺾였고 몸을 사리기 시작했다.

그다음으로 나선 건 사천당문의 당수렴. 그들은 맹독을 들고 나와서 혈교도들을 공격했다.

혈교도들은 제대로 된 싸움 한 번 해보지 못하고 절명했다. 마시는 독부터 시작해서 무색무취의 독에 이르기까지 독의 종류는 다양했다.

당시 혈교도들의 삼 할이 독살당했다.

사천당문의 위세가 순식간에 올라갔다.

하지만 그것도 잠시, 어느 날 사천당문의 가주 당수렴이 쥐도 새도 모르게 사라졌다. 사천당문은 그날로 잠잠해졌다. 누가 그런 것인지도 모른다.

다만 공동파처럼 혈교가 행한 짓이라고 미루어 짐작할 수밖에 없었다.

두 번의 큰 대립이 있고 나서 한동안은 잠잠했다.

혈교도들을 상대하면 쥐도 새도 모르게 사라진다는 소문이 나돈 탓이다.

차라리 죽음이면 낫다.

하지만 사라진다. 어디서 시체도 찾을 수가 없다. 납치된 것인지, 죽은 것인지 알 방도도 없다.

결국 이대로 방치해둘 수는 없다고 판단한 정파 문주들은 곧 맹을 발동시켰고 한차례 큰 전쟁을 치렀다.

그때 혈교는 정말 멸망할지도 모를 위기에 처했다.

정파의 고수들은 정말이지 실력이 쟁쟁했다. 아무리 많은 혈교도들이 달려들어도 고수 한 명을 감당하기란 쉽지 않았다.

특히 정파 무인들을 이끌다시피 하는 화산파의 첨단검제는 대단했다.

조란과 정면 승부를 벌인다고 해도 그 우위를 가릴 수 없을 만큼 훌륭한 무인이었다.

결국 조란과 레이는 오로지 무공만으로는 이들을 감당할 수 없다고 판단 내렸다. 그래서 레이가 개발한 혈석형독을 사용하기로 한 것이다.

사실 혈석형독은 마나를 증강시켜 주는 영약을 만들려다가 실패한 것이다. 동물에게 먹여본 결과 전신의 혈이 돌처럼 굳어버리는 것을 보고는 독으로 사용하기로 한 것이다.

그리고 그 때가 됐다.

조란은 모든 혈궁대에게 혈석형독을 사용하도록 했다.

덕분에 싸움은 어느 정도 호전됐다. 그러던 어느 날,

"혈천대(血千隊)가 위험합니다!"

서열 이 위인 지옥마귀(地獄魔鬼)가 다급하게 보고를 올렸다. 그야말로 지옥에서 갓 올라온 마귀처럼 생겼다 하여 붙어진 별호로, 외모가 무시무시하게 생긴 늙은이다.

"상대는 누군가?"

"그게… 한 명입니다만, 아직 누구인지 확인되지 않았습니다."

"실력은?"

"저보다 뛰어납니다."

자존심이 태산 같은 지옥마귀가 스스로를 비교하며 상대를 인정했다.

조란은 위기를 직감했다.

"할 수 없군. 혈궁대를 배치시켜라. 특급 궁수에게는 비약을 허락한다."

"존명!"

이로서 혈궁대는 혈석형독과 비약을 동시에 사용했다. 그 결과 아군을 무참하게 살상하던 천단검제는 혈궁대의 화살을 맞고 중원에서 사라지고 말았다.

후일 조란과 레이는 사라진 고수가 천단검제라는 것을 알았다.

"분명히 그가 천단검제야?"

레이는 지옥마귀에게 다그치듯 물었다.

"틀림없습니다, 부교주님."

"모든 것은 필연이란 말인가……."

지옥마귀는 흑살선녀가 혼자 중얼거린 말뜻을 이해하지 못했다.

무영 이계를 훔치다
Thief King

레이는 기분이 묘했다.

과거 이계에서 치료해 주었던 그 영감이 사실은 자신이 만들어낸 독에 당한 것이었다니.

무영은 조란과 레이의 이야기를 들으면서 천천히 고개를 끄덕였다. 생각할수록 복잡한 상황이지만 그냥 받아들이기로 했다.

"그럼 어제 나를 찾아낸 것은 단순히 우연은 아니었겠군."

"그렇습니다."

조란이 대꾸했다.

그는 일부러 본교의 내부 지도를 슬쩍 흘려놓았다. 그리고 맹의 밀담이 있기 얼마 전부터 자신이 본교를 잠시 떠난다는 소문을 퍼뜨렸다.

그리고 무영이 사라지기로 되어 있는 어제, 조란은 천산을 수색했다.

"그 과정에 신호탄이 쏘아진 것을 보았습니다."

"신호탄? 아! 홍룡단의……."

"그렇습니다. 그 신호탄을 보고 주군의 위치를 빨리 파악할 수 있었습니다."

"그랬군… 참!"

무영이 문득 생각난 것이 있는지 무릎을 탁 쳤다.

"정명! 정명의 시신이 아직 동굴에……."

"그분의 시신은 저희들이 수습했습니다. 안심하십시오."

"아… 다행이군."

무영은 안도의 숨을 내쉬었다.

그때 조란이 기대하지도 않았던 말을 내뱉었다.

"그리고 주군의 양친을 안전한 곳으로 피신시켰습니다."

"뭐? 지금 뭐라고 했나?"

"주군의 양친을 안전한 곳으로 피신시켰다고 말씀드렸습니다."

"그, 그게 정말인가?"

"예, 주군. 하지만 안타깝게도 주군의 백부님은 돌아가셨습니다. 정확한 위치를 파악할 수 없었기에……."

"아… 백부님이 결국."

"송구합니다."

"괜찮아. 자네 탓이 아니지. 부모님을 구해준 것만으로도 고맙다. 우리 부모님은 지금 어디 계시지?"

"이곳에 있습니다."

무영이 벌떡 일어났다.

"그게 정말이야?"

"예, 주군."

"그런 걸 왜 이제야 말하는 것이냐?"

"우선은 주군께서 상황을 파악하셔야 할 것 같았습니다. 그분들은 지금 혈교도들에게 보호받고 있다는 사실에 불안해하고 계십니다."

"어서 나를 그곳으로 안내해."

무영의 말에 조란은 즉각 움직였다.

＊　　＊　　＊

"아버지, 어머니……."

"무, 무영? 내 아들 영아가 맞느냐?"

"맞습니다, 아버지. 아버지, 어머니 아들 무영입니다."

진영은 부들부들 떨리는 손으로 무영의 뺨을 쓰다듬었다. 그 뒤에 서 있는 어머니는 입을 틀어막고 아무 말도 하지 못했다.

아들을 내내 걱정했다.

집에 갑자기 불이 나고 홍룡단은 집 밖으로 나가는 자들을 모두 죽였다. 살길이 없다고 생각했다.

그런데 뜻밖에도 혈교도들이 나타나서 그들을 구해주었다. 하인들과 시녀들은 모두 죽어버렸다. 진영과 그의 부인만이 살아남아 혈교도들의 본거지로 피하게 됐다.

두 사람은 왜 혈교도들이 자신들을 도운 것인지 알 수 없었다.

그리고 왜 곤륜에서 가문을 멸하려고 했는지도 알 수 없었다.

혈교도들은 자신들을 윗사람 대하듯이 했다. 생활함에 불편함은 없었다.

당연히 자식 걱정이 앞섰다.

무영이 곤륜에 몸담고 있지 않은가.

그런데 눈앞에 무영이 나타났다.

아무리 오랫동안 보지 못했다지만 자식의 외모가 너무 변했다는 것은 한번에 알 수 있었다.

기골이 장대해졌고, 소년의 티를 말끔히 벗어버린 청년의 모습이었다.

"그간 무슨 일이 있었던 거냐?"

"아마 말씀드려도 믿지 못하실 겁니다."

무영은 부드럽게 웃으며 아버지의 떨리는 손을 맞잡았다.

"세상에… 세상에… 애비는 도저히 믿지 못하겠구나."

진영은 평소 근엄하고 자상하던 모습을 버렸다. 무영의 말 끝마다 그는 아이처럼 놀랄 수밖에 없었다.

이계를 떠나서 낯선 대륙에 떨어졌고, 그 대륙에서 성장하여 다시 이곳으로 돌아오기까지의 여정.

어째서 혈교의 교주가 무영을 주군이라고 모시는지, 왜 자신들을 구해주었는지에 대해서 상세히 들으면서도 믿기지 않았다.

하지만 눈앞에 나타난 변모한 아들이 그렇게 말하고 있었다. 믿지 않아도 사실이란다.

"네가… 정말 고생이 많았구나."

"어머니……."

어머니는 아들의 말을 바로 믿을 수 있는 것일까? 그런 말도 안 되는 사실들이 이렇게 빨리 피부에 와 닿을 수 있는 것

 무영 이계를 훔치다 Thief King

일까?

어머니 소연은 무영의 말을 듣는 내내 우셨다. 아들의 말을 믿고 안 믿고를 떠나서, 그렇게 고생했다는 소리를 들으니 절로 눈물이 흐른 것이다.

"어허! 애 마음 약해지게."

진영은 아내를 다그쳤다.

무영은 그런 부모님을 보며 가만히 미소 지었다.

얼마만인가. 가족의 사랑을 느껴본 것이. 참으로 오랜만이다.

진영은 무영의 손을 잡았다.

"이 아비는 아직도 네 말이 믿어지지가 않는구나. 네가 그렇게 다른 세계에서 도둑들의 왕이 되었다니."

물론 무영이 거짓말을 하고 있다는 뜻이 아니다.

세상에는 진실이지만 믿기 힘든 진실이 있는 법이다. 가령 무영의 경우 아직도 조란이 혈교 교주였다는 사실을 믿기 힘들다.

하지만 사실은 엄연한 사실이다.

"아버지, 백부님이 돌아가셨습니다."

무영의 말에 진영의 표정은 어두워졌다. 우울함과 분함이 뒤섞인 표정이었다.

"들었다. 혈교도늘에게."

"이제부터 복수를 할 생각입니다."

"복수… 말이냐?"

“그렇습니다.”

진영의 표정은 또 다른 의미에서 어두워졌다.

“널 말리지는 않으마. 하지만 어떤 결정을 내리기 전에는 충분히 생각해 보길 바란다.”

“이미 지난 오 년간 생각은 충분히 했습니다. 적어도 그들은 아버지, 어머니를 해하려 했고 또 절 죽이려고 했습니다. 이미 백부님과 친구 정명이 죽었습니다. 이대로 물러서지 않을 것입니다.”

“그들이 복수를 바랄지도 생각해 보았느냐?”

“정명은 죽어가며 제게 복수를 부탁했습니다.”

무영이 단호하게 대답했다.

진영은 더 이상 말을 꺼내지 않았다. 그로서도 언제나 자신을 위해주던 친 형님이 돌아가신 것이 못내 마음 아팠다. 그리고 곤륜을 비롯한 모든 정도의 문파가 미웠다.

하지만 아버지로서 자식이 복수에 미치는 것은 내키지 않았다.

그렇다고 아들의 결정을 강제로 뜯어말릴 생각도 없었다. 어차피 아들은 싸워야 한다.

무영이 복수를 하지 않겠다고 결정한다고 해서 모든 것이 정리되는 것은 아니다.

곤륜은 끝내 무영과 자신을 죽이려 들것이고, 정도의 문파는 혈교를 멸하려고 들 것이다.

모든 깨달음에는 때가 있을 터.

그는 아들을 믿었다. 이 난국을 잘 헤쳐 나갈 지혜와 용기
가 있으리라고. 이보다 더한 역경도 이겨온 아들이지 않은가.
"네 뜻대로 해보아라. 다만 감성보다는 이성의 판단을 믿
고 행동하길 바란다."
"명심하겠습니다, 아버지."
진영은 아들을 믿음직스럽게 바라보았다.

CHAPTER 7

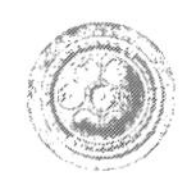

신(新)교주

무영은 한동안 혈교의 총타에 머물면서 몸을 회복하는 데 전념했다.

혈교도들은 무영과 만나면 상전을 대하듯 깍듯이 예를 차렸다.

하지만 모든 혈교도들이 무영을 인정하는 것은 아니었다. 아무리 교주가 하늘 받들듯 모시는 주인이라고는 하지만 그들에게 무영은 낯선 존재였다.

물론 조란은 혈교를 창설할 당시부터 수하들에게 무영의 존재를 각인시켜 왔다. 언젠가는 새로운 교주가 나타날 것이며 교도들은 모두 새로운 교주를 따라야 한다고.

그러다가 드디어 '그분' 이 나타난 것이다.

그런데 웬걸. 아직 새파랗게 젊은 애송이가 아닌가. 상상과 달라도 너무 달랐다.

혈교의 주축을 이루는 마인들은 대부분 평균 나이 쉰 살이다. 그런데 무영은 갓 스물을 넘어선 나이가 아닌가.

물론 나이가 문제는 아니다. 나이가 어려도 사리분별이 분명하고 능력만 있다면 따르지 못할 것도 없다.

다만 그 능력이 문제다. 아직 혈교도들은 한 번도 무영의 무공 실력을 제대로 보지 못했다.

그들은 조란을 따르지만, 정확히 말하자면 조란의 힘을 따르는 것이다. 때문에 무영에게 힘이 없다면 아무리 조란의 명이라고 할지라도 반발하게 된다.

이렇게 되자 혈교도들이 무영을 바라보는 시선은 두 갈래로 나뉘어졌다.

친(親)과 반(反).

무영도 그러한 사실을 알고 있었다.

'이래서는 안 돼. 조란이 지금까지 잘 이끌어온 혈교가 분열될 수도 있다.'

무영은 이들을 자신의 사람으로 만들기로 했다.

회의실은 마기로 가득 찼다.

범인이 이곳에 들어선다면 아마 실내를 가득 채운 마기를 이기지 못하고 혼절하리라.

회의실에는 혈교 교주인 혈귀마검 조란과 서열 일 위부터

 무영 이계를 훔치다
Thief King

십 위까지의 마인들이 긴 탁자에 둘러앉아 있었다.

그들의 직책은 본교 내총관부터 시작해서 가장 규모와 권한이 작은 귀영대장(鬼影隊將)에 이르기까지 다양했다.

지금 그들의 표정은 하나같이 격동의 감정을 추스르지 못하고 있었다.

이윽고 서열 삼 위 혈마독수(血魔毒手)가 벌떡 일어나며 소리쳤다.

"안 됩니다, 교주님."

그의 샛노란 안광에서 마기와 독기가 풀풀 풍겨났다.

조란의 붉은 눈동자가 차갑게 일그러졌다.

"독수, 나는 귀 안 먹었네."

"교주님, 그런 결정을 이렇게 쉽게 하시는 것은……."

"이미 너희들도 알고 있는 사항이 아닌가? 쉽게 내린 결정이 아니라, 처음부터 정해진 순리다."

"하지만……."

"닥쳐라!"

혈마독수가 몸을 움찔거리고는 자리에 앉았다.

조란이 차가운 눈길로 좌중을 훑어보았다.

"너희들은 나의 뜻을 따르기로 하지 않았던가? 내가 모시는 주인이 나타나면 뜻을 함께하겠다고."

마인들은 아무 말도 하지 못했다.

분명 그렇게 말했다. 혈귀마검이 섬기는 주인이라면 두말없이 따르겠노라고. 하지만 그 상대가 머리에 피도 마르지 않은 애송이일 줄이야.

혈마독수가 다시 입을 열었다. 이번에는 많이 누그러진 음성이었다.

"교주님, 하지만 이런 사항을 섣불리 결정하시면 본교가 분열될 위험도 있습니다."

목소리는 누그러졌지만 그 내용은 위험했다.

혈교의 분열.

혈교가 지금까지 숱한 외압에도 굴하지 않고 버텨온 것은 남다른 단결력 때문이었다. 분열은 그들에게 일어날 수 있는 가장 나쁜 결과이기도 했다.

마인들의 표정이 하나같이 어두워졌다.

하지만 누구도 그 말을 반박하지는 못했다.

조란이 냉소했다.

"흥! 분열이라고? 너희들은 본좌와 뜻을 함께하기로 했으면서 이제 와서 말을 바꾼단 말이더냐? 혹시 너희들 중 누군가 본좌의 자리를 넘보는 것인가? 그렇다면 말만 하라. 얼마든지 상대해 주지!"

조란이 벌떡 일어나서 허리춤의 플랑베르주를 뽑았다. 마인들의 표정이 더욱 굳어졌다.

쉬이잇! 콰자작!

조란의 검이 테이블을 가르고 바닥에 내려 꽂혔다.

꿀꺽.

침 넘어가는 소리가 들린다.

조란이 좌중을 훑어보고는 차디찬 음성으로 말했다.

"내 뜻에 반기를 드는 자, 내가 용서치 않겠다."

그러자 지금까지 침묵을 지키던 노인이 슬며시 나섰다. 안면 가득 미소를 지은 그 노인은 얼굴에 검버섯이 가득하고 백발이 머리 가운데까지 벗겨진 늙은이였다.

"끌끌끌. 고정하십시오, 교주님. 저희들 중 아무도 교주님의 자리를 넘보지 않습니다. 그것만은 분명합니다. 다만 이들이 걱정하는 것은 다른 교도들입니다."

조란이 붉은 눈동자를 굴려 노인을 바라보았다.

백귀마소(白鬼魔笑). 언제나 안면 가득 미소를 지으며 말을 하는 늙은이. 서열 일 위의 그는 사람을 죽일 때조차도 그 미소를 거두지 않는다. 아무도 그가 무표정하거나 인상을 찡그리는 순간을 본적이 없다.

백귀마소는 계속해서 말을 이었다.

"저희들이 따른다고 해도 교도들은 새로운 교주님의 능력을 의심할 수 있습니다. 단 한 번도 그분의 능력을 본 적이 없기 때문이지요."

조란은 검을 뽑아 든 채로 다시 자리에 앉았다.

확실히 교주의 자리라는 것은 갑자기 바뀔 수 있는 성질이 아니다. 더구나 지금처럼 갑자기 나타난 무영에게 교주의 자리를 넘겨주는 것은 더욱 그렇다.

아무리 사전 동의가 되었다지만 전 혈교도들이 수긍할 만한 적당한 계기가 있어야 되는 것은 틀림이 없다.

그때,

"늙은 뼈다귀들이 입만 살았군."

회의실 문이 벌컥 열리며 무영이 성큼성큼 들어왔다.

"주군!"

조란이 무릎을 꿇으며 무영을 향해 예를 갖췄다.

다른 마인들 역시 자리에서 일어나 공손히 허리를 숙였다. 하지만 그게 전부였다. 조란처럼 깍듯이 수하로서의 예를 갖춘 것은 아니다.

분명 그들에게 있어서 교주는 하늘이다. 교주의 말은 천명(天命)이나 다름없다. 하지만 하늘 위에 하늘이 있을 수는 없는 법. 아직 그들의 하늘은 혈귀마검 조란이 교주였다.

무영은 이들의 태도를 한눈에 알아보았다.

"너희들은 조란의 수하다. 조란은 내 수하지. 그러니 너희들은 나를 따라라."

밑도 끝도 없다.

곧바로 하대로 명령한다. 다른 선택의 여지라고는 없다는 말투.

조란은 고개를 숙인 채 가볍게 미소 지었다.

십 년 만에 만난 주군은 하나도 변하지 않았다. 물론 무영에게 흐른 시간은 극히 짧기에 변하지 않는 것이 당연하다.

그러나 반갑다. 변하지 않은 주군의 모습이. 먼 옛날 이계에서도 이런 식으로 보스들을 하나하나 굴복시켜 나가지 않았던가.

무영 이계를 훔치다
Thief King

반면 마인들은 인상을 팍 찡그렸다.

건방진…….

그들은 속생각을 선뜻 나타내지는 못했다. 자신들의 하늘인 교주가 저리도 깍듯이 예를 차리니 어찌해야 할지 난감했다.

그때, 무영이 피식 웃으며 말했다.

"쉽지 않나 보군."

"……."

"좋아, 내 능력을 시험해 보고 싶은 자는 같이 바람 좀 쐴까?"

마인들이 고개를 들고 서로를 바라보았다.

능력을 시험해 보자는 건가? 비무라도 하려는 생각인가?

걸음을 옮기던 무영이 잠깐 멈추고 한마디 더 내뱉었다.

"따라나선 자는 목숨을 걸어야 할 거다."

가장 먼저 무영의 뒤를 따라 나간 자는 서열 삼 위 혈마독수였다.

바람이 스산하게 불었다.

천산의 기온은 항상 낮았다. 고도가 높은 탓이다.

무영은 자신을 둘러 싼 네 명의 고수들을 바라보았다.

서열 일 위, 삼 위, 육 위, 칠 위.

회의실에 있던 마인들 중 거의 절반이 무영을 시험해 보겠다고 나섰다.

무영이 월검을 손에 꺼내 쥐며 말했다.

"목숨을 걸고 덤벼라. 나를 죽여도 상관없다."

"끌끌끌. 그럼 부담없이 가겠습니다."

백귀마소가 미소로 대답했다.

네 사내가 무영을 가운데에 두고 빙글빙글 돌았다. 사 대 일의 싸움. 한꺼번에 상대하겠다고 소리친 사람은 무영이다.

서열 일 위 백귀마소는 검을 쓴다. 그는 구부정한 허리 때문에 키가 오 척 정도밖에 되어 보이지 않는다. 그는 자신의 키만 한 독특한 검을 사용한다.

서열 삼 위 혈마독수는 독을 사용한다. 그는 무기가 없다. 그의 손이 바로 무기다. 정확히 말하자면 손톱이다. 그는 손톱이 호조처럼 길고 날카롭다. 그리고 짐승의 송곳니처럼 굵고 단단하며 누런 빛을 띤다. 누구든 그 손톱에 찍힌다면 온몸이 중독되어 몇 촌각도 지나지 않아서 피부가 논바닥처럼 갈라져 죽을 것이다.

서열 육 위 자하쌍검(紫霞雙劍). 그는 자줏빛이 나는 검 두 개를 동시에 사용한다. 그의 검신이 자줏빛을 띠는 이유는 숱한 사람들의 피를 머금었기 때문이라는 말까지 있다. 그 정도로 살육을 즐기고 손속에 사정을 두지 않는 자로 유명하다.

서열 칠 위 살혼(殺魂). 그는 도를 사용한다. 그의 도는 날이 무디다. 살혼은 깔끔하게 베는 것보다 타격감을 즐긴다. 상대의 살이 찢어지고 뼈가 부러져 나가는 것을 보며 쾌감을 느낀다.

 무영 이계를 훔치다
Thief King

타닷!

가장 먼저 뛰어오른 자는 백귀마소와 자하쌍검이었다. 두 사람은 양쪽에서 무영의 목을 노리고 달려들었다.

사정거리가 긴 백귀마소와 다양한 공격을 펼칠 수 있는 자하쌍검이 선공한다. 그리고 이어서 혈마독수가 독공을 펼치고, 움직임이 큰 살혼이 마무리한다.

이것이 무영의 예상이었다. 그중 처음은 맞아들어 간 셈이다.

무영은 피식 웃었다.

'웃어?

자하쌍검은 쇄도해 들어가면서 눈썹을 꿈틀거렸다.

이 정도면 객기가 아니라 미친 것 아닐까?

하지만 다음 순간 그는 두 눈을 찢어질 듯 부릅뜨고 말았다.

츠츠츳— 카앙!

세 개의 검이 교차하면서 불꽃이 일었다.

"쿳!"

백귀마소와 자하쌍검은 얼른 뒤로 몸을 튕겼다.

무영이 사라졌다. 마치 스산한 바람에 묻히듯 그의 몸이 감쪽같이 사라져 버렸다.

쇄도해 늘어가넌 두 사람은 급히 공격을 멈췄지만 가속도에 의해 부딪칠 수밖에 없었다. 자칫하다가는 백귀마소와 자하쌍검이 서로를 베어낼 뻔했다.

뒤이은 공격을 준비하고 있던 혈마독수와 살혼도 어이없
는 표정이었다.

완벽한 은신술!

눈으로 쫓을 수 없다면 몸으로 쫓아야 한다.

네 사람은 두 눈을 뜨고 있었지만 아무것도 보지 않았다.
대신 전신의 모든 감각을 깨웠다.

살기!

나무 아래다!

네 사내가 동시에 한쪽 방향으로 치달아갔다. 나무 아래에
서 분명한 살기를 느낀 것이다. 그들이 나무 앞에 당도했을
때,

쉬쉬쉿!

난데없이 허공을 가르는 소리가 들려왔다.

"헉! 검강!"

검강을 뿜어내고 있는 월검이 그들의 측면에서 날아왔다.

막을 수 없다. 피한다!

네 명 모두 몸을 던졌다. 그러고 나자 나무 아래에서 귀신
처럼 무영이 나타났다.

그가 월검을 낚아채고는 곧장 몸을 던졌다. 상대는 가장 가
까운 곳으로 피한 자하쌍검!

파바밧!

"컥!"

순식간에 혼혈을 짚인 자하쌍검은 그대로 의식을 잃고야

말았다.

"한 놈 잡았군."

무영이 가볍게 말하고는 몸을 일으켰다.

백귀마소는 미소지었다.

하지만 그의 마음은 미소 짓고 있지 않았다.

혈마독수와 살혼의 표정에서는 여유가 사라진 지 오래다. 지금 그들의 표정은 황당하다 못해 경악에 가까웠다.

등줄기로 땀이 흘렀다. 바람이 스치자 온몸에 소름마저 돋는다.

사술이라면 그들도 일가견이 있다. 무엇보다 자신들은 혈교도가 아닌가. 그런데 지금 눈앞에 벌어지고 있는 현상은 도무지 이해할 수가 없다.

강시?

아니다. 강시를 제조하려면 숱한 시간이 들어간다. 사용해야 할 약물도 오죽이나 많다. 그리고 산 사람을 즉석에서 강시로 부릴 수 있다는 건 금시초문이다.

도대체 뭔가? 이 괴이한 사술은!

"하앗!"

혈마독수가 다시 한 번 몸을 날렸다. 무기가 없어 사정거리가 짧은 대신 신법은 네 명 중 가장 빠른 그였다.

사사삭!

그는 순식간에 무영의 측면으로 돌아 들어갔다. 그리고 날카로운 손톱을 내찌르려는 찰나,

"이런 제기랄!"

혈마독수가 욕지거리를 뱉어내며 뒤로 물러났다.

이번에도 똑같다. 이번 역시 무영의 앞을 자하쌍검이 나타나서 막아섰다.

도대체 어떻게 이럴 수가 있나!

조금 전까지만 해도 자신들과 같이 싸우던 자하쌍검이 지금은 무영을 보호하기 위해 목숨도 내던지려고 한다.

무영은 냉소를 지으며 말을 뱉었다.

"그만 항복하는 게 어떤가?"

"……"

"이 정도면 더 겨뤄볼 필요는 없다고 생각하는데?"

"……"

"집착이 강하군."

백귀마소, 혈마독수, 살혼은 아무런 대꾸도 하지 않았다. 무영의 말대로 더 이상 싸워볼 필요가 없을지도 모른다. 무영은 자하쌍검을 수족처럼 부리고 나서부터 전혀 움직이지 않았다. 만약 자하쌍검과 그가 동시에 움직이기 시작한다면 자신들은 적수가 되지 못한다.

무영이 말했다.

"지루하군. 땀 흘리지 않겠다. 지금 당장 꿇어서 나를 인정하지 않겠다면 이 녀석의 한쪽 팔을 자르겠다."

"무, 무슨!"

혈마독수가 말을 더듬었다.

자하쌍검의 팔을 자르겠다니. 자하쌍검은 별호 그대로 두 개의 검을 동시에 부려야만 제 위력을 다할 수 있다. 그런 그에게 한쪽 팔은 생명과도 마찬가지다.

그런데 팔을 자르겠다고?

마인들은 백귀마소의 표정에서 미소가 사라지는 것을 오늘 처음으로 볼 수 있었다.

"무모한 짓입니다."

"못할 거라고 보는가?"

무영은 망설임 없이 월검을 내려찍었다.

파박!

푸슈슛!

자하쌍검의 왼쪽 어깨에 월검이 틀어박혔다. 붉은 피가 사정없이 솟아올랐다. 한눈에 보기에도 어깨의 절반 정도가 베어 들어갔다.

그럼에도 자하쌍검은 아무것도 느끼지 못하는 듯 가만히 서 있기만 했다.

"이, 이게 무슨……!"

"말한 대로야. 지금 당장 꿇어. 그러지 않으면 자하쌍검은 이대로 무인의 길을 접어야 할 게다."

백귀마소를 비롯한 마인들은 몸을 가늘게 떨었다.

그들은 무영의 눈빛에서 진심을 읽었나. 단지 겁을 주려거나 빠져나갈 방도를 구하려는 것이 아니다. 이자는 자신의 냉철함을 보여야 한다고 생각하면 반드시 말한 대로 시행할 자다.

무영이 재차 입을 열었다.

"알고 있는지 모르겠지만 아직은 치명상이 아니야. 한 달 정도 요양을 한다면 자하쌍검은 두 팔을 멀쩡하게 쓸 수 있을 게다. 하지만 여기서 한 치라도 더 파고 들어간다면, 아니 이 대로 슬쩍 기만 불어넣는다면 이놈은 영원히 외팔이가 될 터!"

"……!"

"이놈을 병신으로 만들 것인지, 마인으로 남겨둘 것인지 너희들 손에 달렸어. 싸움이 지루해졌으니 빨리 결정해."

"그런……."

백귀마소의 이마에 땀방울이 맺혔다.

도대체 뭐 이런 자가 다 있단 말인가.

세 사람 중 아무도 섣불리 움직이지는 못했다. 자하쌍검과 특별히 친해서도 아니고, 사사로운 감정 때문도 아니었다.

정파의 고수들이 눈에 불을 켜고 혈교인들을 멸살하려고 한다. 지금도 중원의 분타에서는 하루가 멀다 하고 죽고 죽이 는 살육전을 벌이고 있을 게다.

이런 시점에서 혈교의 고수 한 명은 절실하다. 자하쌍검이 이대로 외팔이가 된다면 혈교로서는 큰 손실이다.

거기에 무영이 한마디를 더 얹었다.

"어떻게 생각해도 좋다. 나이도 어린 애송이가 어디서 기 연을 잔뜩 얻어서 강해졌다고 생각해도 좋다. 사실은 사실이

 무영 이계를 훔치다 Thief King

니까. 아마 중원에서 나처럼 기연을 많이 얻은 자는 다시없을 거다. 어쨌든 한 가지 분명한 것은 너희들보다 내가 강하다는 거야. 힘을 맹신한다면 내게 무릎을 꿇어라.”

세 명의 마인은 몸이 후들거리는 것을 느꼈다. 실제로 그들의 몸은 전혀 떨고 있지 않았지만 후들거린다고 느꼈다. 정신이 동요하고 있다는 증거다.

“끝을 보겠다는 거군.”

무영은 미련도 없이 손에 기를 불어넣었다.

순간 그의 손이 새파랗게 물들었다.

“졌습니다.”

백귀마소의 입에서 힘없는 목소리가 흘러나왔다.

털썩.

미소를 잃은 백귀마소가 무릎을 꿇었다. 그리고 이어서 혈마독수와 살혼도 무릎을 꿇고 바닥에 엎드렸다.

“졌습니다.”

“이제야 조금 말이 통하는군.”

무영은 부드럽게 웃으며 자하쌍검으로부터 월검을 뽑아냈다.

반발 세력을 제압한 무영은 정식으로 교주가 되었다.

원희대로라면 조란이 태상교주가 되어야 하지만, 그는 부교주가 되었다. 처음 혈교를 창설할 때부터 교주는 따로 있다고 말해왔던 그였다. 자신은 그저 비어 있는 교주의 자리를 대신 지키고 있을 뿐이라고.

교도들도 그대로 받아들이기로 했다.

무엇보다도 서열 1위를 포함한 네 명의 고수가 무영에게 쩔쩔매는 것을 직접 보았으니 있던 불만도 속으로 삼킬 판이었다.

교주의 자리에 오르고 나서 무영은 한동안 아무것도 하지 않았다. 혈교의 여러 가지 대내외적인 일은 조란과 레이가 전담했다.

대신 무영은 아침마다 산책을 하고, 오후에는 레이에게 마법을 배웠다. 그리고 저녁에는 부모님과 식사를 하며 이야기를 나누었다.

그에게는 적응의 시간이 필요했다.

조란과 레이는 십 년 일찍 중원으로 와서 그를 기다렸다. 차곡차곡 준비를 해왔을 것이다. 그리고 무영에게 혈교를 넘겨준 것이다.

하지만 무영으로서는 이 모든 것이 갑작스러웠다. 사흘만에 본 조란과 레이가 십 년 동안 떨어져 있던 그들이라니 혼란스럽기도 하다.

혈교도 그렇다. 이대로 분열하게 둘 수는 없다고 여겨 고수들을 복속시켰지만, 당장 무엇부터 해야 할지 알 수가 없었다.

그러던 어느 날.

"천산 주위에서 가끔 무인들이 보입니다. 아무래도 주군을

 무영 이계를 훔치다
Thief King

찾는 것 같습니다.”

“나를?”

“예. 움직임은 은밀하나 간혹 눈에 띄는 자들이 있습니다. 아마도 곤륜에서 보낸 자들이 아닐까 생각됩니다.”

조란의 말에 무영은 가만히 생각에 잠겼다.

곤륜에서 보낸 자들이라… 가능성이 있다. 홍룡단이 전멸해서 돌아오지 않으니 진상을 알아보기 위해 사람들을 보냈을 것이다.

무영은 생각하다 말고 피식 웃었다.

“조란, 중원어가 많이 늘었군.”

“그렇습니까?”

확실히 십 년이 지났나 보다. 조란이 중원의 언어를 사용하는 걸 볼 줄이야. 아직은 억양이 다소 어색하지만 확실히 쉽게 알아들을 수 있을 만큼 능숙하다.

무영이 일어섰다.

“우선 해야 할 것들을 정했다. 역시 목마른 놈들이 먼저 우물을 찾는 법이지.”

＊　　　＊　　　＊

뇌룡신인은 주먹으로 탁사를 내려쳤다.

쾅!

“아무것도 찾지 못했단 말이냐?”

“죄송합니다.”

검은 옷에 흑립을 쓰고 있는 자가 머리를 조아렸다. 현재 곤륜의 비령단장 자경이었다. 자청이 죽고 나서 그는 비령단장의 자리에 올랐다.

“옷 조각이라도 찾으란 말이야! 하다 못해 머리카락이라도 건져 오란 말이다!”

“그게… 천산을 이 잡듯이 뒤졌습니다만 아무런 흔적도…….”

“그놈은?”

“누굴…….”

“무영 말이다! 이런 답답한!”

“찾지… 못했습니다.”

자경은 사색이 되어서 대답했다.

천산을 샅샅이 뒤져서 아주 작은 단서라도 찾아오라는 명을 받았다. 그런데 그는 빈손으로 돌아왔다. 홍룡단은 감쪽같이 사라졌다. 혈교에게 당해서 사라져 버린 것인지, 죽어서 묻힌 것인지 아무것도 확실하지 않다.

그리고 무영도 사라졌다. 혈교의 비약은 어떻게 됐는지 알 길이 없다.

뇌룡진인이 주먹을 바들바들 떨며 말했다.

“천산 밖으로 청해에는 천라지망을 펼쳤다. 무영은 걸려들지 않았어. 놈은 아직 천산에 있을 것이야.”

“…….”

"한심한… 가서 자룡단장(紫龍團長)을 불러와!"

"존명."

자경은 공손히 대답하고 물러났다.

자룡단은 홍룡단이 사라지고 나서 새로 만들어진 집단이다. 하는 일은 홍룡단과 비슷하다. 그들은 곤륜의 척살대다.

뇌룡진인은 자룡단장을 향해 길게 말하지 않았다.

"천산을 뒤져. 무영을 찾아내면 즉살하라. 홍룡단의 흔적도 찾아보고."

"존명."

자룡단장은 곧바로 자룡단을 이끌고 천산으로 향했다.

자룡단장은 자룡단 50명만을 이끌고 천산으로 들어섰다. 그들은 은밀하게 움직이면서도 숲을 철저하게 관찰했다.

그들이 신경 써야 할 것은 대상을 찾는 것만이 아니다. 혈교의 눈도 피해야 한다. 그렇기 때문에 진행이 더딜 수밖에 없었다.

하지만 한 번 지나간 길은 다시 돌아보지 않아도 될 정도로 철저하게 수색했다. 그리고 자신들의 눈을 피해 뒤로 돌아갈 수도 없도록 진을 펼쳐서 수색했다.

그리고 사흘 째 되던 날.

스슷! 슷!

숲 속에서 묘한 움직임이 있었다.

자룡단이 진을 거두고 한자리에 모두 모였다. 아주 은밀하게.

그들이 모인 곳에는 처참한 광경이 펼쳐져 있었다.

수백 구의 시체. 붉은 옷자락이 처참하게 찢어져 나갔고, 시체들은 심하게 부패돼서 고약한 냄새를 풍겼다.

홍룡단이 분명하다.

자룡단장은 눈살을 찌푸렸다. 홍룡단을 이렇게 처참하게 도륙할 수 있는 상대는 하나밖에 없다.

혈교.

그래도 다행인 것은 한 시신의 손에 깨진 약병이 쥐어져 있다는 것이었다. 아마도 순간적으로 기를 불어넣어 약병을 터뜨린 듯했다.

'혈교의 비약이 틀림없어. 그렇지 않고서야 이런 걸 들고 있을 까닭이 없지.'

자룡단장은 내심 안도했다.

그가 고개를 돌려서 제일 먼저 신호를 보낸 단원에게 전음으로 물었다.

"놈은?"

"저 바위를 돌아가면 있습니다."

단원이 대답했다.

"가지."

자룡단장이 몸을 날렸고, 이어서 단원들이 일제히 뒤를 따랐다.

자룡단장은 기가 빠졌다.

눈앞에서 오들오들 떨고 있는 소년은 굳이 무인이 아니라도 힘깨나 쓰는 사내라면 누구라도 죽이기 쉬운 애송이였다.

'이런 놈을 죽이려고 자룡단이 나서다니.'

자룡단장은 이맛살을 구기고 소년 뒤에 있는 작은 동혈을 바라보았다.

바위 아래에 좁은 틈이 있었는데 나뭇가지와 잎으로 덮어버리면 감쪽같이 보이지 않는 곳이었다.

'과연 저런 곳에 숨어 있었으니 찾지 못했던 것도 무리는 아니군.'

단장은 가볍게 한숨을 내쉬고 눈앞에 떨고 있는 소년을 향해 말했다.

"무영이라고 했지? 날 원망하지 마라."

"……."

소년은 말도 꺼내지 못했다. 그저 자룡단을 처음 보았을 때처럼 겁에 질려 오들오들 떨고 있을 뿐이었다.

자룡단장이 볼 것도 없이 몸을 돌렸다.

"처리하고 목을 가져와."

"존명!"

단원 중 한 녕이 내답하고는 검을 뽑아 들었다.

그때,

삐이익! 팡!

하늘을 가르며 빨간 빛줄기가 치솟더니 큰 소리와 함께 터졌다.

"혈교! 뭣들 해! 빨리 처리하고 돌아간다!"

자룡단장의 음성이 짐짓 날카로워졌다.

혈교가 눈치 챈 것이 틀림없다.

여기는 천산이다. 놈들의 총타가 있는 곳이다. 이런 곳에서 정면 승부를 벌이면 백전백패다. 더구나 현재 자룡단은 겨우 오십 명뿐이지 않은가.

단원 한 명이 잽싸게 무영에게 다가가 검을 휘둘렀다.

샤아악!

무영은 비명도 지르지 못하고 목이 떨어져 나가 버렸다.

자룡단장이 소리쳤다.

"간다!"

자룡단은 일제히 몸을 날렸다. 무영의 머리를 챙겨 든 무사가 가장 늦었다.

자룡단이 오 리도 채 달리지 못했을 때, 그들은 혈교인들에게 포위되고 말았다.

"칫! 이 녀석들!"

자룡단장은 이제 싸움을 피할 길이 없다는 것을 뼈저리게 느꼈다.

그는 냉철한 눈으로 주위를 둘러보았다.

사방이 두텁게 둘러싸였다. 그중에서 가장 뚫기 쉬운 곳은 북방(北方)이다.

"클클클. 이건 누굴까? 옷을 보아하니 홍룡단과 닮았는데. 아니지 우리하고도 닮았는걸?"

키가 작고 통통한 체격의 노인이 나타나서 괴팍한 웃음을 흘렸다.

자룡단장은 단박에 상대를 알아보았다.

"혈마독수!"

"오호, 본좌를 알아보는 걸 보니 아주 무식하지는 않구나."

"훗, 마땅히 죽어야 할 악인을 기억해 두는 건 정파 무인으로서 당연한 도리가 아니겠소."

"훗, 건방진… 네놈은?"

"곤륜의 운룡살검(雲龍殺劍) 자강이오."

"오호라! 네놈들이 우리 비약을 훔쳐갔던 곤륜에서 온 놈들이로구나!"

'역시!'

자룡단장은 다급한 상황에서도 내심 미소 지었다.

이로서 놈들에게는 비약이 없다는 사실이 확인됐다. 더 이상 정도 문파에서 괴상한 비약 하나 때문에 눈치 볼 일은 없을 것이다.

"후후. 그렇소이다. 그럼 우리는 갈 길이 바빠서……."

"클클클. 미친 놈. 누가 곱게 보내준대?"

파밧!

혈마독수가 바닥을 박찼다.

자룡단장도 거의 동시에 몸을 날렸다. 그는 북쪽으로 달리면서 전음을 흘렸다.

"각자 펼칠 수 있는 최대의 신법으로 도망쳐라!"

정도인이 마인들에게 쫓겨서 이런 명령이나 내리다니.

하지만 지금은 자존심 따위를 따질 때가 아니었다. 어떻게든 이곳에서 살아나가서 문주님께 사실을 보고해야 한다.

그들의 임무는 어디까지나 홍룡단의 흔적을 찾아내고, 무영을 죽이는 것이었다. 임무는 완수했다.

"크아악!"

혈교인들은 무차별하게 공격을 가하기 시작했다.

특히 답균독공(畓龜毒功)을 익힌 혈마독수에게 당한 단원들은 이내 온몸의 피부가 쩍쩍 갈라지면서 죽어나갔다. 그런 모습은 단원들로부터 공포를 불러일으키기에 충분했다.

그럼에도 자룡단장은 뒤도 돌아보지 않고 신법을 펼쳤다. 그가 펼치는 신법은 중원에서도 따를 신법이 없다는 운룡대구식이었다.

자룡단장은 간신히 혈교의 손아귀에서 벗어났다.

혈교인들은 천산을 벗어난 다음에도 숲을 따라 달리는 그들을 끈질기게 쫓아왔다.

살아남은 자는 스물 셋.

총 쉰 명 중에서 절반 이상이 죽었다.

살아남은 자는 모두 운룡대구식을 익힌 자들이거나 비룡축전을 능숙하게 시전할 수 있는 자들이다.

물론 죽은 자들 중에서도 신법이 뛰어난 자들이 다수 있었

 무영 이계를 훔치다 Thief King

다. 결국 살아남은 자들은 운이 따라준 셈이다.

자룡단장 자강은 입술을 지그시 깨물었다.

분하지만 어쩔 수 없다. 쳐야 할 때가 있는 법이고, 분하지만 빠져야 할 때가 있는 법이다.

지금은 빠져야 할 때다. 감성보다는 이성적으로 행동해야 한다.

"가자."

자강이 몸을 돌렸다.

그를 따르는 단원들은 차마 어디 가서 모습을 보이기도 민망할 정도였다.

옷이 여기저기 찢어진 자는 그래도 양호한 편이다. 팔 하나를 잃은 자도 있었고, 눈을 잃은 자도 있었다.

자강은 부상자를 잔뜩 이끌고 곤륜으로 돌아갔다.

"모두 스물일곱. 너무 많이 죽였어, 독수."

무영이 눈살을 슬쩍 구기고는 말했다.

그는 고개를 설레설레 흔들며 숲 한자리에 모아놓은 시체들을 내려다보았다. 스물일곱 구의 시체 중에서 열다섯 구의 시체가 살갗이 트고 갈라져서 죽었다. 혈마독수에게 당한 것이다.

무영은 혀를 차고는 말했다.

"가능한 독공은 자제하라니까."

"죄송합니다."

혈마독수가 머리를 조아리며 대답했다.

사실 그도 일부러 그런 것은 아니었다. 하지만 손톱으로 상대의 살갗을 찢고 뚫을 때마다 살육의 쾌감을 주체할 수 없는 것이 문제다.

무영은 찬찬히 시체를 둘러보며 중얼거렸다.

"흠. 사혈을 짚여 죽은 자랑 비교적 상태가 나은 시체를 합해도 일곱밖에 되지 않는군, 레이!"

"응?"

무영 뒤로 시립해 있던 마인들 중, 흑살선녀 레이가 다가왔다.

"환영 마법에 질량감도 나타낼 수 있는 경지에 이르다니. 발전했구나."

"호홋. 오빠가 웬일이야? 칭찬을 다하고?"

"하지만 여전히 반각도 지나지 않아서 사라지잖아. 자칫 혈마독수가 늦게 나섰더라면 들킬 뻔했어."

"피~ 어쩐지 칭찬부터 하더라니."

"넌 어떻게 십 년이 지나도 변한 게 없나?"

"나아지는 중이라구."

"풋."

곁에 있던 혈마독수가 돌연 웃음을 터뜨렸다.

무영과 레이가 티격태격하는 모습에 저도 모르게 웃음이 터진 것이다.

무영이 슬쩍 돌아보자 혈마독수가 정색을 되찾았다.

“죄송합니다.”

“됐어. 이제 곧 정파 놈들이 난리를 칠거다. 준비해 둬.”

“존명.”

혈마독수가 자리를 떴다.

무영은 비교적 상태가 멀쩡한 시체 일곱 구가 나란히 누워 있는 곳 앞에 섰다. 그리고 양손을 들어 올렸다.

죽은 지 일각이 지나 버리면 혼이 육신을 떠나 버려 절혼술법을 펼치기 어렵다. 서둘러야 한다.

그의 손끝에 푸르스름한 기운이 뭉치기 시작했다.

이윽고,

스르륵. 스르륵.

시체 일곱 구가 엉기적거리며 자리에서 일어났다. 무영 뒤에 서 있던 백귀마소를 비롯한 마인들은 눈을 휘둥그렇게 떴다.

‘강시?’

하지만 강시라고 보기에는 움직임이 너무 자연스럽다. 게다가 강시 제조가 이렇게 빠른 시간에 이루어지지는 않는다. 저 모습은 마치…….

‘그래, 자하쌍검이 당한 것과 매우 흡사한… 하지만 죽은 사람에게도 부릴 수 있는 사술이란 말인가!’

마인들의 놀란 심정을 아는지 모르는지 무영은 벌떡 일어선 시체 일곱 구를 보며 명령을 내렸다.

“전력을 다해 삼풍(三風) 계곡으로 향한다. 도중 만나는 정파 무인은 모두 죽여라.”

“존명!”

일곱의 시체들은 대답과 동시에 몸을 날렸다.

그들의 눈은 먼 산을 바라보는 듯 흐리멍덩했지만, 몸놀림은 살아 있을 때보다 훨씬 빨랐다.

무영은 하늘을 올려다보았다.

비라도 뿌릴 생각인지 하늘은 잔뜩 낮아졌다.

CHAPTER 8

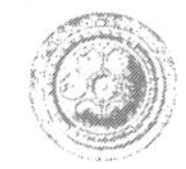

이상한 현상들

청해는 본래 세외 지역이기에 무림인들이 흔한 곳은 아니었다. 오히려 과거에는 정도의 문파로부터 낙인찍힌 마인들이 주로 도망을 치는 곳으로 유명했다. 그만큼 무인들의 시선에서 벗어난 지역이라고 볼 수 있었다.

하지만 곤륜산에 자리 잡은 곤륜파가 운룡대구식이라는 중원 제일의 신법을 창안해 낸 것을 시초로, 청해 내의 마인들을 쫓아내는 등 조금씩 위세를 떨치기 시작하자, 중원 무림에서도 청해를 조금씩 의식하기 시작했다.

좀 더 정확히 말하자면 청해를 의식한 깃이 이니라, 곤륜을 의식한 것이다.

그러다가 몇 십 년 전, 마교가 탄생하면서 곤륜은 무림 역사에 큰 공을 세우고 당당히 구파일방의 하나로 자리 매김 했다.

그리고 나타난 혈교.

무림은 맹을 발동시키고 혈교의 총타에서 가까운 곤륜의 뇌룡진인을 맹주로 결정했다. 사실 맹주라고는 하지만 맹의 대표자격일 뿐, 특별히 권한이 막강한 것은 아니었다.

어쨌든 이런 저런 사정이 겹치니 요즘 청해에는 심심찮게 무인들을 볼 수 있었다.

혈교도를 잡아 공을 세우겠다는 강호 초출내기부터 시작해서, 그보다는 좀 더 신중하게 혈교를 감시하고 또한 곤륜과의 친분을 쌓으러 오는 고수들도 더러 있었다.

청해보다도 세외 지역인 신강에도 무림 고수들은 제법 많았다. 혈교의 동태를 살피기 위해 구파일방에서 파견된 고수들이 대부분이었다.

약강(若羌)의 어느 허름한 폐허 안.

"우적우적. 쩝쩝. 우적. 쩝쩝."

머리는 평생 한번도 감아본 적이 없는지 뻣뻣하게 뭉쳤고, 누더기 옷은 몇 번을 기워 입었는지 온통 바느질 자국이었다. 거지 중에서도 상거지.

그는 시커먼 때가 잔뜩 긴 손으로 닭다리를 뜯어먹고 있었다.

"미친 것들! 먹을 것을 이렇게 놔두고 왜 버려? 버리길! 배가 불러 터졌구만!"

 무영 이계를 훔치다
Thief King

그는 욕지기를 뱉으면서도 연신 먹을 것을 입 속에 집어넣었다. 전부 먹다 남은 음식이었다. 조금 전 마을에 내려갔을 때 식당 앞에 내다 버린 것을 가져온 것이다.

한참 동안 먹는데 집중하던 그는 이윽고 배를 쓰다듬으며 길게 트림했다.

"꺼억~ 아이고, 배부르다. 오랜만에 포식을 해보는군. 이 정구 인생에 이렇게 배불리 먹은 적이 있던가? 킬킬킬."

그는 깨끗하게 빈 철통을 보면서 흐뭇하게 웃었다.

만약 지나가던 누군가 보았다면 혀를 차며 지나갔을 것이다.

하지만 조금 눈치가 빠른 무인이 보았다면 정반대의 현상이 일어났을지도 모른다. 게다가 그의 허리춤에 매여진 매듭을 본다면 말이다.

개방의 이장로 방정구. 무인들에게는 그의 이름보다는 월광선개(月光先丐)라는 별호로 알려져 있다. 달빛보다도 먼저 달린다는 별명이 붙을 청도이니 그의 신법은 가히 중원 제일을 다툰다.

그런 그가 약강에서 먹다 남은 음식으로 포식을 하며 호강(?)을 누리는 이유는 단 하나. 혈교의 동태를 감시하기 위해 개방에서 보냈기 때문이다.

"흠. 그럼 슬슬 움직여 볼까?"

그는 기름기가 잔뜩 묻은 손을 바짓단에 대충 문지르고 자리에서 일어났다.

그때,

"호오!"

정구는 눈살을 슬쩍 찌푸리더니 얼른 폐허 밖으로 나왔다. 그의 시선이 북서쪽으로 향했다.

아무것도 보이지 않는다.

하지만 느껴진다. 무언가 빠르게 다가오고 있는 것이!

처음 그의 눈동자는 호기심으로 빛났다.

그러나 시간이 지나면서 놀라움으로 변했고, 차츰 어두운 그늘마저 생겼다.

"뭔가 이상하군. 이 정도로 빠른 신법이라니……."

파밧!

그는 망설임 없이 몸을 날렸다.

만약 그가 조금만 더 예민하지 않았더라면, 그는 좀 더 오래 살 수 있을지도 몰랐다.

쉬잇—!

카앙!

"크웃!"

월광선개 정구는 봉으로 상대의 칼을 막아내고는 뒤로 훌쩍 물러섰다.

'뭐 이런 녀석이…….'

상대는 보자마자 그를 향해 맹공을 퍼부었다. 이상하게도 텅 비어버린 듯 보이는 눈동자에서는 살심을 읽을 수 없었지만 분명 상대는 그를 죽이기로 결심한 듯했다.

"제기랄. 네놈은 필시 곤륜의 자룡단이 아니냐? 그런데 왜 나에게……."

"정파 무인에게는 죽음을!"

상대는 말이 통하지 않았다.

홍룡단이 사라지고 나서 곤륜은 자룡단을 만들었다. 자신을 죽이겠다고 덤벼드는 이놈은 분명히 그 자룡단이다.

한데 왜? 어째서 칼을 들이미는 것인가?

선배로 대하면서 깍듯이 예를 갖추지는 못할망정 다짜고짜 검을 들이대다니.

"쳇! 네놈이 그렇게 나온다면 나도 어쩔 수가 없지."

정구가 봉을 단단히 움켜잡았다.

상대가 제아무리 곤륜의 자룡단이라고 할지라도 아직은 애송이다. 강호에서 육십 년 가까이 굴러다니면서 산전수전을 다 겪은 자신의 상대가 될 수는 없는 법.

"말 안 듣는 아이에게는 매가 약이지!"

슈슈슉!

월관선개의 별호가 허명이 아니라는 걸 증명해 주듯 그의 몸은 눈 깜짝할 사이에 움직였다.

찰나 지간에 자룡단원의 코앞까지 다가간 그가 봉을 내찔렀다. 그러나…….

부웅—!

봉이 허공을 찔렀다.

정구의 눈동자가 커졌다. 보지 못했다. 놈이 움직이는 것을. 분명히 눈앞에 있었건만 봉은 허공을 내찔렀다.

순간 등골이 오싹해졌다. 정구는 이를 악물고 몸을 돌렸다.

샤악!

"크아악!"

정구의 입에서 비명이 터져 나왔다. 이어서 그의 어깨 죽지가 스윽 갈라지며 피가 터졌다.

"제, 제기랄!"

"정파 무인에게는 죽음을!"

"니미럴! 네놈은 할 줄 아는 말이 그것 밖에 없느냐? 도대체 무슨 일을 당했기에 그딴 소리를 지껄이… 이런 우라질!"

파바박!

정구가 뛰었고, 그 자리에 검이 스쳐 지나가면서 바닥의 흙더미마저 튀어 올랐다.

정구는 어금니를 깨물었다.

빠르다. 이놈은… 나보다 빠르다!

곤륜에서 이렇게 빠른 놈이 있었던가? 아무리 생각해도 그런 정보는 들어보지 못했다. 개방의 정보는 신뢰할 만하다. 개방은 모든 문파 중에서도 가장 빨리 정보를 입수한다.

게다가 놈은 빠르기뿐만 아니라 검술 실력도 상당하다. 전력을 다한다면…….

"제길, 그래도 지겠군."

무영 이계를 훔치다
Thief King

정구는 입술을 씹었다. 피가 터져 나왔다.

정신을 바짝 차려야 한다. 조금 전 먹었던 그 음식들이 마지막 만찬이 되지 않게 하려면 정신을 차려야 한다.

슈욱! 푹!

"큡!"

정구는 가늘게 눈을 떴다. 그리고 자신의 가슴 깊이 찔러 들어온 검날을 물끄러미 바라보았다.

'어쩐지 오늘은 너무 운이 좋더라니까.'

우습게도 조금 전에 뜯어 먹던 닭다리가 떠올랐다. 지금 생각해 보면 살면서 그렇게 맛있는 닭고기는 처음 먹은 것 같다.

'제기랄, 군침 도는군.'

정구는 입맛을 다셨다. 그의 입 안에 홍건하게 고인 피가 턱을 타고 주룩 흘렀다.

"하나만⋯ 묻자."

잔뜩 쉬어버린 목소리가 가까스로 흘러나왔다.

자룡단원은 무표정하게 그를 내려다보고 있었다.

"목적이⋯ 뭐냐?"

정구는 말을 꺼내면서도 우스웠다. 죽어가는 마당에 네놈의 목적이 뭐냐고 묻다니.

자룡단원은 여전히 멍한 표정으로 대꾸했다.

"정파 무인에게는 죽음을!"

"큭큭큭. 미친⋯ 새끼."

자룡단원은 무심한 표정으로 검을 뽑아 들었다. 그리고 피를 한 번 뿌려내고는 검집에 검을 꽂았다. 그는 달려올 때와 비슷한 속도로 어디론가 달려갔다.

정구는 놈의 뒷모습을 보며 손가락을 힘겹게 놀렸다.

그리고 자신의 배에 피로 힘겹게 글을 적어 나갔다.

간신히 할 일을 마친 그는 지친 듯 중얼거렸다.

"제기랄. 배가 또 고프군. 닭다리 한 번만 더 뜯어보면… 소원이 없겠구만……."

그 말을 끝으로 그는 눈을 감았다.

*   *   *

달이 휘영청 떠오른 축시초(丑時初).

콰장창!

주루의 이층 창문이 깨지며 한 사내가 튀어나왔다. 그리고 이어서 자줏빛 옷을 입은 사내도 튀어나왔다.

"크웃!"

창! 차차창!

두 사람은 허공에서조차 칼을 섞었다. 요란한 마찰음이 밤의 허공을 가득 메웠지만, 사람들은 밖을 내다보지 않았다.

자고로 무인들의 싸움으로 짐작되는 곳에 얼굴을 내미는 것은 바보 같은 짓이다.

먼저 튀어나온 사람은 검은 안대로 한쪽 눈을 가린 사람이

 무영 이계를 훔치다 Thief King

었다. 그는 옆구리에 검상을 입었는지 피가 배어 나와 있었다. 그나마 다행인 것은 상처가 그리 깊지 않다는 것이었다.

캉!

검날이 교차하면서 큰 마찰음을 터뜨렸다.

가까스로 틈이 생긴 외눈 검사는 바닥에 안전하게 착지했다.

하지만 그의 호흡은 다소 불규칙했다.

반면 자줏빛의 옷을 입은 상대의 호흡은 느껴지지도 않을 만큼 평온했다. 어쩌면 숨을 쉬지 않는 것일까?

아무튼 지금은 그런 생각을 할 때가 아니다. 눈앞의 무인을 죽여야만 한다.

외눈의 검사는 검을 꽉 말아 쥐었다.

도대체 이 녀석은 왜 자신을 공격하고 있는 것일까?

놈은 분명히 곤륜의 자룡단이다. 곤륜이 왜 자신을? 이해할 수가 없다.

하지만 상대가 죽이자고 달려드는데 당하고 있을 수만은 없지 않나.

곤히 잠을 자고 있던 새벽. 기척을 느껴 눈을 떴을 때는 이미 조금 늦어버린 후였다. 급하게 몸을 일으켜 내지 않았더라면 상대의 검은 옆구리만 스치는 데서 그치지 않았을 것이다.

"보시오. 뭔가 오해가 있나 본데… 나는 무당에서 온 진백강이오. 우리는 싸울 이유가 없는 것 같은데……."

진백강.

정신이 제대로 박힌 무인이라면 그에게 무모하게 싸움을 걸지 않을 것이다. 별호는 그의 외모를 따서 일목검수(一目劍手).

눈 한쪽은 마교와의 전쟁에서 마교의 장로 혈신천마(血身天魔)를 죽이면서 잃었다.

그는 당당히 무당의 후지기수로 거론되는 인물 중 한 명이다.

그런 그에게 곤륜의 자룡단원이 싸움을 걸다니. 단순히 싸움을 건 것도 아니고, 잠을 자던 중 암습을 시도했다. 있을 수도 없는 일이고, 있어서도 안 될 일이다.

그럼에도 불구하고 자룡단원은 백강의 말을 전혀 새겨듣지 않았다. 그는 그저 서늘한 표정으로 백강을 응시할 뿐이었다.

"정파 무인에게는 죽음을……."

"뭐요?"

"정파 무인에게는 죽음을."

"흥! 오해가 아니었군!"

이번에는 일목검수 백강이 먼저 바닥을 박차고 날아올랐다. 상대는 즉각 대응에 나섰다.

카카캉!

요란하게 칼부림이 일어났다.

검을 쓰는 백강은 단숨에 상대의 검술을 알아볼 수 있었다.

운룡십삼검(雲龍十三劍).

틀림없는 곤륜인이다. 혹시나 마인이 곤륜의 복색을 갖추고 자신을 암습한 것이 아닌가 하는 생각도 했었다.

하지만 상대의 무공은 확실히 곤륜의 것이었다.

'좀 더 확인해 볼까?'

백강은 상대가 더 많은 무공을 보일 수 있도록 몰아가려고 했다.

하지만 그러기에는 상대의 실력이 녹록치 않다는 것을 곧 깨달았다.

놈은 거의 완벽할 정도로 검술을 펼친다. 곤륜의 후지기수라고 해도 이만큼이나 완벽할까?

'제기랄! 이러다가 몰아가는 게 아니라 쫓기게 생겼군!'

확실히 상대는 자신보다 월등한 실력을 가진 듯했다. 도대체 이름도 알 수 없는 자룡단원이 어떻게 이토록 강할 수 있단 말인가?

혹시 곤륜은 다른 문파가 알 수 없도록 비밀리에 고수를 양성하기라도 했단 말인가? 도대체 무얼 위해서?

쉬익!

푸부욱!

아슬아슬했다. 간발의 차이로 상대의 검날이 옷깃을 스치고 지나갔다.

백강은 몸을 날렸다. 조금 떨어져서 여유를 둘 필요가 있었다.

하지만 그조차도 쉽지 않았다. 놈은 백강을 따라서 곧장 날아올랐다.

'이번에는 용형보(龍形步)!'

틀림없다. 상대는 곤륜에서 키워진 고수다.

백강은 머리가 복잡해지자 마음도 복잡해졌다. 혼신의 힘을 다 쏟아 부어도 놈을 당해낼까 말까 한데, 마음이 심란하니 제대로 실력이 발휘될 리가 없다.

푸샥!

"크헉!"

허벅지에 검날이 틀어박혔다.

"이, 이런!"

백강은 허벅지에서 뽑힌 검날이 그대로 자신의 목을 노리며 날아드는 것을 보았다.

하지만 이번에는 막아내지 못했다.

                    *   *   *

"크흠……."

뇌룡진인은 침음을 흘렸다.

요즘 들어 그가 이런 반응을 보이는 일이 잦아졌다. 이상하게 모든 일이 그렇다.

썩 잘 풀리는 것도 아니고, 아주 꼬여 버려서 난감한 경우도 아니다.

이번만 해도 그렇다.

무영 이계를 훔치다 Thief King

비령단을 수색대로 보냈더니 빈손으로 돌아왔다. 아무것도 건진 것 없이.

하지만 모두가 무사히 돌아왔다. 혈교의 총타가 있는 천산 깊숙이 들어가서.

그래서 이번에는 자룡단을 보냈다. 자룡단장은 임무를 모두 완수해 냈다. 홍룡단의 시체들을 확인했고, 그들이 혈교의 비약을 빼돌린 후 없애 버렸다는 것도 확인했다.

게다가 후환거리가 될 수도 있었을 무영까지 완벽하게 제거했다.

그런데 곤륜을 나섰던 자룡단 절반 이상이 죽었다. 살아서 돌아온 자들도 하나같이 초라한 몰골이었다.

"죄송합니다, 문주님. 놈들이 눈치를 채는 바람에……."

"크흠……."

뇌룡진인은 다시 침음을 흘렸다.

성과는 있으나 잃은 것도 많다.

"놈들은 몇이나?"

"혈마독수가 이끌고 나타난 놈들이 대략 일천 명이었습니다."

뇌룡진인은 천천히 고개를 끄덕였다.

일천 명을 뚫고 돌아왔으니 이런 꼴이 되는 것도 무리는 아니다.

"수고했네. 가서 쉬게."

결국 뇌룡진인은 자룡단장을 탓하지 않았다.

하지만 며칠 지나지 않아 그는 다시 자룡단장을 불러들여
야 했다.

"도대체 어떻게 된 일이냐!"

"그, 그럴 리가……."

자강은 몸을 부르르 떨었다.

각 문파에서 항의가 쏟아졌다. 항의라기보다는 노골적인
비난에 가까웠다.

뇌룡진인은 얼굴이 새빨갛게 달아오를 정도로 분노했다.
그가 자강에게 소리쳤다.

"말을 해보란 말이야! 어째서 이런 항의가 들어온 것이야!
그날 도대체 자룡단에게 무슨 일이 있었던 거냐!"

"부, 분명히 말씀 드린 대로……."

"갈! 아직도 그런 소리를 하고 있단 말이냐? 어째서 얕은
거짓으로 진실을 덮어두려고 하는 것이냐!"

"거짓이 아니옵니다! 문주님, 정말 그날 있었던 일은 말씀
드린 대로입니다!"

자강이 무릎을 꿇고 소리쳤다.

이해할 수 없는 일이 일어났다.

각 문파의 고수들이 줄줄이 죽어 나갔다. 고수들뿐만 아니
다. 강호 초출들도 죽어 나갔다. 신강과 청해에 있던 무인들
이 하루아침에 상당수 죽어버렸다.

대부분 암습으로 죽었고, 정정당당하게 겨루다가 죽은 자
들도 더러 있었다.

 무영 이계를
훔치다
Thief King

이것만으로도 충분히 놀라운 사실이다.

하지만 더욱 놀라운 사실은 그들이 모두 마인과 싸우다가 죽은 것이 아니라는 것이다.

그들을 죽인 자들은 곤륜의 자룡단원이다.

구파일방에서 비난에 가까운 항의가 빗발쳤다. 천만 다행인 것은 자룡단원이 모두 죽었다. 아니 불행인가?

진실을 규명할 수 없으니 불행이라면 불행이다.

뇌룡진인이 노호성을 터뜨렸다.

"도대체 어떻게 죽었다는 자들이 버젓이 돌아다닌다는 말이냐!"

자강은 아무 대꾸도 할 수 없었다.

그건 자신도 알 수 없는 문제다. 오히려 묻고 싶었다.

어떻게 그런 일이 일어날 수 있느냐고. 게다가 살아남았다고 한들 그들이 곤륜으로 돌아오지 않고 정파 무인들을 죽일 이유가 있냐는 말이다.

"혹시… 강시가 아닐지……."

자강이 조심스럽게 입을 열었다.

"흥! 우습지도 않는 소리! 사건이 터진 날은 너희들이 혈교 녀석들에게 당한 바로 그날이다. 혈교 놈들이 아무리 괴이한 사술을 사용한다고 한들! 죽자마자 바로 강시로 만들어 낸단 말이더냐!"

"……"

"그날 정말 특별한 일은 없었던 거냐?"

“그렇습니다. 무엇하러 거짓을 고하겠습니까?”

자강이 다시 엎드린 채 고개를 깊이 숙였다.

환장할 노릇이다. 도대체 죽은 자들이 어떻게 돌아다녔단 말인가? 그것도 정파의 고수들을 상대로 정당히 겨뤄서 이겼단다. 말이나 되는 소리인가?

자룡단원들의 실력이 하찮은 것은 아니다.

하지만 죽었다는 정파 고수들 중에는 감히 자룡단원으로서는 감당하기 힘든 자들도 많다.

도대체 이게 어떻게 된 일인가.

“가서 그날 천산에 갔던 자룡단원을 모두 불러와!”

“존명.”

자강은 얼른 몸을 일으켜 운룡각을 빠져나왔다.

뇌룡진인은 이마를 짚었다.

그의 미간에 세로 주름이 깊이 새겨졌다.

“크흠……..”

알 수 없는 일. 모든 단원들이 그날의 일을 자강과 똑같이 보고했다.

스물세 명의 단원들이 한결같이 잘못 보았을 리가 없다. 거짓말을 할 리는 더더욱 없다.

그렇다면 정파 무인들을 닥치는 대로 죽이고 죽어버린 자룡단원들은 도대체 어떻게 된 것일까?

며칠 뒤에 있을 맹의 회의에서 이 부분은 분명히 그가 책임

무영 이계를 훔치다
Thief King

을 져야 할 사항이다.

"후우."

뇌룡진인은 한참 만에 한숨을 내쉬고는 자룡단을 돌려보냈다.

*　　　　*　　　　*

뇌룡진인은 어두컴컴한 동굴 앞에서 멈추었다.

사방에서 예리한 기가 느껴지고 있다. 보이지는 않지만 각 문파의 장로를 보호하는 호법들이 경계를 서고 있는 것이다.

뇌룡진인은 뚜벅뚜벅 걸음을 옮겨 동굴 안으로 들어갔다. 호법장이 그의 뒤를 따랐고 나머지는 다른 문파의 호법들처럼 동굴 밖에서 기척을 숨겼다.

그가 안으로 한참 걸어 들어가자 낯익은 목소리가 들려왔다.

"오셨군요. 맹주님."

"기다리게 했군요."

"아닙니다. 우리도 여기에 온 지 얼마 되지 않았지요. 그보다 자주 보게 되는군요. 맹주님."

무풍검제 청속의 말이었다.

맹주인 뇌룡진인은 가만히 웃음으로 대납했다.

무풍검제의 말에는 가시가 박혀 있다는 것을 잘 알고 있다.

맹의 밀담을 가진지 오래 지나지 않았는데 또 이렇게 모일

수밖에 없는 사건이 터진 것이다. 그것도 곤륜의 자룡단이 일
으킨 사건 때문에.

결코 이번 모임이 달가울 리가 없다. 누구에게라도.

"혈교의 비약을 없앴다는 소식을 접했습니다. 그 아이가
잘 해주었군요."

현정대사였다.

뇌룡진인은 이번에도 웃음으로 답했다. 칭찬을 할 때만큼
조심해야 할 때는 없다.

칭찬 뒤에는 엄연히 질책이 뒤따르게 되어 있다.

역시 질책이 이어졌다.

"하지만 이번 사건은 진인답지 않군요."

"좋지 않은 일로 이렇게 모시게 돼서 죄송하게 됐습니다."

"이걸 도대체 어떻게 해석해야 할지……."

현정대사의 눈길이 옆으로 슬쩍 옮겨졌다.

어두운 동굴 안. 각파 고수들이 서 있는 곳보다 조금 더 안
쪽에는 시신들이 나란히 누워 있었다.

"약을 써서 부식은 막았습니다. 이번 사건은 역시 진인의
이야기를 들어야겠습니다. 도대체 이게 무슨 일입니까?"

개방의 삼장로 구철심이 말했다. 그의 말투와 억양에는 다
분히 원망의 감정이 깃들어 있었다.

"크흠……."

뇌룡진인이 신음을 흘리고는 걸음을 옮겼다.

일곱 구의 시체. 모두 곤륜의 자룡단원들이 확실했다. 대

무영 이계를 훔치다
Thief King

부분 검상을 입고 죽었다. 아마도 정파 고수들과 싸우면서 입은 상처인 듯했다.

그리고 각파 고수들과 초출내기.

고수와 하수의 구분이 안 될 정도로 시체들은 처참했다. 얼핏 보면 사악한 무공을 익혔다고 오해할 수도 있을 만큼 시체들은 끔찍했다.

하지만 무공 자체가 사악해서가 아니다. 이미 죽은 시신을 여러 번 칼질을 해놓았기에 그렇게 느껴지는 것이다.

"분명… 자룡단원들이 맞군요. 그리고……."

뇌룡진인은 더 이상 말을 잊지 못했다.

'그리고… 당한 자들은 틀림없이 우리 문파의 무공에 당했군요.'

그 말을 하기가 쉽지 않다. 굳이 하지 않아도 이들이라면 다 알고 있으리라.

뒤에서 다소 새된 목소리가 흘러나왔다.

"이장로 월광선개께서는 훌륭한 분이셨소."

구장로의 말이었다.

이어서 무풍검제도 입을 열었다.

"허허허. 일목검수도 썩 괜찮은 아이였지요."

모두 자룡단원들에게 당했다.

"뭐라고 드릴 말씀이 없군요."

뇌룡진인은 참담했다.

변명을 할래야 할 말이 없다. 자신도 이해할 수 없는 일이 일어나 버렸으니 뭐라고 변명한단 말인가.

그때 홍화검녀가 한걸음 나서서 말했다.

"그래서는 안 되죠. 우리 아이들도 둘이나 당했어요. 진인께서는 사건의 진상을 알려주셔야 하지 않겠어요?"

"크흠… 저 역시 이번 사건의 진상을 완전히 알지 못합니다. 다만……."

"다만?"

뇌룡진인은 그동안 비령단에서 조사해 온 내용을 바탕으로 이야기하기로 마음먹었다. 그의 손가락이 자룡단원의 시체를 가리켰다.

"이 녀석들이 뭔가에 홀린 것인지, 삼풍(三風) 계곡으로 가려고 했다는 사실만 알아냈소이다."

"삼풍 계곡?"

"그렇습니다. 해서 그곳을 조사해 볼까 합니다만."

"그럼 진인께서는 이들이 혈교의 사술에 당했다고 생각하시는 겁니까?"

뇌룡진인은 살짝 이맛살을 찌푸렸다.

그렇지 않다면? 정말 곤륜이 스스로 정파 무인들을 멸하겠다고 나섰단 소린가?

그러나 지금은 자신이 큰소리를 낼 수 있는 상황이 아니다. 뇌룡진인은 분을 삼키고 대꾸했다.

"그렇습니다. 그러지 않고서야 이런 무모한 짓을 할 리가 없겠지요. 그리고 이 아이들은 저런 고수들을 당해낼 만큼 강하지 않습니다.”

“크흠.”

이번에는 무풍검제가 불편한 듯 헛기침을 했다.

그 말을 거꾸로 하면, 죽은 고수들이 이 아이들에게 당할 만큼 실력이 없다는 말이 된다.

은근히 불만을 표현한 것이리라.

분위기가 이상하게 흐르자 현정대사가 나섰다.

“무량수불. 그렇다면 이들의 장례를 치러주고 뇌룡진인은 진상 규명에 힘을 써주십시오.”

“알겠습니다.”

“그럼 오늘은 이만 돌아가지요.”

현정대사의 말에 다른 사람들도 더는 따지지 못했다.

사실 그들로서도 혈교를 아주 의심하지 않은 것은 아니었다. 불과 일곱 명의 자룡단원들에게 당할 만만한 자들이 아니다.

“그럼 이번에는 믿고 기다리겠습니다.”

무풍검제가 포권지례를 취한 다음 걸음을 옮겼다.

다른 사람들도 각자 포권지례를 취하고는 동굴을 떠났다. 모두 떠나고 뇌룡진인 혼자 남았을 때,

“일운!”

“네, 문주님.”

어둠 속에서 호법장 일운의 목소리가 들려왔다.

“당장 삼풍 계곡에 비령단과 자룡단을 보내라. 한 명도 빠

지지 않고 모두 보내도록 해."

"한 명도… 빠짐없이 말입니까?"

"그래. 한 명도 빠짐없이! 가서 어떤 정보라도 반드시 가져오라고 지시하라."

"존명."

어둠 속에서 기척이 사라졌다.

삼풍 계곡은 골짜기가 깊은 계곡이다.

풍(風)자가 들어가니 바람이 잦은 계곡이라고 착각하기 쉽지만 오히려 그 반대다.

하루에 단 세 번만 바람이 부는 곳. 그 세 번을 제외하면 완전한 무풍지대다.

그런데 오늘은 유난히도 바람이 많이 불었다.

쉭! 쉬쉭! 쉭!

삼풍 계곡을 중심으로 곳곳에 바람 줄기가 일어났다.

검은 바람 줄기와 자주색 바람 줄기.

바로 비령단과 자룡단의 움직임이었다. 그들은 무려 오백 명에 달했지만 계곡에서 좀체 모습을 드러내지 않았다. 은밀하게 움직였다.

그저 불그스름한 바람이 불고, 거뭇한 바람이 부는 것처럼 은밀하면서도 고요히.

그러다가 계곡 한가운데에 그들이 모두 집합했다.

흐르는 계곡을 사이에 두고 동쪽에는 비령단이, 서쪽은 자

 무영
이계를
훔치다
Thief King

룡단이 밀집했다.

"찾은 것 있나?"

"아니, 그쪽은?"

"우리도 마찬가질세."

자룡단장 자강과 비령단장 자경이 서로 대화를 나누다가 한숨을 내쉬었다.

벌써 오늘 하루 동안 삼풍 계곡을 세 번이나 훑었다.

하지만 어떤 특이한 점도 발견해 내지 못했다.

정보에 의하면 죽은 자룡단원들은 삼풍 계곡으로 향했다고 했다. 그들은 뭔가에 홀린 듯 삼풍 계곡으로만 가기를 고집했다.

그렇다면 분명 이유가 있을 터.

한데도 아직까지 아무것도 발견하지 못했다. 더 훑어본다고 해도 나올 것 같지는 않다. 계곡에 개미 새끼가 몇 마리나 사는지 알아낼 정도로 샅샅이 뒤지지 않았나.

"후우, 잠시 쉴까?"

자강이 바위에 걸터앉았다.

계곡물은 녹광을 띄었다. 수면에 얼굴이 비쳤다.

그때, 자강이 문득 고개를 들어 올리며 소리쳤다.

"아직 찾아보지 않은 곳이 있네!"

자경이 진작하고 있었다는 듯 계곡물에서 시선을 떼고 말했다.

"물속."

두 사람은 동시에 고개를 끄덕였다.

자룡단과 비령단이 다시 바쁘게 움직이기 시작했다. 해가 지면 물속은 어둠에 묻힌다.

서둘러야 한다.

한 시진이 흘렀다.

삼풍 계곡에 어둠이 내려앉기 시작했다.

자룡단과 비령단은 계곡 상류 지역에 모두 모였다.

그들은 커다란 물웅덩이를 두고 빙 둘러서 있었다. 모든 단원들의 옷이 축축하게 젖어 있었다.

고여 있는 물속에 동혈이 있다. 그곳에 들어가야 한다. 비령단과 자룡단은 합해서 오백 명.

"각 단 이 대씩 남기고 들어가는 게 어떻겠나?"

자룡단장 자강이 먼저 입을 열었다.

자경이 고개를 끄덕였다.

"그게 좋겠군."

수면 아래의 동혈이 얼마나 길게 이어져 있는지는 모른다. 동혈이 있다는 것만 발견해 냈을 뿐이다.

"이곳이 정말 혈교에서 은밀하게 사용하는 장소라면 좋은 정보를 얻을 수 있을 거야."

"그만큼 위험할 수도 있겠지."

자강의 말에 자경이 대답했다.

두 사람은 잠시 침묵했다.

자경의 말대로 동혈 안으로 들어가는 순간 예상치 못한 함

 무영 이계를 훔치다 *Thief King*

정에 걸려들 수도 있다.

　두 사람은 동시에 단원들을 돌아보고 명령을 내렸다.

　"사대와 오대는 이곳에 남는다. 나머지는 나와 함께 수중 동혈로 들어간다."

　"존명!"

　수중 동혈은 꽤 깊었다.

　입구는 한 사람이 겨우 몸을 비틀어야 들어갈 수 있는 구멍이었지만, 입구만 지나면 곧바로 넓어진다.

　삼백 명이 모두 들어가서도 유영을 하는데 있어서 불편함이 없을 정도였다.

　한참을 들어간 후에야 동혈은 위로 솟았다.

　"프하!"

　오랫동안 참고 있던 숨이 터져 나왔다. 이어서 단원들의 머리가 수면 밖으로 나오면서 같은 소리가 터져 나왔다.

　"여긴?"

　자경의 말에 자강이 동혈 내부를 둘러보면서 말했다.

　"사람의 흔적이 닿았군."

　벽면이나 바닥을 보면 알 수 있다.

　천연 동굴임에는 틀림없다. 하지만 누군가 들어온 흔적이 있고 다듬이진 흔적도 있다.

　물가로 올라온 자룡단과 비령단은 다시 복도처럼 이어진 동혈을 따라 한참을 걸어갔다. 숨을 곳이 전혀 없는 곳이니 은밀하게 움직일 수도 없다.

얼마나 걸었을까?

빛이 스며들지 않는 깜깜한 동혈이다 보니 더욱 거리감이
느껴지지 않았다. 분명한 것은 경사가 위로 향한다는 것이다.

한참 후에 자경이 입을 열었다.

"빛이군."

그의 음성은 다소 지쳐 있었다.

한 치 앞도 보이지 않는 동혈이었다. 언제 끝날지 알 수도
없는 곳이었다. 그런 곳에서 호흡을 아껴가며 삼백 명과 함께
걷는 것은 결코 유쾌한 경험이 아니었다.

그의 말에 단원들이 기력을 되찾기 시작했다.

조금만 더 걸어 올라가면 빛을 볼 수 있다.

자경은 자신의 눈을 믿지 못했다.

옆에 서 있는 자강도 마찬가지였다. 두 사람은 그저 눈만
끔뻑이며 앞에 벌어진 현상을 바라보았다.

동혈을 나오자마자 그들이 가장 먼저 본 것은 둥그런 탁자
였다. 그리고 마주 앉아서 대화를 나누는 두 사람. 그들은 동
굴에서 막 튀어나온 자경과 자강, 그리고 삼백 명의 무인들을
보지 못한 것처럼 태연히 이야기를 주고받았다.

그것도 절대로 입 밖으로 해서는 안 될 말들을.

"이곳이 어떻습니까?"

"그건 아니야. 그쪽을 먼저 쳤다가는 무당이 가세해 버릴

무영 이계를
훔치다
Thief King

거야. 위험하지."

"그럼 역시 아래쪽부터 쳐 올라가는 것이 낫겠습니까?"

"그렇지. 그게 낫지."

흑립을 깊게 눌러 쓴 두 사람.

그 두 사람은 너무도 태연하게 정도 문파를 괴멸시킬 계획을 논하고 있었다.

삼백 명의 단원이 한 명도 빠짐없이 동혈을 나왔을 때,

구구구궁─!

육중한 석문이 아래로 내려오면서 동혈 입구를 완전히 막아버렸다.

"이게 무슨!"

그제야 자경과 자강은 뭔가 크게 잘못 돌아간다는 것을 깨달았다.

퇴로 차단.

그들이 서 있는 곳은 사방이 언덕으로 둘러싸인 완전한 분지 형태였다.

지금까지 두 사람의 존재를 몰랐던 것처럼 대화하던 두 흑립의 사내가 고개를 돌렸다.

"불청객이 오셨군."

"그러게 말입니다. 어떻게 할까요?"

"멸하라."

"존명."

두 사내가 순식간에 하늘로 솟았다.

자강이 뒤늦게 소리쳤다.

"잡아랏!"

자룡단이 일제히 날아올랐다.

슈슉!

"크악!"

돌연 사방에서 화살비가 쏟아져 내렸다. 사방의 언덕에서 잠복해 있던 궁수들이 모습을 드러낸 것이다.

"혈궁대!"

비령단장 자경은 입술을 꾹 깨물었다. 놈들은 여기서 정도 문파를 괴멸시킬 계획에 대해서 논하고 있었다. 녀석들의 목 적을 알아냈다. 문주님께 알려야 한다.

놈들은 기습 전면전을 생각하고 있는 것이다.

그런데 왜 이런 곳에서 밀담을 나누고 있는 것일까? 천산 에 있어야 할 이들이 왜 여기까지 내려온 것일까?

설마! 벌써 총타의 모든 마인들이 움직이고 있다는 말인 가?

자경의 생각이 거기까지 미쳤을 때, 음산한 웃음소리가 들 려왔다.

"클클클. 많이도 걸려들었군."

"백귀마소!"

자경이 날아오는 화살들을 쳐내며 소리쳤다. 백발이 머리 중간까지 벗겨진 늙은이. 저자가 이곳에 와 있다면 혈교 총타 가 직접 나섰다는 생각은 틀림이 없을 것이다.

무영
이계를
훔치다
Thief King

이들이 모든 병력을 이끌고 정도의 문파를 차례로 기습한다면 위험천만이다. 자칫 문파 하나를 괴멸시킨 후 그곳에 똬리를 틀게 되면 혈교는 본격적으로 무림에 관여하게 될 것이다.

어찌 보면 무모하지만 지금의 혈교를 본다면 마냥 불가능하지도 않을 터.

"싸울 생각을 버리고 한 명이라도 살아가라!"

자경이 소리쳤다.

자강 역시 같은 명령을 내렸다.

자룡단과 비령단의 움직임이 변했다.

그러자 기다렸다는 듯이 백귀마소가 땅을 박차고 솟아올랐다.

"한 놈도 살려두지 마라!"

언덕 위에서 혈궁대가 모습을 감추고 혈천대가 나타났다. 그들은 닥치는 대로 살육을 저지르기 시작했다.

분지는 순식간에 피바다가 됐다. 일천 명을 상대로 삼백 명은 너무나 초라했다.

"크하하하!"

"크윽!"

백귀마소의 광소가 터질 때마다 곤륜인들은 피를 허공에 뿌렸다.

시산혈해(屍山血海).

살아 있는 사람들로 바글거리던 분지가 시체로 뒤덮이기
까지는 많은 시간이 필요하지 않았다.

푹! 푸북!

"크윽!"

백귀마소는 마냥 인자한 미소를 띤 채 죽어 널브러진 시신
들의 목을 그어나갔다. 죽은 시체들을 다시 한 번 확인하는
것이다.

작업을 끝낸 백귀마소가 분지 위에 서 있는 두 흑립의 사내
에게 다가갔다.

"한 놈도 빠짐없이 죽였나?"

"예, 부교주님."

"수고했다."

백귀마소가 사라지자 두 흑립의 사내는 다시 분지의 탁자
로 내려갔다.

두 사람은 시체가 널브러진 한가운데에서 다시 이야기를
이어나갔다.

"그래서 감숙을 통해 합작(合作)의 월광문(月光門)을 먼저
치자는 말인가?"

"그렇습니다, 교주님. 월광문은 개파한지 얼마 지나지 않
은 문파인데다가 아직은 그 세력이 약합니다. 하지만 보유하
고 있는 자본이 넉넉하지요."

"하지만 공동산에서 너무 가깝지 않나?"

"그렇기에 더욱 좋은 경우입니다. 공동파의 시선을 집중시

 무영 이계를
훔치다
Thief King

킨 후에 별도 병력만을 남긴 후 본대는 돌아가는 겁니다.”

부교주라고 불린 사내는 지도 위에 선을 그어가며 열심히 설명했다.

교주가 대답했다.

“좋아, 그렇게 하도록 하지. 감숙을 통해 합작으로 간다.”

“존명.”

“그럼 이만 가지.”

교주와 부교주가 몸을 날렸다.

조금 전까지만 해도 끔찍한 살육전이 벌어졌던 분지는 이제 개미 새끼의 숨소리도 들릴 만큼 고요해졌다.

혈교인들이 떠난 지 일각 정도 흘렀을 때,

들썩―

시체 두 구의 등이 갑자기 불쑥 솟아올랐다. 둘 중 한 구의 시체는 급기야 벌러덩 뒤집어졌다. 그 아래에서 머리 하나가 조심스럽게 들어 올려졌다.

유일한 생존자.

비령단의 단원이었다. 백귀마소가 죽은 자들을 다시 한 번 죽이면서 확인할 때는 꼼짝없이 죽을 거라고 생각했다. 하지만 운 좋게도 시체 몇 겹을 덮고 있던 자신은 백귀마소에게 당하지 않았다.

그는 조심스럽게 몸을 일으키고 주위를 둘러보았다.

피바람이 불었다. 살아남은 자가 없다는 것을 직감했다.

‘놈들의 계획을 문주님께 알려야 한다.’

그는 재빨리 신형을 날렸다.

바위에 걸터앉아 멀리 산 아래를 내려다보던 무영이 문득 입을 열었다.

“확인했나?”

“예, 교주님.”

그의 뒤편에 검은 그림자가 스르르 생겨나더니 백귀마소가 나타났다. 그는 공손히 대꾸했다.

“놈은?”

“조금 전 막 그곳을 떠났습니다. 곧장 곤륜으로 돌아갈 듯합니다.”

“수고했어. 한 놈이겠지?”

“예. 그 외에는 모두 죽였습니다.”

“쌍검.”

“예, 교주님.”

백귀마소 옆에 또 하나의 그림자가 생겨나더니 검은 옷을 입은 자하쌍검이 모습을 드러냈다.

“계곡에 있던 녀석들은?”

“모두 처리했습니다.”

“수고했다. 이제 우리도 슬슬 움직이도록 하지.”

“예, 교주님.”

두 사람의 기척이 사라졌다.

무영은 먼 산 아래를 한참 바라보다가 자리에서 일어났다.

*   *   *

뇌룡진인은 양손을 가늘게 떨었다.

뱃속부터 끓어오르는 분노를 어떻게 표현해야 할지 알 수가 없다.

애송이 하나를 처리하기 위해서 홍룡단이 전멸했다. 뒤처리를 하기 위해서 보냈던 자룡단이 절반 죽어서 돌아왔다. 그리고 죽어나갔던 자룡단원들이 정도 무인들을 공격했다.

이번에는 진상을 알기 위해 보낸 자룡단과 비령단이 몰살당했다.

단 한 명만을 남기고.

이 분을 어디서 삭여야 한단 말인가!

"그럼… 살아남은 자가 너 하나란 말이냐?"

"그렇습니다, 문주님."

바닥에 부복한 채 보고를 올리는 비령단원은 온몸이 시뻘겋게 물들어 있었다. 검은 옷이 붉게 물들기는 힘들다. 그럼에도 그의 옷은 검기보다는 붉었다.

후각이 마비될 정도로 짙은 혈향을 머금은 채.

"혈교… 이놈들!"

뇌룡진인이 몸을 부르르 떨었다.

이걸로 정도 문파는 곤륜을 향한 의심을 지울 것이다.

하지만 곤륜의 위세는 바닥으로 추락할 것이 분명하다. 자룡단과 비령단이 전멸하다니.

"자수!"

"예!"

천장에서 뚝 떨어지듯이 인영이 내려섰다.

"곧장 가서 혈교의 이동 경로를 알려라. 공동과 월광문에 각별히 주의를 주고."

"존명!"

인영은 다시 솟았다.

청성산(靑城山) 백운각(白雲閣).

구파일방의 고수들이 모두 모였다. 그들이 이렇게 모일 때는 보통 맹의 소집이 있을 때다.

하지만 지금은 맹주인 뇌룡진인이 모습을 보이지 않았다.

그렇다. 그들은 뇌룡진인에게 말을 하지 않고 암암리에 모였다.

"뇌룡진인께서 실수가 잦았습니다."

개방의 구장로가 불만 어린 말투로 입을 열었다. 그는 직설적인 성격답게 말을 돌리지 않았다.

"이번에는 자룡단과 비령단이 몰살당했다지요?"

홍화검녀가 말했다. 그러자 이번에는 무풍검제가 말을 이었다.

"어떻습니까? 이쯤에서 우리도 조금은 변화가 필요할 듯싶

 무영 이계를 훔치다
Thief King

습니다만.”

“백 번 지당하신 말씀!”

역시 이번에도 개방의 구장로가 가장 먼저 찬성의 뜻을 비쳤다. 그는 뺨을 긁적이며 말했다.

“사실 뇌룡진인께는 여러모로 실망이 큽니다. 이 기회에 맹주를 새로 선출하는 것이 어떻겠소? 나는 청상파의 문주님을 추천하고 싶습니다만.”

사람들의 시선이 일제히 청성파의 문주에게로 향했다. 그들은 모두 같은 생각인 듯 긍정적인 표정이었다. 무풍검제가 안면 가득 인자한 미소를 띠며 말했다.

“어떻습니까? 청풍진인(靑風眞人)께서는 저희들의 생각을 받아주시겠습니까?”

흰 턱수염을 배까지 늘어뜨린 청풍진인은 다소 곤란한 미소를 지었다.

“허허허. 아둔한 제가 어찌 그런 자리에 어울리기나 하겠습니까? 아직 뇌룡진인께서 어떤 말씀을 하신 것도 아니고…….”

청풍진인이 말끝을 흐렸다.

백운각에 모인 고수들의 표정에 미소가 스쳤다.

청풍진인은 맹주가 될 생각이 아예 없는 것이 아니다. 만약 곤륜의 뇌룡신인이 맹주의 자리에서 물러날 의사가 있다면 얼마든지 받아들이겠다는 뜻이다.

무풍검제가 다시 말했다.

“청풍진인께서 생각이 있으시다면 그것으로 됐습니다. 그렇지 않아도 요즘 뇌룡진인께서 여러모로 힘들어 하시니 쉬게 해드려야지요.”

“그래요. 뇌룡진인은 그동안 여러모로 힘써주셨으니 좀 쉬어야죠.”

홍화검녀가 냉큼 동의하며 말을 받았다.

세상이 이런 법이다. 이용 가치가 없어지면 추커세웠던 인물을 극찬과 함께 바닥으로 내린다. 그리고 새로운 인물을 추대한다.

지나친 칭찬을 할 때야말로 몸을 사려야 한다는 건 이런 경우를 두고 하는 말이리라.

이 자리에 뇌룡진인은 없었지만 이미 맹주가 바뀐 것처럼 무인들은 말을 주고받았다.

이윽고 현정대사가 말을 뱉었다.

“그럼 이제 청해의 무인들을 불러들이는 것이 낫지 않겠습니까?”

“그렇습니다. 사실 청해는 중원에서 너무 멀었습니다. 역시 맹의 회동을 생각한다면 중원에서 가까운 것이 좋지요. 그런 의미에서 청성파는 아주 제격입니다. 이곳 사천에는 아미파도 있고, 당문도 있지 않습니까?”

무풍검제가 동의를 구하자 이번에는 개방의 구장로가 대뜸 나섰다.

“그럼! 이곳이야말로 맹의 힘을 발휘하기 더없이 좋은 곳이지요! 더구나 곧 혈교에서는 월광문을 칠 예정이라고 하니, 청해에 더 이상 무인들이 있을 필요가 없소이다.”

“역시 이왕이면 감숙과 이곳에 많은 무인들이 모여 있는 것이 좋겠지요.”

무인들이 너도나도 동의를 하자, 청풍진인이 난감한 표정을 지었다.

“허허. 하지만 곤륜의 뇌룡진인께서 아직……..”

“진인께서는 그 문제에 대해서 너무 신경 쓰지 마십시오. 저희 무당은 이미 진인께 힘을 실어주기로 했습니다.”

“무량수불. 저희 소림 역시 마찬가지입니다. 혈교가 중원 무림을 노리는 이상, 곤륜을 중심으로 한 맹은 여러모로 불편하지요. 조정이 필요합니다.”

“허허, 그것 참. 여러분의 뜻이 정 그렇다면 그렇게 하지요.”

청풍진인은 흰 수염을 쓰다듬으며 웃었다.

*　　　*　　　*

툭. 툭.
처마 끝에 빗방울이 떨어졌다.
투둑. 누누둑. 쏴아아아.
이내 비가 쏟아지기 시작했다.
우르릉― 쾅!

번개가 치고 천둥이 울린다.

"크흠."

뇌룡진인은 몸을 이리저리 뒤척였다. 시끄러운 하늘만큼이나 마음이 편하지 못했다.

각파 고수들은 맹주를 새로 선출했다.

뇌룡진인은 여러 공로를 인정받고 정중히 자리를 청성파문주에게 물려주었다.

겉모양은 분명히 그랬다.

하지만 속은 그렇지 않았다. 각파 고수들의 비웃음이 지금도 귀에 들리는 것 같다.

청해에는 이제 무인들이 남지 않았다. 모두 사천으로 돌아갔다. 일부는 감숙으로 갔다.

이상하게 청해가 텅 비어버린 느낌이다.

"크흠……."

그의 입술을 비집고 불편한 신음이 흘러나왔다. 때에 맞춰 천둥이 쳤다.

무림맹주.

별로 권한이라고는 없다.

다만 명예다. 그리고 상징적인 의미도 강하다. 무림맹은 맹주를 중심으로 하나가 된다. 그 외에는 특별한 힘을 가지지 않는다.

그런데 그것도 감투라고 쓰고 있었더니, 맹주 자리에서 물러나자마자 가슴 한구석이 시리다. 아마도 좋게 물러나지 못

 무영 이계를 훔치다 Thief King

했기 때문이리라.

쿠르르릉. 쾅!

"시끄러워서 잠을 못 이루겠군."

결국 뇌룡진인은 벌떡 몸을 일으켰다.

그가 문을 열고 북방으로 들어섰다. 그리고…….

"이, 이게!"

뇌룡진인은 두 눈을 부릅떴다.

그가 벼락같이 외쳤다.

"일운!"

"예!"

천장에서 그림자가 뚝 떨어졌다.

뇌룡진인의 시선은 고정된 채로 움직이지 않았다. 그가 버럭 소리 질렀다.

"이게 어떻게 된 일이냐!"

그제야 일운도 고개를 돌렸다가 입을 척 벌리고 말았다.

뇌룡신검이 없어졌다.

창선은 깊은 잠에 빠져들었다.

바깥에서는 비바람이 몰아치고 천둥이 울리는데도 그에게는 별세계였다.

오늘 창선은 창위, 창길과 함께 사수(蛇酒)를 마셨다. 비룡각 뒷 숲에 아무도 모르게 묻어두었던 사주였다.

홍룡단이 몰살당하고, 비령단과 자룡단이 이어서 몰살당

하자 그에게도 기회가 생겼다.

아직 어떤 단원이 되기에는 한참 실력이 모자란 그였지만, 창선은 오늘 비영단이 된 것이다.

비영단은 비령단을 대신한 것이다.

"음냐~ 음냐~ 비영단원을 몰라보다니. 후후. 죽어라!"

창선은 잠꼬대까지 했다.

만약 그보다 배분이 높은 곤륜의 도인이 보았다면 혀를 찰 노릇이지만, 창선은 마냥 달콤한 꿈에 빠져 있었다.

톡톡.

누군가 창선의 어깨를 살며시 두드렸다.

"음냐~ 음냐~"

창선은 깨어나지 않았다.

톡톡.

다시 누군가의 손길이 창선의 어깨를 두드렸다.

"으음~ 누구야~ 음냐~"

창선은 꿈결에 중얼거리듯 그렇게 말을 내뱉고는 다시 잠에 빠져들었다.

손은 다시 창선의 어깨를 두드렸다.

톡톡.

이윽고 창선이 미간을 잔뜩 찌푸리며 몸을 일으켰다.

"으음! 누구야? 짜증나게!"

스윽.

"헙!"

창선은 헛바람을 집어삼킨 채 아무 말도 꺼내지 못했다.

시퍼런 칼날이 그의 목젖에 와 닿아 있었다.

날이 차갑다. 금방이라도 뜨끈한 피를 갈망하듯 차디차다. 창선은 몸을 가늘게 떨었다.

누구……?

얼굴은 어둠에 묻혔다. 상대의 가슴부터는 칠흑같이 어두워 보이지 않는다.

창선이 가까스로 입을 열었다.

"누, 누구신지… 저, 저는 아직 단원도 아닌데……."

창선은 지레 겁을 먹고 거짓말을 했다. 분명 오늘부로 비영 단원이 되었음에도.

그때 살기를 가득 머금은 스산한 목소리가 들렸다.

"나를 기억 못하나?"

"그, 글쎄… 잘……."

"나, 무영이다."

"그, 그럴리가!"

창선은 저도 모르게 소리쳤다. 그러다가 곧 목젖에 와 닿은 섬뜩한 칼날을 느끼고는 입을 다물었다.

때마침 번개가 쳤다. 그리고 천둥이 울렸다.

창선의 몸이 바들바들 떨렸다.

"무, 무영."

틀림없이 무영이었다. 번개가 치는 잠깐 동안 보았지만 분명하다. 어딘지 조금 변하긴 했다. 그러나 무영이 분명하다.

그놈의 눈빛은 절대로 잊을 수 없으니까.

“그래, 오랜만이야. 창선.”

“어, 어떻게 너는 부, 분명히 죽었던……”

“미안하군. 살아 있어서.”

“이런 말도 안 되는……”

“창선. 네가 말한 뇌룡신검을 가져왔다. 조금 늦었지?”

창선은 그제야 다시 한 번 검날을 훑어 올라갔다.

뇌룡신검! 틀림없다. 자신의 목을 겨누고 있는 것은 뇌룡신검이었다.

“뇌룡신검은 가지고 왔는데 정명은 없구나, 창선.”

“도, 도대체 어떻게 네가 여기에……”

“엉뚱한 말은 그만하고 손을 내밀어. 뇌룡신검을 줄 테니.”

창선은 바들바들 떨기만 할 뿐 손을 내밀지 못했다.

다시 싸늘한 목소리가 이어졌다.

“손을 내밀지 않으면 목으로 받을 텐가?”

“제, 제발……”

창선은 바들바들 떨며 손을 들어 올렸다.

사악!

“크아아악!”

순식간에 손 하나를 잃어버린 창선이 비명을 내질렀다. 손목이 잘려 나가는 고통보다는 공포감이 더 컸다.

무영은 무덤덤한 목소리로 말을 이었다.

"소리를 지르면 손 하나를 더 자르지."

"네, 네가 이러고도 무사할 줄 알아!"

창선도 오기가 생겨 소리쳤다.

하지만 다음 순간.

쉬익!

"크압! 으으으으읍!"

무영은 정말로 나머지 왼손을 잘라냈다. 창선은 신음을 삼
키며 입술을 깨물었다.

무영이 창선의 머리를 쓰다듬었다.

"거봐, 하니까 되잖아? 소리 내지 마. 시끄러운 건 별로 좋
아하지 않아."

"으읍! 으읍!"

창선이 황급히 고개를 끄덕였다.

무영은 창선의 머리채를 잡고 일으켜 세웠다.

"나가지."

창선은 무영이 자신을 어디로 데려가는지도 모른 채 걸음
을 옮겼다. 만약 조금이라도 반항을 했다가는 뇌룡신검이 자
신의 목을 파고들 것이다.

쏴아아아.

폭우 속에서 무영은 시근시 눈을 뜨고 주위를 바라보았다.

맞은편에 뇌룡진인이 서 있고, 그 뒤로 열여덟 명의 호법들
이 부채를 펼친 듯 빙 둘러서 서 있었다.

그리고 그보다 더 넓게 곤륜의 무사들이 무영을 완전히 포위하고 있었다.

창선은 뇌룡진인을 보자마자 소리쳤다.

"무, 문주님! 사, 살려주십시오! 이놈이… 절! 컥!"

무영은 한 손으로 창선의 목줄기를 잡았다.

"시끄럽게 굴지 말라니까."

무영은 그대로 시선을 돌려 뇌룡진인을 바라보았다. 그의 얼굴에 차가운 미소가 스쳤다.

"오랜만이오. 문주."

뇌룡진인의 표정이 흠칫 일그러졌다. 뒤에 서 있던 호법들은 당장이라도 몸을 날릴 기세다.

감히 문주에게 하오체를 쓰다니. 미치지 않고서야!

뇌룡진인은 분기를 억누르고 입을 열었다.

"어째서 네놈이 살아 있느냐?"

"후후. 질문이 너무 노골적이지 않소? 그래서야 당신이 날 죽이려고 했다는 사실이 다 드러나지 않소."

"어차피 서로 아는 사실이 아닌가?"

"후후후. 그렇게 가볍게 말할 만큼 기분 좋은 이야기는 아니오, 문주."

"이놈… 이런 상황에서 잘도 주둥아리를 나불거리는구나."

"이런 상황? 이런 상황이 무슨 상황이지?"

무영이 주위를 휘휘 둘러보면서도 능청을 떨었다. 그가 문

 무영 이계를 훔치다 Thief King

주에게 다시 시선을 던진 순간 피식 웃으며 말했다.

"괴영."

파바박!

무영의 발아래에서 웬 그림자가 불쑥 솟았다. 곤륜의 도인들은 모두 놀란 표정을 지우지 못했다.

은마괴영(隱魔怪影). 혈교의 서열 사 위 마인이다. 숨는 것에는 도가 튼 마인이고 추적술이 누구보다도 능하다고 소문이 나 있다.

그런 은마괴영이 어째서 무영의 말을 고분고분 따르는 것인가.

무영은 은마괴영을 향해 간단히 명령했다.

"이놈을 끌고 가."

"존명."

은마괴영은 곧장 창선의 목덜미를 낚아채더니 땅속으로 사라졌다.

무영이 뇌룡진인을 보고 비웃듯 말했다.

"후후후, 아직도 모르겠소?"

"모르다니… 뭘……."

"이런 상황 말이오."

말을 마친 무영의 몸은 빗속에 묻히듯 스르르 사라져 갔다. 뇌룡진인이 두 눈을 부릅뜨고 소리쳤다.

"놈이 숨는다! 잡아!"

호법들과 도인들이 땅을 박차고 쏘아져 나갔다. 하지만 무

영은 감쪽같이 사라지고 말았다. 그럼에도 목소리는 쏟아지
는 비를 뚫고 흘러나왔다.

“우리는 비와 인연이 많군. 문주.”

그 말이 신호라도 된 듯 사방에서 붉은 옷이 불쑥 솟아났
다.

뇌룡진인이 믿을 수 없는 표정으로 중얼거렸다.

“혈궁대!”

일천 명의 궁수들이 곤륜의 전각들을 빙 둘러싸고 활을 겨
누고 있었다.

어째서 혈교가! 이들은 감숙을 통해 월광문을 치러 가지 않
았다는 말인가?

그때 다시 무영의 목소리가 흘러나왔다.

“당신이 맹주의 자리에서 물러나니까 일이 수월하더군. 청
해에서는 무인들을 찾아보기가 아주 힘들었어. 덕분에 편히
왔지.”

‘서, 설마 그 모든 것이 이 녀석이 짠 계획이란 말인가!’

뇌룡진인은 부르르 치를 떨었다.

곤륜이 완전히 포위됐다. 혈교의 총타에서 전 병력이 이곳
으로 향하는데도 아무것도 모르고 있었다.

멸문의 위기.

“놈들을 쓸어라!”

그의 입에서 새된 목소리가 터져 나왔다.

곤륜의 도인들이 저마다 몸을 날렸다.

 무영
이계를
훔치다
Thief King

혈교의 모든 마인들이 곤륜을 포위했다. 멸문당한다고 해
서 이상할 것이 없다. 악착같이 싸워야 한다.

슈슈슉!

비와 화살이 뒤섞여 하늘에서 떨어져 내렸다.

곳곳에서 비명이 터져 나왔다.

이어서 팔방에서 붉은 옷의 마인들이 날듯이 달려왔다.

혈천대!

뇌룡진인은 참담함을 느끼면서 검을 휘둘러 나갔다.

"무영! 이노옴!"

혈천대가 무수히 쓰러져 나갔다. 뇌룡진인은 피에 굶주린
야수처럼 싸웠다. 얼핏 보면 누가 마인이고, 누가 정인인지
구분이 되지 않을 정도였다.

그가 무자비하게 살육을 저지르고 있을 때, 뒤에서 문득 목
소리가 들려왔다.

"후후, 역시 뇌룡진인의 명성은 허명이 아니었군요."

"이노옴!"

뇌룡진인은 무영을 보자마자 득달같이 달려들었다.

하지만,

카앙!

가늘고 기다란 검이 그의 검을 막아냈다. 검의 주인은 허연
머리가 머리 가운데까지 벗겨진 백귀마소였다.

"클클클, 우리 교주님께 위해를 가하면 곤란하오, 문주."

"뭐, 뭣? 교, 교주?"

뇌룡진인은 아연실색한 표정으로 무영을 바라보았다.

교주라니. 교주라니! 어떻게 이 애송이가 교주란 말인가!

불과 몇 달 전만해도 혈교에 잠입하러 가는 것조차 버거운 놈이 아니었던가. 곤륜의 속가제자로 숨죽여 지내온 꼬마가 아니던가. 그런데 교주라니!

도대체 이놈에게 무슨 일이 있었단 말인가.

뇌룡진인은 생각을 잠시 접어두어야 했다. 뒤에서 날카롭게 쏘아져 오는 살기를 피하는 것이 우선이었다.

쉬익!

검 하나가 조금 전까지 뇌룡진인이 서 있던 허공을 베어냈다. 그리고 이어서 하늘로 솟구치는 검.

캉!

허공으로 몸을 날렸던 뇌룡진인은 검으로 상대의 검을 막아냈다.

"자하쌍검까지!"

상대를 알아본 뇌룡진인이 눈을 부릅떴다. 백귀마소도 상당한 고수다. 하지만 일대일의 싸움이라면 승산이 있다. 그런데 자하쌍검이라니.

그때 다시 뒤를 노리고 다가오는 살기에 뇌룡진인은 급히 몸을 틀었다.

쉬익!

파밧!

코앞까지 다가섰던 사내는 뇌룡진인이 검을 내뻗자 귀신

무영 이계를 훔치다
Thief King

처럼 사라졌다.

"혈마독수?"

정말, 정말로 혈교의 모든 병력이 곤륜으로 왔단 말인가!

그래도 설마 했건만……

뇌룡진인은 난생 처음으로 죽음의 위기를 실감했다.

아수라장.

전각 곳곳에서 금속 마찰음과 비명 소리가 연이어 터져 나왔다. 바닥은 피로 물들어갔다.

곤륜파가 터를 잡은 후 역사상 최악의 참극이 벌어지고 있었다.

곤륜의 도인보다 혈교의 교도들이 훨씬 많았다.

혈천대, 혈궁대, 귀영대, 혈마대(血魔隊), 수라참살대(修羅慘殺隊), 그리고 혈마추혼대(血魔追魂隊)까지 온통 혈교도가 난무했다.

카앙!

"쿳!"

뇌룡진인은 비틀거리며 물러났다.

그는 절반이 부러져 나간 검을 휙 집어던졌다. 뇌룡신검을 대신해서 사용하던 검은 살혼이 휘두른 도에 볼품없이 부러져 나간 것이다.

만약 호신강기가 아니었다면 그의 팔도 지금쯤 검과 함께 부러졌을지도 모른다.

뇌룡진인은 주위를 둘러보며 식은땀을 흘렸다.

곤륜이 무너진다. 이대로 방치하면 곤륜이 무너진다.

하지만 나설 방도가 없다. 자신을 둘러싼 마인들은 혈교 제일의 고수들이다. 백귀마소부터 시작해서 살혼까지. 모두 여섯 명.

은마괴영을 제외하고 서열 일 위부터 칠 위까지가 모두 자신을 노리고 있다. 나머지 서열들은 혈교도들을 이끌고 있으리라.

뇌룡진인이 버럭 소리를 질렀다.

"비겁한 녀석! 본좌를 상대로 여럿이 덤비다니 겁쟁이가 따로 없구나!"

"후후후, 하하하."

돌연 무영이 웃음을 터뜨렸다.

그는 정말 웃긴지 배꼽을 쥐고 한참을 웃었다.

"뭐가 우스운 것이냐!"

"정말 재미있는 말을 하는군. 문주."

"뭣이?"

"당신이 우리 가문을 멸하려고 했을 때, 나를 혈교에 잠입시키려고 했을 때. 그때를 한 번쯤 생각해 보는 게 어떤가? 그때 당신은 참으로 정정당당했나 보군."

"……."

뇌룡진인은 입을 다물었다.

무영의 표정이 순간 확 굳어졌다. 마치 지옥에서 갓 올라온

 무영 이계를 훔치다
Thief King

악마처럼 섬뜩한 표정이었다.

"처음부터 네깟 놈과 정당하게 싸울 생각은 없었다. 암습이든, 무엇이든, 독을 쓰든 뭘 하든 네놈을 죽이면 되는 거다!"

"네 이놈!"

뇌룡진인이 몸을 날렸다.

얼핏 보면 분을 못 이겨 성급히 달려든 것 같지만, 치밀한 계산에 의해서 몸을 날린 것이다.

무영과 대화를 나누는 사이 여섯 마인들의 경계가 허술해진 틈을 노렸다.

하지만 그는 무영을 눈앞에 남겨두고 입을 딱 벌리고 말았다.

"검강?"

무영이 쥐고 있는 뇌룡신검에서 짙푸른 기운이 뻗어져 나왔다. 그 기운은 곧장 뇌룡진인의 심장을 뚫고 나갔다.

"커헉!"

무영은 그대로 짓쳐들었다. 그리고 뇌룡진인의 가슴에 검의 손잡이 부분까지 깊숙하게 박아 넣었다.

"꺼억……."

뇌룡진인은 경악으로 눈을 부릅떴고, 벌어진 입에서는 피와 침이 섞여 흘러내렸다.

무영이 그의 귀에 속삭이듯 말했다.

"뇌룡신검, 돌려주지."

“꺼억. 꺽. 어, 어째서억… 검강… 넌… 누구…….”
“오늘의 혈교를 만든 건 바로 너희 정도 문파들이다.”
뇌룡진인은 무영이 무슨 말을 하는 것인지 몰랐다.
하지만 더 물어볼 수는 없었다. 그는 영원히 풀지 못할 의문을 떠안은 채 무릎을 꿇어야 했다.
쿵!
그의 몸이 옆으로 넘어갔다.
무영이 몸을 돌렸다.
“그만 가지. 청해는 비어 있으니 사천에 갈 때까지는 무리가 없을 것이다.”
“존명.”
백귀마소를 비롯한 마인들이 명을 받았다.
잠시 후, 곤륜에서 무자비하게 살육전을 벌이던 혈교도들은 썰물처럼 빠져나갔다.

CHAPTER 9

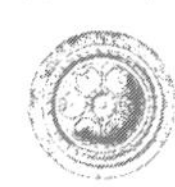

종결자

무림이 발칵 뒤집혔다.

전 무림맹주가 죽었다. 혈교의 모든 병력이 곤륜을 쳤다. 그리고 곤륜의 문주 뇌룡진인을 죽였다.

정당한 싸움은 아니었다. 기습을 펼쳤고, 뇌룡진인의 검을 빼돌렸으며, 그 검으로 뇌룡진인을 죽였다.

혈교의 교주는 새파란 애송이라는 소문이 나돌았다.

있을 수 없는 일.

하지만 워낙 사술이 난무하는 혈교가 아닌가. 애송이라도 어디선가 기연을 얻었거나, 혼을 팔아버리는 사술을 이용했다면 가능성이 전무한 것은 아니다.

어쨌든 무림맹주였던 뇌룡진인이 죽었다.

전 무림인들은 분기탱천했다. 그들은 당장이라도 혈교를 치자고 목소리를 높였다.

중원에는 혈교의 분타가 곳곳에 있었다. 만약 전 무인들이 지금처럼 합심해서 혈교의 분타를 친다면 승산은 높았다.

맹이 회동했다.

청풍진인은 전과 다르게 안색이 어두웠다.

전 무림맹주가 죽었으니, 현 무림맹주의 자리에 있는 그야말로 가장 신경이 곤두설 것이다.

그가 백염을 쓰다듬으며 말했다.

"뇌룡진인께서 돌아가셨습니다. 허어… 어찌 이런 일이……."

"무림이 발칵 뒤집혔소이다."

개방 구장로가 말을 받았다. 그의 얼굴은 누구한테 따귀라도 맞은 것처럼 벌겋게 달아올라 있었다. 분기를 참지 못하는 것이다.

화산파의 문주 매화성검(梅花聖劍) 임주명이 고개를 돌려 구장로를 보았다.

"현재 혈교는 어디로 향하고 있습니까?"

"우리 개방 정보에 의하면 놈들은 건방지게도 감자(甘孜)에 있는 혈교 분타로 향하고 있소이다."

"감자……."

사람들의 표정이 어두워졌다.

감자라면 사천의 변두리라고 볼 수 있지만 이곳에서 멀다고 할 수는 없다. 혈교의 총타가 감자로 이동하기라도 한다면 이곳 사천은 그야말로 바람 잘 날이 없을 것이다.

무풍검제가 무거운 목소리로 입을 열었다.

"역시 분타를 쳐야 하지 않겠소?"

"쳐야지요. 뇌룡진인께서 돌아가셨소이다. 쳐야지요. 원수를 갚아야지요."

구장로가 대뜸 말을 받았다.

홍화검녀도 입을 열었다.

"저희 쪽에서도 같은 의견이에요. 그보다 진인께서는……."

사람들의 시선이 청풍진인에게 향했다.

청풍진인이 입을 열었다.

"역시 그 수밖에 없겠군요. 감자라……."

결정은 났다.

전 무림맹주 뇌룡진인이 죽었다. 명분은 벅찰 정도로 충분하다.

이제는 척살만이 남았다.

사천 감자의 혈교 분타주는 서열 십일 위인 옥수검귀(玉手劍鬼)다. 검사답지 않게 그의 손은 매우 여리고 곱기에 붙은 별호다.

그는 분타의 모든 혈교도에게 각별히 주의를 주었다.

분기탱천한 정도 문파에서 감자를 노릴 가능성은 매우 농

후하다.

"각별히 주의를 하도록. 혹 놈들이 쳐들어온다고 하더라도 교주님께서 도착하실 때까지만 버티면 된다!"

옥수검귀는 분타의 전각들을 돌아다니며 일일이 주의를 주었다.

앞으로 일주일이다.

일주일 동안만 버틴다면 총타의 모든 병력이 도착한다. 교주님과 함께.

옥수검귀는 만반의 대책을 세웠다. 염라대왕이 군대를 이끌고 들어와도 버틸 수 있도록.

옥수검귀는 자신의 생각이 얼마나 안일했는지 절실히 깨달았다.

"타주님! 놈들이 옵니다!"

고요한 밤이었다.

옥수검귀는 눈을 번쩍 떴다.

그의 침대 옆에 검은 그림자가 무릎을 꿇고 보고를 올리고 있었다.

옵니다? 그럼 아직 공격을 받지 않았다는 말인가? 그런데 어떻게 오고 있다는 사실을?

그가 몸을 일으키고 물었다.

"무슨 말이냐?"

"그게… 놈들이 오고 있습니다."

무영

Thief King

“오고 있다니! 기습을 할 징조라도 보았다는 것이냐?”

“기습이 아닙니다. 놈들은 그냥 걸어서 오고 있습니다.”

“뭣이? 어느 쪽인가?”

“그게… 사방에서 오고 있습니다!”

“사방에서?”

옥수검귀가 벌떡 몸을 일으켰다.

그는 얼른 옷을 껴입고 자신의 애검을 허리춤에 찼다.

놈들은 밤에 왔지만 기습하지 않았다.

“으으, 저게 몇 명이야?”

“그, 글쎄?”

분타를 빙글 둘러싸고 대략 이천여 명의 무인들이 당당히 걸어오고 있었다.

지금 공격할 테니 어디 저항할 테면 해보라는 듯.

고작 몇 백 명만 남아 있는 혈교도에게는 오히려 기습보다 더한 공포였다.

분타주 옥수검귀가 입술을 질끈 깨물었다.

“버티기 힘들겠군.”

청성, 아미, 당문이 결합한 세력이다. 게다가 맹의 회동이 사천에서 이루어지니 각파 고수들도 상당히 있을 게다.

버티기가 힘들다. 이제 교주가 올 때까지는 나흘인네.

옥수검귀는 다가오는 적들을 보며 이를 악물었다. 그리고 천천히 검을 꺼내 들었다.

무차별한 살육이 펼쳐졌다.

정도의 문파는 혈교도들보다 더욱 잔악하게 살행을 저질렀다. 하지만 명분이 그들을 떠받들고 있으니 세상 사람들은 오히려 박수를 칠 것이다.

혈교의 감자 분타가 초토화됐다.

하루아침에 몇 백에 이르던 혈교도들은 모두 죽어버렸다.

옥수검귀는 가장 마지막까지 버텼다.

그러나 그는 온몸에 화살을 박고 쓰러졌다.

분타주 옥수검귀와 그의 호법들. 그리고 분타에서 나름 중요한 직책을 맡던 마인들의 목이 분타 정문에 내걸렸다.

'천벌(天罰)' 이라는 글자와 함께.

"감자의 분타주가 죽었습니다."

"분타는?"

"놈들의 손에 넘어갔습니다. 현재 연합 세력이 분타를 지키고 있습니다. 그 수가 일천 명 정도입니다."

"살아남은 자는?"

"없습니다."

은마괴영은 보고를 올리는 내내 목소리를 떨었다.

보고를 들은 다른 마인들도 눈을 휘둥그렇게 떴다.

옥수검귀가 죽다니. 게다가 살아남은 자가 한 명도 없단 말인가.

혈마독수가 발끈해서 나섰다.

"교주님! 당장 놈들을 치러 갑시다. 이곳 석집(石澲)에서 감자까지는 한달음이면 갑니다!"

"진정해. 식량이 없다. 감자에 도착하면 모두 허기가 져서 싸울 기력도 없을 지도 몰라."

"그렇다고 여기서 총타로 회군할 수는 없습니다!"

"회군한다고 말하지 않았다."

"그, 그럼……."

"우선 오늘은 많이 왔으니 여기서 머문다. 석집에서 식량을 약탈한다. 허기진 배만 달래도록 해. 대신 강간, 살인을 저지른 자는 용서하지 않는다."

"존명!"

혈교인들은 석집에서 식량을 약탈했다.

무영이 이끌고 이동하는 총타의 전 병력은 약 사천여 명에 이른다.

다행히 강간이나 살해당한 자는 없었지만, 집집마다 창고에 쌓여 있던 식량은 하루아침에 텅텅 비어버렸다.

나흘 후, 무영은 총타의 혈교도들을 이끌고 감자에 도착했다.

짧은 시간이었지만 도중에 수많은 일이 있었다.

간간히 무영에게 암습을 시도하는 자들도 있었고, 정의감에 불타는 무인들이 소수 병력을 이끌고 덤비기도 했다.

하지만 사천여 명에 이르는 병력이니 그 정도 도발은 계란으로 바위 치기나 다름없었다.

석집에서 약탈을 행한 이후, 무림사에는 개입을 하지 않던 관군들이 조금씩 경계를 가지기 시작했다. 게다가 대규모의 혈교도였으니 더욱 의식했으리라.

때문에 무영은 주로 사람들이 없는 숲을 통해서 이동했다.

연합 세력은 잔뜩 긴장했다. 감자의 분타주를 경계로 정파의 무인들이 밀집해 있었다.

무영은 분타가 내려다보이는 산에서 가만히 생각에 잠겼다.

지금 분타를 친다면 승산이 있다. 하지만 문제는 그 다음이다. 분타를 차지하고 나서 모든 정파 무인들에게 포위될 것이다.

무영은 백귀마소를 돌아보고 물었다.

"저 분타에는 비상 통로가 있는가?"

"예, 세 곳이 있습니다."

"확인했나?"

"예, 한 곳은 놈들이 찾아내서 길목을 막고 있습니다. 나머지 두 군데는 아직 찾지 못한 모양입니다. 클클."

"어디로 이어져 있나?"

"하나는 남쪽으로 일 리, 하나는 북서쪽을 향하고 있습지요."

"북서쪽으로 향하는 비상로 거리는?"

무영 이계를 훔치다
Thief King

"아무래도 가장 은밀한 비상로인지라 길이도 제법 깁니다. 미로 형식으로 되어 있고 거리는 십 리 가까이 됩니다."

"나쁘지 않군."

혈교도들은 언제라도 위급할 시에 도망갈 준비가 되어 있다. 다만 이번 같은 경우는 분타주가 교주를 맞이하기 위해 끝까지 분타를 지키려고 했기에 전멸한 것이다.

무영이 입을 열었다.

"백귀마소. 혈천대를 끌고 남쪽 비상로로 들어간다. 북서쪽은 절대로 이용하지 않는다."

"존명."

무영은 분타를 내려다보며 재차 명령을 내렸다.

"지옥, 전 병력을 이끌고 정면으로 치고 간다. 괴멸시켜."

"존명!"

지옥마귀가 대답과 동시에 몸을 날렸다.

산 전체가 무너져 내리듯 혈교인들이 분타를 향해 치달리기 시작했다.

캉캉! 캉!

"크아악!"

분타의 전각 곳곳에서 비명이 튀어 올랐다.

나흘 전과 똑같은 상황이 벌어졌다. 아니 상황은 똑같지만 입장은 반대였다.

이번에는 정파 무인들이 비명을 질렀다. 혈교도들은 피에 굶주린 화신처럼 날뛰었다.

아직 발견해 내지 못한 통로에서 혈천대가 튀어나왔다. 미처 방어를 하기도 전에 그들은 칼을 부렸다.

"크윽! 이렇게 무모하다니! 후일을 어찌하려고?"

연합세력을 이끌던 점창파 장로 접신검수(蝶身劍手)가 살혼의 도를 막아내면서 소리쳤다.

살혼은 아무 대꾸없이 그대로 몸을 던졌다.

"훗, 말이 통하지 않는군!"

카강!

검과 도가 부딪치면서 접신검수의 몸이 뒤로 주르륵 밀려났다. 접신검수는 중심을 잡을 생각도 하지 않고 그대로 몸을 굴렸다.

콰가각!

조금 전까지 그가 있던 자리에 혈마독수의 호조 같은 손톱이 바닥을 내려찍었다.

"혈마독수까지… 설마 설마 했는데 정말 모든 병력이 움직인 건가?"

접신검수는 등줄기에 식은땀이 흐르는 것을 느꼈다.

도대체 혈교 교주는 무슨 생각을 가지고 움직이는 건가? 이미 정파의 수중에 들어온 분타를 쳐서 어쩌겠다는 건가?

물론 이 상태라면 분타는 다시 혈교인들에게 넘어갈 것이다.

하지만 문제는 그 다음이다. 그것으로 정파와 혈교의 싸움이 끝나는 것은 아니다. 정파는 다시 총공세를 퍼부을 것이다. 아무리 혈교 총타의 전 병력이 이동했다지만, 이곳에는 정파 무인들이 차고 넘친다.

혈교 교주가 조금만 더 앞날을 내다본다면 분타를 치는 어리석은 짓은 하지 않을 터.

'도대체 교주의 생각을 알 수가 없군.'

생각은 거기까지.

접신검수는 곧장 몸을 날렸다.

사캉!

그가 있던 자리에 백귀마소의 기다란 칼이 바닥을 그었다.

접신검수는 나비처럼 팔랑팔랑 움직이며 검을 휘둘렀다. 그를 향해 쏟아지듯 날아간 혈교도들이 무참히 베이며 목숨을 잃었다.

"흥! 어디 나도 상대해 보지!"

자하쌍검이 몸을 날렸다.

두 사람은 허공에서 서로 어우러졌다. 솟아올랐다가 떨어지는 그 순간까지 수십 번 칼이 교차됐다.

접신검수가 한 마리의 나비 같은 움직임이라면, 자하쌍검은 맹독을 품은 말벌과 같다. 고막을 뒤흔드는 마찰음이 연이어 터진 다음에야 접신검수는 위기를 깨달았다.

"혈마독수?"

어느새 등 뒤까지 돌아온 혈마독수가 접신검수의 등에 손톱을 박아 넣었다.

부욱!

“크악!”

스치기만 해도 맹독이 스며든다. 그런데 손톱이 완전히 박혀 버렸으니 이제 접신검수의 명도 다한 것이다.

그는 있는 힘을 다해 검을 휘돌렸다.

사강!

“크웃!”

혈마독수가 재빨리 물러났지만 그의 엄지손톱이 검날에 잘려 나가고 말았다. 바닥에 떨어진 엄지손톱은 부글부글 끓으며 녹았다.

“하앗!”

접신검수는 피부가 따갑게 갈라지는 것을 느끼며 마지막으로 기합을 내질렀다. 저승길 동무로 삼은 목표는 자하쌍검. 그러나…….

카앙!

자하쌍검이 간발의 차이로 그의 검을 막아냈다. 이어서,

샤아악! 푸북! 팍!

“크으윽!”

살혼의 도가 접신검수의 허벅지를 잘라내 버렸고, 백귀마소의 검이 오른팔을 잘랐다. 그리고 서열 팔 위 육지궁귀(六指弓鬼)의 화살이 그의 목을 뚫어버렸다.

“커억. 컥.”

접신검수는 잠시 답답한 신음을 토하다가 옆으로 쓰러졌다.

무영 이계를 훔치다
Thief King

털썩.

전신의 피부가 마른 논바닥처럼 쩍쩍 갈라진 채.

다음날 아침.

감자의 혈교 분타에 다시 목이 내걸렸다.

점창파 장로 접신검수의 목이었다. 살갗이 트고 갈라진 얼굴은 흉측하다 못해 징그러울 정도였다.

그의 호법들과 연합세력을 이끌던 주요 무인들의 목이 모두 정문에 내걸렸다.

'신벌(神罰)'이라는 글씨와 함께.

　　　　*　　　　*　　　　*

쾅!

무풍검제의 손바닥이 탁자를 내려쳤다.

"이게 말이 되는 일이오?"

"말이 안 되지요! 말이 안 되다마다! 이대로 두고 볼 수는 없습니다!"

개방의 구장로가 성토했다.

홍화검녀도 날카로운 목소리로 입을 열었다.

"놈이 아무리 무모하나지만 이 징도일 줄이야. 흥! 우리를 우습게 본 대가를 치르게 하죠!"

"백 번 지당한 말."

매화성검이 고개를 끄덕이며 동의했다.

이번 일을 계기로 가장 피해를 많이 본 문파는 역시 청성과 아미, 당문이었다.

청풍진인이 고개를 설레설레 흔들며 말했다.

"하지만 이해할 수가 없소. 어째서 그토록 무모한 짓을……. 분타를 차지해 봤자 적지에 깊숙이 발을 들인 꼴인데… 이곳 사천에는 정파 무인들이 들끓는 곳이 아니오?"

"그러니까 혈교 따위의 교주가 됐겠지요. 이참에 놈들의 씨를 말려 버립시다!"

구장로가 다시 벌떡 일어나서 소리쳤다.

그는 당장이라도 혈교의 분타를 향해 달려갈 기세였다.

청풍진인이 고개를 돌려 현정대사를 바라보았다.

"대사님은 어떻게 생각하십니까?"

"무량수불. 혈교의 마인들은 무고한 사람들을 죽여 씻을 수 없는 죄를 지었습니다. 이대로 두었다가는 사천이 피로 물들지도 모릅니다. 가만히 두고 볼 수는 없다는데 뜻이 같습니다."

청풍진인은 잠시 침묵했다.

어째서 혈교 교주가 이토록 무모한 짓을 하는지 이해할 수가 없다. 도대체 그의 목적이 무엇이기에.

하지만 그가 생각을 오래 하기에는 여러 사람들의 눈빛이 너무 뜨거웠다.

결국 청풍진인은 가만히 한숨을 내쉬고 말했다.

"혈교의 분타를 포위해서 총공세를 준비해야겠습니다."
"잘 생각하셨습니다. 맹주님."
청풍진인은 말없이 백염을 쓸어내렸다.
이번 싸움으로 벌써 많은 청성파 도인들이 죽었다.
내키지 않는 싸움이다.

정파 무인들의 총공세가 시작됐다.
하지만 혈교도들의 방어 또한 만만치 않았다.
그들은 지옥마귀의 지휘를 받으며 장원 밖에서부터 진을
쳐서 적들을 방어했다.
멋모르고 달려든 정파 무인들은 모두 목숨을 잃었다.
하지만 혈교인들도 아주 피해가 없진 않았다. 아무리 견고
한 진이라도 계속해서 두드리면 조금씩 균열이 생기고 사상
자가 나게 되어 있는 법이다.
"사상자는?"
"사망자 마흔 둘, 부상자 일흔 셋입니다."
"오늘은 좀 많군."
"이상하게 오늘 놈들이 거세게 몰아치는 바람에……."
"후후. 괜찮아. 부상자 치료나 힘써."
지옥마귀의 보고에 무영이 대꾸했다.
그는 누각에서 장원 밖을 내다보았다.
"앞으로 당분간은 놈들이 조용하겠어."
"예? 그걸 어찌……."

"굳이 치지 않아도 상관없다고 판단했을 거다. 사방을 포위하고 있으면 어차피 이쪽에서 먼저 움직여야 할 때가 오니까."

무영은 장원 밖에 운집해 있는 불빛들을 바라보았다. 밤이 깊었는데도 무수히 많은 무인들이 장원 밖을 포위한 채 떠나지 않고 있었다.

마치 전쟁 중에 공성전을 치르는 병사들 같았다.

오늘 특별히 거세게 몰아쳤다면 놈들은 이제 쉽게 부서질 진이 아니라는 것을 깨달았을 것이다. 뚫을 수 없을 때 놈들이 선택할 방법은 하나다.

무영이 몸을 돌리고 백귀마소에게 물었다.

"식량은 얼마나 남았나?"

"앞으로 일주일 정도밖에는……."

"여유가 없군."

"비밀 통로로 식량을 들이는 것이 어떨지……."

"아니, 그건 최후에 한 번만 사용한다."

무영은 시선을 바깥으로 돌렸다.

놈들은 장기전에 돌입할 것이다. 이쪽에서 식량이 먼저 떨어져서 밖으로 나오길 기다릴 것이다.

"레이."

"응?"

흑살선녀가 부드러운 목소리로 대꾸했다.

"텔레포트는 몇 번 가능하지?"

무영
이계를
훔치다
Thief King

“하루에 두 번이야. 이곳은 마나가 부족해서 그 이상은 곤란해.”

“몇 명까지 가능해?”

“체내에 기가 충만한 사람들이라면 열다섯 정도?”

레이가 손가락에 끼고 있는 마나결정체를 내려다보며 작게 한숨을 내쉬었다.

마법사인 그녀에게 마나 부족 현상은 여러모로 불편했던 것이다.

“좋아. 다들 모여라. 마지막 대책을 알려줄 테니.”

무영은 조란과 레이. 그리고 마인들을 모두 한자리에 모으고 차후의 대책을 전하기 시작했다.

이야기가 모두 끝났을 때, 혈마독수가 고개를 번쩍 들었다.

“그, 그걸로 끝인 겁니까?”

“그래.”

“하지만 여기까지 와서…….”

“여기까지 온 거라니? 상황을 잘 봐야지. 우리는 지금 죽기 직전까지 온 거다.”

“하지만…….”

“뭘 더 바라나? 무림을 혈교로 통일하기라도 할 생각이었나?”

“그건…….”

혈마독수는 대답하지 못했다.

그런 걸 기대하지는 않았다. 그러나 혈교가 창설된 이래 가장 즐거운 순간들이었다. 거침없이 중원 복판까지 진군하면서 정파 무인들의 눈치를 살피지 않고 날뛰었다.

그때 백귀마소가 클클 웃었다.

"클클클, 이만하면 즐거웠지 않은가. 다시 우리 자리를 찾아가는 것도 나쁘지 않지. 모든 건 적당히 멈춰야 할 때가 있는 법이야."

이윽고 혈마독수가 고개를 들었다.

"까짓 그것도 좋지요. 어차피 그 정도로도 전설로 남기에는 충분하지 않겠습니까? 크크크!"

"좋아, 그럼 다른 사람은 이의없나?"

"……."

대답은 없었다.

그들은 천명을 받들 뿐이다.

무영은 마인들 중 제일 끝에 시립해 있던 서열 구, 십 위를 보며 말했다.

"그럼 빙옥마녀(氷玉魔女)와 파공혈토(破空血吐)는 남은 교도들을 이끈다."

"존명."

*　　　　*　　　　*

적막한 밤.

청풍진인은 눈을 떴다.

무영 이계를 훔치다
Thief King

평소와 다를 바 없는 어둠이 그의 주위를 덮고 있었다. 하지만 청풍진인은 그 어둠 속에 숨은 예리한 기운을 느꼈다.

어둠과 동화된 듯하면서도 이질감이 느껴지는 기운.

스륵.

그가 이불을 걷고 침상에 걸터앉았다.

그때 실내를 장악하고 있는 어둠이 그에게 말을 걸었다.

"잠자리를 방해해서 미안하군."

목소리는 정확히 침상에서 마주 보이는 탁자로부터 흘러나왔다.

청풍진인은 놀라지도 않고 대꾸했다.

"누군가?"

"혈교주."

"호법들은?"

"내 수하들이 잘 보호하고 있소."

"놀랍군. 여기까지 어떻게 올 수 있었나? 분타는 모든 정파 무인들로부터 완전히 포위되었을 터."

"후후. 당신들이 말하는 혈교의 사악한 술법이라면 그 정도는 포위라고 할 수도 없지. 우리는 단숨에 서역까지도 갈 수 있소."

"허풍이 심하군."

"후후후."

무영은 웃기만 했다.

허풍은 아니다. 레이의 텔레포트 마법이라면 가능하다.

하지만 그걸 굳이 납득시킬 필요는 없다. 무영은 다시 입을 열었다.

"거래하겠소?"

"사양하지."

"해야 할 텐데."

"그만하지. 어차피 자네들은 이제 끝이네. 분타는 완전히 포위됐어. 식량도 다 떨어져 갈 테지. 자네가 어떻게 빠져나왔는지 알 수 없지만, 많은 사람이 빠져나오는 것은 곤란할 거야. 우리는 눈 뜬 장님이 아니니까."

반은 맞고 반은 틀렸다.

하지만 무영은 틀린 부분을 지적하는 대신 용건을 말했다.

"몇 달 전, 곤륜에서 맹의 밀담이 있었소. 그때 참석한 무인 무풍검제, 구철심, 홍화검녀, 현정대사를 신룡곡(新龍谷)으로 오게 하시오. 부처가 누운 자리를 찾으면 될 거요."

"거래는 하지 않겠다고 했을 텐데."

"그럼 혈교와 함께 청성파의 역사도 여기서 끝이오."

"뭣이?"

"잠깐 바람 좀 쐬겠소?"

무영이 의자에서 일어나 태연히 걸음을 옮겼다. 그는 문을 열고 뒷짐을 졌다.

청풍진인은 천천히 그의 옆으로 다가가서 밖을 바라보았다. 순간,

“어, 어떻게 이런 일이!”

“청성파의 맥이 여기서 끊어질 수 있소.”

무영의 말이 저승사자의 속삭임처럼 들려왔다.

마당에는 숱한 도인들이 도열해 있었다. 그들은 저마다 검을 들고 마치 꿈을 꾸는 표정으로 서 있었다.

“도, 도대체 이게 무슨 사술이냐!”

“후후, 그런 건 아무래도 좋지 않소? 어떻게 하시겠소? 거래를 하겠소?”

“안 될 소리!”

“좋소.”

무영은 마당을 내려다보다가 손가락을 들어 올렸다.

“너, 너, 너. 자진하라.”

“존명.”

말을 마친 도인들은 곧장 검을 들어 올리고 자신의 목을 그어버렸다.

“안 돼!”

청풍진인이 소리쳤지만 이미 세 명의 도인들은 피를 뿜고 쓰러졌다.

무영이 다시 말했다.

“결정은 빨리 내리는 게 좋소.”

‘이, 이놈을 일격에…….’

하지만 청풍진인은 무리라는 것을 알고 있었다. 어느 정도 경지에 오른 도인이라면 상대의 겉모습만 봐도 그가 얼마나

고강한 무술을 익혔는지 짐작할 수 있다.

무영은 쉽게 상대할 수 있는 자가 아니다. 괜히 섣부른 공격을 했다가는 정말 청성의 맥이 여기서 끊어질지도 모른다.

물론 실력있는 장로들은 분타를 포위하느라 이곳에 없다. 하지만 이토록 많은 도인들이 죽어나간다면 맥은 끊어질 수 있다.

“아직도 갈등하나 보군. 그럼 너희 열 명, 모두 자진…….”

“잠깐!”

“음?”

“하겠네. 거래를 하지.”

“잘 생각하셨소.”

청풍진인은 깊은 한숨을 내쉬었다.

무풍검제를 비롯한 그들은 모두 절정의 고수들이다. 무영이 오라는 곳으로 갔다고 해서 쉽게 당할 자들이 아니다.

청풍진인은 그렇게 스스로를 달랬다.

그날 밤 맹의 밀담에 참여했던 네 명의 고수들에게 각각 서신이 날아갔다. 청풍진인이 직접 적은 서신이었다.

“신룡곡의 부처가 누운 자리?”

밀담 장소가 조금 의아하지만 그만큼 비밀스러운 이야기를 주고받기 위해서리라.

혈교주를 필살할 수 있는 방법을 논한다는데 가지 못할 이유는 없다.

　　　　　　＊　　　　＊　　　　＊

　사천의 서부고원에는 협곡이 많다.

　신룡곡 역시 깎아지른 듯한 협곡이다. 이런 곳이라면 산적
도 찾기 힘들다. 그야말로 고요와 적막이 차지한 협곡.

　협곡을 따라 상류로 계속 올라가다 보면 커다란 불상을 하
나 발견할 수 있다. 본래는 바위산의 옆면을 깎고 다듬어 만
든 듯한데, 세월이 지나 풍화돼서인지 조각은 볼품없이 떨어
져 나왔다. 그 바람에 부처의 얼굴이 옆으로 누워버렸다.

　무풍검제를 비롯한 네 명의 고수들은 단번에 그곳을 찾아
냈다. 그들은 도착하자마자 뭔가 잘못됐다는 사실을 깨달았
다.

　"허허허, 너무 간단히 걸렸군요."

　현정대사가 아직은 여유있는 미소를 지으며 말했다.

　"도대체 누가?"

　"글쎄요. 혈교라면 포위되어 있으니 빠져나올 사람이 없을
텐데."

　무풍검제의 의문에 홍화검녀가 혼잣말처럼 대꾸했다.

　그때 구철심이 중얼거렸다.

　"그러고 보니 이렇게 네 사람만 모인 것은 오랜만이구려.
지난번 곤륜에서 있었던 밀담 이후로."

　"그렇군요. 그러고 보니… 잠깐! 혹시?"

무풍검제가 눈을 부릅뜨고 사람들을 돌아보았다. 다른 사람들도 비슷한 생각을 떠올렸는지 놀란 기색이 역력했다.

하지만 홍화검녀가 고개를 가로저었다.

"설마요. 설마……."

"그렇소. 분명 뇌룡진인은 그 아이를 처리했다고……."

현정대사의 말에 구장로가 반론을 제기했다.

"뇌룡진인의 말 중에 정확한 것이 없었잖습니까? 모를 일이지요."

"하지만 그 아이에게서 지금까지 살아남을 힘이라는 게……."

"크흠……."

"잠깐!"

홍화검녀가 소리치자 사람들은 이내 침묵을 다졌다.

그녀의 눈매가 매섭게 치켜 올라갔다.

누군가 있다. 희미한 기운이지만 누군가 있다.

그녀의 눈동자가 주위를 매섭게 훑었다. 그러다가 그녀의 시선이 한곳에 고정됐다.

그녀가 눈짓으로 다른 무인들에게 알렸다.

사람들의 시선이 한곳으로 모였다.

대롱. 수풀에 가려져 잘 보이지는 않지만 대롱 하나가 풀숲에서 삐죽이 솟아나 있었다.

'훗, 땅속에 숨어 있었나 보군.'

"처리할까요?"

홍화검녀가 전음으로 물었다.

무풍검제가 대답했다.

"누가 됐든 우리의 이야기를 들은 이상 살려둘 필요는 없지 않겠소?"

파밧!

네 사람이 동시에 튀어 올랐다.

그들의 검은 곧장 바닥 아래를 파고들었다.

파바박!

흙이 튀어 오르며 땅속에 숨었던 자가 드러났다.

"크헉!"

흙더미 속에서 비명이 터져 나왔다. 순간 사람들의 눈동자가 격하게 일그러졌다.

"이놈은……."

"누구지……?"

옷을 보아하니 곤륜의 아이다. 덩치가 크지만 무공은 뛰어나지 않다.

그들은 저마다 칼을 뽑아냈다.

무풍검제가 쪼그려 앉은 채 온몸이 찢어진 아이를 보며 물었다.

"너는 누구냐?"

"차, 창신… 고, 곤륜의……."

창선은 대답을 하면서도 굵은 눈물을 주르륵 흘렸다.

어젯밤 무영에게 애걸복걸하며 매달렸다. 살려달라고.

하지만 무영은 아랑곳하지 않고 창선을 꽁꽁 묶은 채 흙속에 묻었다. 정명과 똑같은 방법으로.

어둠 속에서 대롱 하나를 입에 물고 몇 시진을 그렇게 보냈다. 춥고, 답답하고, 어두워서 미칠 것만 같았다.

그러다가 그들의 목소리를 들었다.

네 명의 고수. 살 수 있을지도 모르겠다고 생각했다.

그런데 그들은 자신의 가슴에 칼을 박아 넣었다.

이제 창선은 살아날 가망이 없었다. 자신이 누군지 대답을 한 것으로도 용했다.

무풍검제의 눈자위가 파르르 떨렸다.

"도대체 어떤 놈이… 이런 사악한 짓을!"

그때,

"후후후, 그대들이 곤륜의 도인을 죽여놓고 책임전가를 하려는가?"

바로 귀에 속삭이는 듯한 목소리. 전음과는 다르지만 분명히 전달된 목소리였다.

네 명의 고수들이 일제히 고개를 쳐들었다.

"놈!"

바위산 꼭대기에서 한 청년이 아래를 내려다보고 있었다.

"기다리고 있었소. 어서 오시오."

네 명의 고수들은 누가 먼저랄 것도 없이 경공을 펼쳐 바위산을 달려 올라갔다.

 무영 이계를 훔치다 Thief King

모두 열 명.

노인이 하나, 중장년이 둘, 여자가 둘, 아이들이 다섯.

얼굴을 보아하니 일가족이다.

그들은 모두 하나같이 겁에 질려 오들오들 떨고 있었다.

바위산 위로 올라온 무풍검제가 눈살을 구겼다. 그가 무영을 향해 던지듯 말했다.

"뭔가? 저 사람들은?"

"무고한 사람들."

"……?"

"신룡(新龍)에 살고 있는 무고한 사람들이오."

"그런데 어째서?"

"선택하시오. 나와 싸우겠소? 이들을 살리겠소?"

"뭣이?"

"이들을 살릴 수 있는 기회를 주겠소."

"가소롭구나."

"과연 광명정대한 당신들의 선택이 어떤 것인지 알고 싶군. 만약 이들을 살리겠다면 더 이상 당신들을 괴롭히지 않겠소. 조용히 사라져주지."

"네놈을 죽이겠다면?"

"그럼 이들도 죽고, 당신들도 죽고."

"하하하하!"

무풍검제가 광소를 터뜨렸다. 그의 곁에 있던 세 명의 무인들도 웃음을 흘렸다.

무풍검제가 다시 물었다.

"네놈이 어떻게 아직까지 살아 있느냐? 도대체 네 정체가 뭐냐?"

"혈교주."

네 명의 고수들은 놀라지 않았다.

어떻게 해서 그 새파랗던 애송이가 혈교주까지 되었는지 쉬이 납득은 가지 않았지만 그 말을 믿었다. 지금 무영의 전신에서 뿜어지는 기운은 혈교주라고 해도 이상할 것이 없었기에.

지금의 무영이라면 분명 저 무고한 사람들을 죽일 수 있을 것이다. 자신들이 나서기 전에.

하지만 네 명의 고수들은 이미 마음을 굳혔다.

무고한 사람들이 죽는 것은 안타까운 일이지만 혈교주를 죽일 기회가 이처럼 흔하지 않다. 지금 그는 단신이다. 저 일가족을 죽이는 대신 혈교주를 죽일 수 있다면 그 길을 선택한다.

무풍검제가 망설임 없이 말했다.

"우리 생각을 말하지. 우리는 자네를 죽일 걸세. 혈교주를 죽일 수 있는 기회는 흔치 않거든. 우리는 자네가 저들을 학살하는 모습을 보다 못해 자네를 죽인 거지. 알겠나?"

"훗, 분명히 말했을 텐데. 저 자들을 살리겠다고 결정한다면 사라져 주겠다고."

"죽이게. 그리고 우리 손에 죽게나."

"역시 정파 놈들이란… 이런 식으로 명분 쌓기 놀이에 물들었군. 질리지도 않나? 좋아, 상대해 주지.”

무영이 허리춤에서 월검을 뽑아 들었다.

무풍검제가 고개를 갸웃거렸다.

“그 단검으로 우리를 상대하겠다는 건가? 물론 자네가 어떤 기연을 얻어 강해졌는지는 모르겠지만, 그걸로는 힘들 걸세. 우리는 허수아비가 아니야. 그리고 저 일가족들을 죽여야 하지 않나?”

이번에는 오히려 무영이 놀랐다.

“일가족을 죽이라고?”

“그래. 그래야지 우리가 자네를 죽였을 때 더욱 그럴싸한 명분이 생기지 않겠나.”

“하, 하하하, 하하하하!”

무영은 기가 막혀서 웃음밖에 나오지 않았다.

이 정도로 썩었을 줄이야.

무영의 미간에 세로 주름이 팍 새겨졌다.

“레이! 마법을 풀어라. 모두 놈들을 처리하라!”

그의 명이 떨어지자마자 한쪽 구석에서 떨고 있던 일가족들이 갑자기 벌떡 일어났다.

그들의 모습이 아지랑이처럼 일렁이더니 곧 본래의 모습을 되찾았다.

구장로가 손가락을 들어 올리고 말을 더듬었나.

“저, 저건… 저놈이 또 사술을!”

노인은 백귀마소로, 장년 둘은 조란과 지옥마귀, 여인 둘은 레이와 혈마독수, 아이들 다섯 명은 은마괴영, 수라마영, 자하쌍검, 살혼, 육지궁귀로 변해 있었다.

홍화검녀가 새된 목소리로 외쳤다.

"이런 비겁한! 혼자 싸울 것처럼 굴더니……."

"하하하. 당신들에게 그런 말을 들어야 하나? 뭐 상관없지. 나는 비열하고 치졸한 인간이니까!"

호탕하게 웃음을 터뜨린 무영은 곧장 몸을 날렸다.

그와 동시에 십 인의 마인들도 하늘로 솟아올랐다.

네 고수들의 표정이 새파랗게 질려갔다. 아무리 고강한 무예 실력을 지녔더라도, 혈교주를 비롯한 십 인의 마인 고수들을 감당하는 것은 무리였다.

카카캉!

금속성이 터져 나오고, 피가 치솟기 시작했다.

부처가 누운 자리는 얼마 지나지 않아 피에 물들어갔다.

같은 시각 감자의 혈교 분타.

정파 무인들은 장원 밖으로 포진해 있던 혈교인들이 보이지 않는다는 것을 깨달았다.

그들은 부랴부랴 총공격을 감행했다.

뜻밖에도 장원은 몇몇 사람을 제외하고는 텅텅 비어 있었다.

"맹주님. 아무래도 녀석들이 비상로를 사용한 듯합니다."

"비상로는?"

"지하로 한 군데 있었습니다만, 녀석들이 빠져나간 후에 모두 무너뜨렸습니다."

"허어. 추적하기도 힘들단 말인가?"

그때 한 도인이 잽싸게 청풍진인 옆으로 내려섰다.

"맹주님!"

"무슨 일인가?"

"북서쪽에 포진하고 있던 무인들이 대거 당했습니다. 혈교 놈들이 갑자기 나타나는 바람에……."

"북서쪽이었군."

"맹주님, 추격을!"

"아니, 됐다."

"예?"

보고를 올린 무인이 어리둥절한 표정을 지었지만 청풍진인은 걸음을 돌렸다.

그는 그날 밤, 무영이 한 말을 떠올렸다.

"우리는 돌아갈 거요. 맹주께서는 추격하지 않는 것이 좋을 것이오. 약속하지. 추격하지 않는다면 다시는 중원을 혼란하게 하지 않겠소."

약속을 전적으로 믿는 것은 아니었다.

다만, 청풍진인은 조금 지쳤던 것이다.

CHAPTER 10

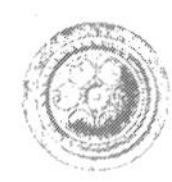

어른과 아이의 차이

세월은 유수처럼 흘렀다.

한때 중원의 패권을 장악하려던 사악한 혈교주가 죽은 지 삼 년이 지났다.

혈교는 멸망하지 않았지만, 당시의 혈교주는 신룡곡에서 죽었다.

혈교주를 죽인 자들은 네 명의 성인(聖人)들이다.

소림의 현정대사, 개방의 구장로, 무당의 무풍검제, 아미의 홍화검녀.

이들은 목숨을 던져가면서 혈교수를 숙였다. 네 녕의 고수들은 전설로 남았다. 그들은 영웅이 되었다.

혈교주를 잃은 혈교인들은 감자의 분타를 버리고 부리나

케 도망쳤다. 그들은 천산으로 숨어들었다.

아직 혈교가 멸망하지는 않았지만, 무림은 다시 평화를 찾았다.

변한 것은 또 있었다.

안휘(安徽)의 황산(黃山)에 거대 문파가 생겼다. 강호의 태산북두(泰山北斗)라고 일컫는 소림이나 무당에 견주어도 손색이 없을 문파.

그들은 앞장서서 혈교인들을 물리쳤다.

섬서(陝西)의 상주(商州).

어느 한적한 거리에서 죽립을 쓴 남자가 앳된 소녀에게 말을 걸었다.

"애야, 네 이름이 무엇이니?"

"노미림이에요."

"예쁜 이름이구나. 아빠 이름은?"

"노자, 일자, 비자예요."

"참 똑똑한 아이구나. 할아버지도 알고 있니?"

"그럼요. 우리 할아버지는 훌륭한 분이신걸요?"

"누구신데?"

"노자, 설자, 평자예요. 사람들은 우리 할아버지보고 첨단 검제라고 불렀대요."

"기특하구나."

사내는 주머니에서 뭔가를 꺼냈다. 그리고 양손을 말아 쥐고 내밀었다.

"아저씨랑 재미있는 놀이할까?"

"무슨 놀이?"

"자, 아저씨의 두 손 중에서 한 쪽에 반지가 있단다. 맞춰 보렴."

여아의 눈동자가 반짝 빛났다. 반지가 욕심나서라기보다 재미있는 놀이라는 말에 혹한 것이다.

"오른쪽!"

아이는 별로 망설이지 않았다.

사내는 오른손을 펴보았다. 반지가 있었다. 새파란 빛을 발하는 반지.

"잘하는구나. 옜다, 선물이다."

"와~ 이거 나 주는 거예요?"

"그럼. 이건 네 할아버지가 주신 선물이란다."

"할아버지가?"

아이는 반지를 손가락에 끼웠다. 화려한 반지는 아니지만 어쩐지 마음에 들었다.

"그런데 아저씨는 우리 할아버지를 어떻게 알……."

아이는 말을 마저 잇지 못했다.

조금 전까지 대화를 나누던 아저씨가 어디론가 가버린 것이다.

죽립의 사내는 나무 위에 올라 멀찍이 달려가는 소녀를 바라보았다.

그의 뒤에 그림자가 내려섰다.

"신기하군요. 어떻게 맞췄을까요?"

그림자의 물음에 죽립의 사내가 대꾸했다.

"손가락 사이로 반지가 비쳤거든."

"아!"

"백소(白笑). 자네라면 어떻게 할 것 같나? 그 상황에서."

그림자가 빙긋이 웃었다.

"당연히 왼손을 선택하지요. 필시 눈속임이라고 생각했을
겁니다."

"그게 바로 어른과 아이의 차이지."

죽립의 사내는 나무에서 내려와 걸음을 옮겼다.

그림자도 이제는 드러내 놓고 그의 곁을 따랐다.

"어떤가? 레이의 마법은?"

"이제는 상당히 안정됐습니다. 제 얼굴 형태도 더 이상 변
하지 않습니다."

죽립의 사내가 슬쩍 고개를 돌리고 남자를 바라보았다.

깔끔한 중장년의 모습이었다. 미소가 잘 어울리는.

"백귀마소보다는 그 모습이 훨씬 낫군."

"허허허. 그래서 '백소' 아닙니까?"

"지옥은 어쩌고 있나?"

"지옥마귀 그 녀석도 곧 정리할 모양입니다."

"그래, 그만하면 수고했지. 이제 슬슬 정리하고 이쪽으로

합류하라고 해."

"예. 이제 어디로 가실 겁니까? 문주님."

"안휘의 황산으로 간다. 무영문(無影門)으로 돌아간다."

"알겠습니다."

무영은 거침없이 걸음을 놀렸다.

『무영, 이계를 훔치다』6권 완결.